Mords-Niederrhein

LEPORELLO
KRIMI

Richard-Wagner-Straße 15, D-47799 Krefeld
leporellobuch@aol.com
www.leporello-verlag.de

Gestaltung: WerbeAtelier Coelen
Druck und Bindearbeiten: PBtisk s.r.o.
ISBN-10: 3-936783-22-5
ISBN-13: 978-3-936783-22-3

Herausgegeben von
Ulrike Renk und Werner Coelen

Mords-Niederrhein

1. KREFELDER KURZKRIMI-PREIS
DIE BESTEN KRIMINALGESCHICHTEN

Leporello Verlag · Krefeld

Sie wissen ja, die Schauplätze unserer Kriminalgeschichten
können Sie selbst am Niederrhein besuchen.
Die Protagonisten in unseren Geschichten sind allerdings
das Produkt der Phantasie ihrer Autorinnen und Autoren.
Jede Ähnlichkeit mit lebenden oder verstorbenen Personen wäre
daher purer Zufall und ist nicht beabsichtigt - oder?

INHALT

VORWORT

Liebe Krimifreunde,

gemeinsam mit dem Leporello Verlag und der Rheinischen Post haben wir von Buch Habel den 1. Krefelder Kurzkrimi-Preis ausgeschrieben.

Doch warum gerade ein Kurzkrimi-Preis? Schauen Sie sich einfach die Bestsellerlisten an und Sie werden sehen, welche Bedeutung das Krimigenre gewonnen hat.

Aus weit über 100 eingesendeten Kurzkrimis die besten auszuwählen, war Aufgabe unserer Jury. Diese Auswahl ist nicht leicht gefallen, da neben der Quantität gerade auch die Qualität der Beiträge recht hoch war. Doch mit der Herausgabe dieses Buches hat der 1. Krefelder Kurzkrimi-Preis seine Sieger gefunden.

Im Namen des gesamten Buch Habel Teams gratuliere ich den Preisträgern und allen Gewinnern, deren Kurzkrimi in diesem Band veröffentlicht wurde.

Beste Unterhaltung beim Lesen der Kriminalgeschichten vom Niederrhein wünscht Ihnen

Klaus Niewerth
Filialleitung
Buch Habel Krefeld

1. KREFELDER KURZKRIMI-PREIS 2007

Gewinner und 1. Preisträger ist **Jürgen Ehlers** mit seiner Kriminalgeschichte ***»Killer aus Hamminkeln«*** (Seite 235).

Der 2. Preis geht an **Gitta Edelmann** für ***»That's what friends are for«*** (Seite 121), den 3. Preis erhält **Jens Peter Wörz** für ***»24 Stunden Gladbach«*** (Seite 29).

VORWORT

Liebe Krimi-Liebhaber!

Fragen Sie mich nicht, wie man mitten in einer Mönchengladbacher Nobel-Siedlung eine Leiche verschwinden lässt! Nicht, dass ich es nicht wüsste! Aber ich werde es Ihnen hier nicht verraten!

Ich weiß doch: Das Schlimmste, was man einem Krimi-Liebhaber antun darf, ist, ihm das Ende zu verraten. Denn auf dieses Ende kommt es an! Je phantasievoller und irreführender die ersponnenen Erzähl-Fäden, desto wichtiger die verblüffende Auflösung! Eine, die schlagartig alles, was man sich bis dahin als möglichen Schluss zusammengereimt hat, bei Weitem übertrifft – ja! – ad absurdum führt!

Und absurd (das darf und muss ich hier verraten!) geht es mitunter zu in den hier vorliegenden kleinen Kunstwerken. Da wabern (alb)traumhafte Phantasien hervor, werden verwunschene Gedankengänge offenbar, werden Erzählnetze gesponnen, in deren anziehender Absonderlichkeit man sich allzu schnell verfängt. Um plötzlich festzustellen, dass alles »ganz anders« – »ganz einfach« ist! Und gerade das, das einfach Verblüffende, serviert mit einem unterschwelligen, stets spürbaren Schuss unbekümmerter (Selbst-)Ironie, macht den raffinierten Charme dieser Geschichten aus!

Wer sich hierin verirrt, tut dies gerne. Freiwillig. Denn er wird förmlich hineingezogen, in den Bann der kurzen – aber umso tiefer gehenden – »Spinntisierereien«, die die Leser unserer Zeitung mit Herzblut zu Papier gebracht haben!

Dabei geht es durchaus nicht immer um Mord und Totschlag! Und vor allem kommt auch der Humor nicht zu kurz! Erstaunlich, wie scheinbar spielerisch manche Autoren den feinsinnigen Balance-Akt zwischen Spannung und Komik bewältigen! »Krimi« heißt für sie nicht automatisch »Blut-und

Leichenstory«. Da darf auch schon mal ein Einbrecher-Lehrling die Hauptrolle spielen. Oder ein Bankräuber, wie Ihnen bisher bestimmt noch niemand wirklich begegnet ist! (Komisch eigentlich!)

Zwischen den Seiten dieses einmaligen Bändchens tummeln sich Typen der ganz besonderen Art und Herkunft! Ob Gut, ob Böse: Die Marke »Rheinisches Schlitzohr« kennzeichnet die handelnden Charaktere. Aber Achtung! Da gibt es alle Härtegrade! Killer, die »Hans-Dieter« heißen und aus Hamminkeln stammen, sind nicht deswegen schon harmloser als ihre Berufskollegen in New York! Im Gegenteil!

Liebe Krimi-Liebhaber!

Gerade das uns scheinbar so Vertraute, in Ambiente, Sprache und Mentalität, lässt uns gruseln, wenn es plötzlich die Maske abnimmt und uns unvermittelt sein »wahres« Gesicht zeigt! Die halb-mondäne Werbe-Tussi Alexandra ist da kaum anders gestrickt als der nette Herr Schmitz vom dritten Stock. Und der Hülser Berg als Todesfalle – ein Leckerbissen für Gänsehaut-Fans! Gänsehaut vielleicht sogar bei der Krefelder Stadtspitze, deren geldloser Kultur-Etat die Sparkassen-Angestellte Gerlinde in den Knast treibt . . . ! (Alles frei erfunden, versteht sich!)

Wir lernen also etwas. Über unsere Heimat, über die Mentalität der Menschen hier und damit über uns selbst! Und, dass es in unmittelbarer Nachbarschaft jede Menge schreibbegabter Sonderlinge gibt, die über eine äußerst diffizile und diffuse Phantasie verfügen . . .

Und natürlich wollen Sie endlich wissen, wie man in Mönchengladbach eine Leiche verschwinden lässt! Wozu eigentlich . . . ?

Viel Spaß beim Lesen wünscht Ihnen
Ihr
Sven Gösmann
Chefredakteur der »Rheinischen Post«

Vorsicht Wildwechsel

Das sandfarbene Auto fuhr durch die dunkle Nacht. In regelmäßigen Abständen schnappten die Scheinwerfer nach den gleißenden Punkten der Begrenzungssteine, fraßen sich näher, tasteten nach den nächsten. Der Mann am Steuer war klein und grauhaarig. Mit ausgestreckten Armen lenkte er den Wagen so, dass der Stern auf der Kühlerhaube immer eine Handbreit vom Mittelstreifen entfernt war. Nur einmal, als zwei Lichtpunkte im Rückspiegel auftauchten, fuhr er vorsichtshalber rechts heran.

Das Fahrzeug, ein dunkler Kombiwagen, überholte ihn mit hoher Geschwindigkeit. Nachdem die Schlusslichter hinter einer Kurve verschwunden waren, griff der Fahrer zum Mobiltelefon.

»Trude, ich bin's. Ja, schon auf dem Rückweg. Zwischen Vorst und Oedt, in einer Viertelstunde bin ich zu Hause. Ja, das Fohlen ist wohlauf, und der Stute geht es besser.« Erleichterung klang in Dr. Gerlachs Stimme, denn seine Befürchtung, das Tier womöglich mit einem hochdosierten Barbiturat einschläfern zu müssen, war nicht eingetroffen.

Geduldig hörte sich der Arzt noch die Ermahnungen seiner Frau an und versprach, vorsichtig zu fahren. Sie hat Recht, dachte er. Wieder einmal nahm er sich vor, seine Praxis einem jüngeren Kollegen zu übergeben. Nur war das am ländlichen Niederrhein, wo der Tierarzt wegen einer kranken Kuh auch schon mal nachts aus dem Bett geholt wurde, gar nicht so einfach.

Das Geräusch des gleichmäßig drehenden Motors wirkte ermüdend. Er drückte das Gaspedal etwas tiefer, nahm aber sofort wieder den Fuß hoch, weil im Fernlicht ein Schild aufleuchtete, das vor wechselndem Wild warnte.

Beiderseits der kurvenreichen Straße ragten Pappeln in den bewölkten Himmel. Nebelfetzen hingen zwischen den Stämmen. Nach etwa drei Kilometern wichen die Baumreihen einer Schonung, die engen Kurven hörten auf. Die Straße war nun übersichtlicher, und der Fahrer wollte schon beschleunigen, als die Scheinwerfer etwas erfassten, was am Straßenrand lag. Beim Näherkommen sah der Arzt, dass es ein Reh war.

Dr. Gerlach hielt den Wagen an, schaltete das Warnlicht ein und ging auf das Tier zu. Kopf und Vorderbeine ruhten im Gras der Böschung wie leblos; doch mit strampelnden Hinterläufen versuchte das Reh, von der Stelle zu kommen. Je näher der Arzt kam, desto verzweifelter wurden die Bemühungen des Tieres, sich in die Dunkelheit zu retten. Das Reh würde nie wieder laufen können. Der Arzt schüttelte den Kopf, murmelte: »Helfen kann ich dir nicht. Aber leiden sollst du auch nicht.«

Es dauerte nur wenige Augenblicke, bis er die Giftampulle geholt und die Flüssigkeit in die Spritze aufgezogen hatte. Mit eiligen Schritten überquerte er die Straße. Er beugte sich über das Tier, vermied es, in die vor Schmerzen und Schrecken geweiteten Augen zu sehen, und stieß mit der Nadel zu. Der Tod kam schnell und als Erlöser. Mehrmals blickte der Arzt von dem verendeten Reh zu seinem Auto. Dann hatte er sich entschlossen. Er stieg in den Wagen, setzte ein Stück zurück und fuhr schräg zur anderen Straßenseite. Erst jetzt bemerkte er auf der Fahrbahn die schwarzen Bremsspuren und an deren Ende glitzernde Glassplitter. Dicht vor dem Kadaver hielt er das Auto an. »Besser ist besser«, keuchte er, während er das tote Reh in den Kofferraum wuchtete. Er wischte sich die Hände an einem Taschentuch ab, öffnete die Tür und hatte auch schon den rechten Fuß im Wagen; doch eine Stimme ließ ihn erstarren.

»Keine Angst, Alter! Wir wollen nur ein Stückchen mitfahren.« Der Mann, dem die Stimme gehörte, war groß und blond. Das Autolicht fiel auf ein junges Gesicht mit durchtriebenen Zügen.

Obwohl dem Jungen Blut in die Stirn sickerte, bezweifelte der Arzt, dass es sich um einen normalen Verkehrsunfall handelte. Das Knirschen von Schritten hinter ihm sowie das Geräusch eines aufklickenden Messers machten die Lage deutlich.

Der zweite Mann, der hinter dem Wagen gelauert haben musste, zischte: »Einsteigen! Und keine Dummheiten, ich sitze hinter Ihnen.«

»Das scheint mir doch eine äußerst unverfrorene Art und Weise, jemanden um Hilfe zu bitten«, sagte der Arzt.

»Wir wollen nur sichergehen, dass Sie uns die Hilfe nicht verweigern.« Der Blonde setzte sich grinsend auf den Beifahrersitz.

»Stammt die Verletzung an Ihrem Kopf . . .?«

Ein brutaler Schlag ließ ihn verstummen. »Keine Fragen! Sie sollen fahren, sonst nichts.«

Wieder folgte der Wagen dem Band der Landstraße. Eine Windmühle auf freiem Feld tauchte auf, ein Bauernhaus in der Ferne. Ab und zu gab einer der beiden Männer dem Arzt eine knappe Anweisung.

Er blickte zur Seite. »Hören Sie, falls es darum geht, dass Sie kein Fahrgeld haben . . .«

»Der hat nichts begriffen«, sagte der Blonde.

Sein Partner auf der Rückbank ließ nur ein verächtliches Schnaufen hören. Etwas später knurrte er: »Langsam! Bei den ersten Bäumen da vorne zweigt ein Weg links ab. Da wollen wir rein.«

Dr. Gerlach gehorchte. Übereifrig brachte er den Wagen sogar fast zum Stehen, denn hinter ihnen näherte sich ein Fahrzeug. Doch es war kein Polizeiwagen, wie er gehofft hatte, sondern ein Kleintransporter. Als der Lieferwagen auf gleicher Höhe war, hämmerte Dr. Gerlach wild auf die Hupe.

Im selben Moment packte ihn eine Faust und riss ihn zurück. »Noch so eine tolle Idee, und ich werde ungemütlich.«

Mit jedem Meter, den sie in den Wald vordrangen, verstärkte sich seine Angst. Seinem Gefühl nach näherten sie sich dem Naturpark westlich der Niers. Es roch nach Wasser und modrigen Blättern. Als sich der Weg gabelte und kurz darauf auf einen Zaun zulief, befahl der Mann auf dem Rücksitz, anzuhalten.

Hinter dem Zaun, nahezu von Bäumen verdeckt, stand eine Blockhütte. Wenn dies der Schlupfwinkel der beiden ist, überlegte der Arzt, werden sie mich wohl kaum wieder freilassen.

Der Blonde stieg aus. »Mal sehen, ob die Luft rein ist.«

Der kurze Moment, in dem die Innenleuchten aufgeflammt waren, hatte ausgereicht. Auf einmal wusste der Arzt, wo er das Gesicht des Mannes hinter ihm schon einmal gesehen hatte: in den Abendnachrichten des Fernsehens. Dort hatten sie den Ausschnitt eines Videostreifens gezeigt, den eine versteckte Kamera von dem Überfall auf einen Supermarkt in Willich aufgenommen hatte. Der Mann, der die Kassiererin mit einem Messer bedrohte, trug eine Wollmütze, war stämmig, um die dreißig, hatte helle Augen und wulstige Lippen.

»Sie sind ins Grübeln gekommen, Alter.«

»Mit so einer Wunde, wie Ihr Freund sie hat, ist nicht zu spaßen«, sagte Dr. Gerlach ernst.

»Ach, was Sie nicht sagen!«

»Ich bin Arzt. Ich könnte ihm helfen, meine Tasche liegt im Kofferraum.«

»Und die wollen Sie nun holen, stimmt's?« Die Stimme war voller Hohn.

»Ja, warum nicht?«

Der Mann stieß einen Laut der Geringschätzung aus.

»Keine Mühe, Doktor! Wollte mir sowieso die Beine vertreten.«

Sobald er allein im Wagen war, tippte Dr. Gerlach die Nummer des Notrufs ins Mobiltelefon. Er brachte die Lippen ganz nahe an den Apparat und flüsterte: »Hallo . . .« Weiter kam er nicht.

»Ist er tot?« fragte der Blonde mit Blick auf die zusammengesunkene Gestalt hinter dem Steuer.

»Jedenfalls ohne Bewusstsein.«

»Was war denn los?«

»Er wollte uns reinlegen. Außerdem glaube ich, dass er mich erkannt hat.« Er klopfte auf den Deckel des offenen Kofferraums. »Feines Wägelchen, das er uns vererbt hat – mit Inhalt.« Er zeigte auf das Reh. »Ein paar Tage warten wir hier, dann verschwinden wir über die holländische Grenze.«

»Was wird mit ihm?«

»Ich bring ihn weg.«

»Kannst dir Zeit lassen, Rafa«, sagte der Blonde. »Ich mache uns erst mal was zu futtern. Ach, lass doch dein scharfes Messer hier!«

Rafa wischte sich das Fett von den Lippen. »Das war ausgezeichnet!«

Der blonde Junge grinste geschmeichelt. »Einen Schnaps könnten wir jetzt gut gebrauchen«, sagte er und stand auf.

Als er zurückkam, sagte Rafa etwas zusammenhanglos: »Komischer Kauz, dieser Alte.«

»Wieso?« erkundigte sich der Blonde.

»Na ja, seltsam, dass ein studierter Mann wie er sich ein Reh unter den Nagel reißt – und dann zum Schluss diese Arie.« Er lachte auf. »Während ich ihm im Laub sein Ruhebett kratze, kommt der doch noch mal zu sich und murmelt: ‚Das Fleisch vom Reh . . . das Fleisch vom Reh . . .'«

Der Blonde blieb ruckartig stehen. »Und was weiter?«,

krächzte er. Sein Gesicht verzerrte sich. Er machte zwei Schritte und versuchte, die Schnapsflasche auf den Tisch zu stellen, schaffte es aber nicht, weil irgendetwas mit seinem Sehvermögen nicht stimmte. Die Flasche klatschte auf den Boden.

»Was, sag schon, was hat der Alte von dem Rehfleisch erzählt?«

»Nichts! Ich habe ihm den Mund gestopft.« Rafa blickte in die vor Entsetzen geweiteten Augen seines Partners. »He, Junge!«, rief er. Er wollte ihn fragen, was an den Worten des alten Narren denn so wichtig sein könnte.

Doch da spürte er einen stechenden Schmerz, der vom Magen ausging und seinen ganzen Körper durchflutete – und das war dann wohl die Antwort.

Schreckschuss

Der Wagen kam von hinten, bog mit quietschenden Reifen um die Kurve, jagte mitten durch eine große Regenpfütze. Innerhalb zwei Sekunden war Julia nass bis zu den Knien. Auch der Sprung zur Seite hatte dies nicht verhindern können. Erich würde ihre rote Hose von unten bis oben betrachten: *Wie siehst du denn aus?*, und das Lachen würde in seinen Mundwinkeln sitzen. Bevor es jedoch seine Augen erreichen könnte, würde er ihr ins Gesicht sehen: *Ach, du Ärmste! Haben die es mal wieder geschafft, was?*

Ein Satz, den sie in den vergangenen Monaten viel zu oft von ihm zu hören bekommen hatte, *haben die es mal wieder geschafft*, wenn sie heulend auf dem Sofa saß, nachts, im Glauben, dass Erich sowie ihr Sohn bereits schliefen. Erich, der stets lautlos kam, von hinten, den Arm um sie legte: *Haben die es mal wieder . . .*

Anfangs hatte Erichs Satz nach besänftigender Umarmung geklungen, alles konnte gut werden im Erzählen – *geschafft, was?* – und die Bösen wurden ausgeschlossen, eindeutig katalogisiert und in Zukunft erkennbar.

Während der vergangenen Wochen hingegen hatten jene Worte einen eigenartigen Unterton angenommen; nicht bloß ungeduldiger Vorwurf, es klang eher . . . Julia konnte es nicht benennen. Triumph, hätte sie denken müssen, wäre sie dazu in der Lage gewesen, eine kleine triumphierende Freude, als sei ihm jeder Sieg anderer über sie, Julia, eine Bestärkung. Doch solche Gedanken waren ungeheuerlich. Erst Jahrzehnte später konnte sie Erich erkennen, dann, als ihr alle Erkenntnis nichts mehr nützte.

Julia schüttelte den Kopf. Mit der nassen Hose konnte sie unmöglich Adrians Lehrerin gegenübertreten. Sie schob den Regenhut weiter in den Nacken. Die Hose aufhängen und so tun, als wäre jener Wagen nie an ihr vorbeigezischt. Erich würde ihr sonst bloß erneut zu verstehen geben, wie ungeschickt sie sei. Nein, das war nicht fair von ihr, ermahnte sie sich. Erich war um sie besorgt, und dass sie diese seine Besorgnis irritierte, das war nun wirklich ihr Problem, und nicht seines.

»Ja, das hat nur mit mir zu tun«, murmelte sie zur Bestätigung ihrer eigenen Gedanken. Da ein Passant ihr den Vogel zeigte, verstummte sie. Jahre später sollte sie sich an diese Geste erinnern als Zeichen, dass es für alle offensichtlich gewesen war, selbst für jene, die bloß an ihr vorübergingen.

Der Regen war heftiger geworden, Julia überquerte die Straße, öffnete die Tür der Bäckerei. Als letztes Glied in die Schlange eingereiht, die sich bereits entlang der Theke gebildet hatte. Brot wollte sie kaufen, und vielleicht etwas Süßes. Zum Nachtisch – oder viel mehr zum Vorab-Trost, dieser Tag war noch lange nicht zu Ende.

Julia betrachtete die in der Vitrine ausgestellten Waren, reckte den Kopf, um an der massigen Schulter der Frau vor ihr vorbeizublicken. Rot, ein Blätterteiggebäck, gefüllt mit Johannisbeermarmelade. Angeekelt wandte sie sich ab. Nichts Rotes. Julia erinnerte sich, wie sie zitternd die WC-Spülung betätigt hatte und aus dem Klo gestürzt war. Genug des Roten für lange Zeit.

Seit gestern ruhte der Befund des Arztes in ihrer Tasche. Nichts Rotes. Sie hatte es bislang nicht gewagt, den Brief zu öffnen; auch mit Erich hatte sie weder über den Vorfall, noch über den Arztbesuch gesprochen. Rotes Gebäck kam nicht in Frage. Sie massierte sich die Stirn, der pochende Schmerz in ihrem Kopf solle aufhören.

Eine Quarktasche und daneben – was mochte das sein? Sie war sich nicht sicher: gedreht, gerollt, hellgelb, Germteig. Julia versuchte, einen Blick auf das Schild am Vitrinenrand zu erhaschen, sie wollte nicht ,das da, vorne, weiter rechts, links von den Taschen' sagen müssen.

Die Frau vor ihr wandte sich um: »Können se nich warten! Nu rempeln se mich schon zum dritten Mal an!«

Andere drehten ihr nun ebenfalls den Kopf zu, missbilligende Blicke. Julia spürte, wie sie rot wurde, entschuldigte sich, versuchte zu erklären, sie habe bloß . . .

»Die Nächste bitte!« – Die Frau vor ihr kehrte Julia mitten in deren erklärender Rede ostentativ den Rücken zu. Julia verstummte. Auch daran würde sie sich erinnern, und sich fragen, ob es an den Kunden der Bäckerei, an der Atmosphäre gehetzter Betriebsamkeit gelegen haben mochte, dass alle ihre Missbilligung ihr, Julia, zuwandten. Oder war es bloß ihr Blick gewesen? An vieles, was danach geschah, konnte sie sich nur unter Schleiern erinnern.

Als sie an der Reihe war, verlangte sie einzig ein halbes Kilo Vollkornbrot, dreimal musste sie ihre Bestellung angeben, weil die Verkäuferin sie nicht verstanden hatte – *Haben die es mal wieder geschafft?* – und die Uhr an der Straßenecke zeigte 11:13 an. Sie musste sich beeilen, wollte sie noch nach Hause, um sich umzuziehen. Um Viertel vor zwölf, da sollte sie sich mit Erich treffen, vor der Schule ihres Sohnes, und danach auf die Post, weil Erich sicher gehen wollte, dass sie den Brief nicht wieder vergaß. Getobt hatte er gestern. Weil sie ihn nicht gesehen hatte, fünf Tage liege das Schreiben schon auf der Kommode, fünf Tage, und sie sei nie auf die Idee gekommen, ihn zur Post zu bringen? Nein, eine Marke reiche nicht, eingeschrieben müsse er werden.

Julia konnte sich nicht erklären, weshalb sie jenes Kuvert nicht bemerkt hatte. Einzig, dass in den letzten Tagen das familiäre Chaos ausgebrochen war, alles ging drunter und drüber, sie verlor zusehends den Überblick über die Stunden, es mochte ihr nicht mehr gelingen, sich die Arbeit einzuteilen, und so sehr sie sich auch ermahnte, strukturiert tätig zu sein, die Unordnung in allem wuchs von Tag zu Tag. Das Finanzamt entschuldige keine depressiven Verstörungen etwaiger Lebensgefährtinnen, hatte Erich geschrieen, und sich bei ihr entschuldigt, danach, sie umarmt, ihr später im Bett lange, lange den Rücken massiert. Es tue ihm so leid, der berufliche Druck in den letzten Wochen, ob sie ihm noch einmal verzeihen würde, er könne sich keine Schnitzer leisten, nun, da sie ohne Arbeit sei. Und heute Morgen die Frage, der Brief, er stecke schon in ihrer Tasche, oder? Sie werde ihn nicht vergessen, nach dem Gespräch in der Schule müsse sie ihn zur Post bringen. Es sei ihm unmöglich, es selbst zu tun, er habe sogleich danach einen weiteren beruflichen Termin, den er ohnehin bereits in den frühen Nachmittag verschoben habe, damit er sie zu Adrians Lehrerin begleiten könne.

Ja, der Brief ruhe in ihrer Tasche; daneben die Vorladung zu einem Elterngespräch mit Adrians Klassenlehrerin. Dass Erich ihr zugesagt hatte, sie zu begleiten, wie froh war sie darüber gewesen! Schließlich war Erich nicht Adrians Vater, was ging ihn also das Ganze an, doch sie hatte ihn gebeten - nein, angefleht hatte sie ihn. Zuerst hatte Erich noch gelacht, damals: Es sei beinahe grotesk, ob sie sich denn wirklich und wahrhaftig vor Adrians Lehrerin fürchte? Schulschwänzen, mein Gott, was heiße das schon? Würde die alte Schachtel ihren Unterricht spannender gestalten, würde Adrian schon hingehen, hatte Erich erklärt, und ihre Sorge vom Tisch gewischt - *haben die es mal wieder ...* - und Erich hatte über den Rand seiner Zeitung hinweg sie angesehen, ihr ins Gesicht: »So beruhige dich doch ...«

Sie müsse sich Respekt verschaffen, es sei kein Wunder, dass alle so mit ihr umspringen würden, und Erich hatte geseufzt; hoffnungslos, so hatte es geklungen. Er war aufgestanden, ans Fenster getreten. Es sei ein Kreuz mit ihr, er würde sich nicht wundern, wenn ... Mitten im Satz hatte er sich abrupt umgedreht, zur Tür hin. Sie hatte nachgefragt, doch er wollte nicht sagen, was ihn nicht wundern würde, und so blieben seine Gedanken schwer zwischen ihnen hängen an jenem Tag, auch am nächsten; nun ein Spinngewebe in ihrem Kopf.

Der Autobus! Er fuhr bereits an ihr vorbei, bald schon würde er die Haltestelle erreicht haben, sie begann zu laufen, wenn sie ihn versäumte, dann . . . Sie keuchte, das Brot in der Plastiktüte schlug ihr gegen die Beine, der Autobus fuhr an die Haltestelle, ruhig atmen, gleichmäßig, tief ausatmen, ermahnte sie sich, es stach in der Seite, ihre Kondition war schon seit langem nicht die beste, zumindest hatte sie vor zwei Jahren mit dem Rauchen aufgehört. Einer mit Skatebord - sie versuchte, ihm auszuweichen, zu spät, sie prallte gegen seinen Körper, verlor am nassen Asphalt den Halt.

Vom Boden aus sah sie den Bus wegfahren. Der Junge schnauzte sie an, ob sie keine Augen im Kopf habe. Sie stand auf. Der rückwärtige Teil ihres Regenmantels hatte einen Riss. Sie kramte nach Taschentüchern, wischte sich den Schmutz von der Hand, rückte sich den Regenhut zurecht. Sie biss sich auf die Lippen, nicht weinen, keine Zeit, auch nicht, um sich umzuziehen. Unpünktlichkeit wäre noch unhöflicher als nasse Kleidung. Bloß nicht heulen, sonst würde ihr Gesicht mit Mascara verschmiert sein, und das Brot konnte sie auch vergessen. Auf der Bank im Wartehäuschen ließ sie es zurück. Der Obdachlose, der seit langem regelmäßig dort nächtigte, er würde sich vielleicht nicht an der Regenwasser-Durchtränktheit stören. Bei Adrian und Erich hingegen war sie sich dessen nicht sicher.

11:19 Uhr, der Bus in die andere Richtung kam. Sie setzte sich auf einen Fensterplatz. Wenn zumindest die Heizung funktionieren würde! Sie zupfte an der Hose, die an ihren Beinen klebte. An der seitlichen Innennaht entdeckte sie, dass ein Faden abstand, ein Loch bildete sich bereits, dort, wo die Nähte aufgegangen waren, weshalb hatte sie das heute morgen nicht bemerkt? Zumindest war es nicht die äußere Schenkelnaht, wie peinlich wäre das erst ...! Der farbliche Unterschied, der hätte ihr doch auffallen müssen, wenn schon nicht der Faden! Wie an Erichs alter Jacke, da hatte auch der abgetrennte Aufnäher einen dunkleren Fleck unterhalb des Kragens hinterlassen. Mitten in all ihre Turbulenzen war Erich mit seiner Bitte getreten, ob sie ihm denn nicht helfen könne, und sie war irritiert gewesen, denn jene Jacke trage er doch so gut wie nie. Ja, weil der Aufnäher peinlich sei, hatte er geantwortet, niemand stehe mehr auf diese Band, das sei jahrzehntelang vergangener Kram; was sie wissen würde, wenn sie sich für seine Musikrichtung begeistern könnte.

Julia hatte ihm den Gefallen getan, hatte die Jacke nachts noch in die Waschmaschine gegeben, was ihn am Morgen verärgerte: Die werde niemals trocken, die könne er doch so nicht anziehen, was sie sich bloß dabei gedacht habe. *Schusselchen*, so hatte er sie genannt, aber die Falte auf seiner Stirn verriet seine schlechte Laune.

Ein junger Mann setzte sich neben Julia, Hörstöpsel in den Ohren. Wie er das bloß aushalten könne? Versunkenes Wippen, er erfreute sich daran, und Julia dachte an Adrian und die eigenartige Musik, die er spielte, blechernes Geschepper und ein Gesang, der keiner war, und alles in enormer Lautstärke. Ich weiß nicht, was du hast, das ist doch geil, hatte er über das Gekreisch aus dem Lautsprecher hinweg geschrieen, und Erich und er, sie hatten beide gelacht.

Julias Haltestelle wurde angesagt, sie erhob sich. Der junge Mann nahm keinerlei Notiz davon.

«Entschuldigung, würden Sie mich bitte durchlassen?"

Er saß mit geschlossenen Augen neben ihr, trommelte den Takt auf seinen Rucksack. Sie berührte ihn an der Schulter, der Bus fuhr bereits in die Haltebucht, er öffnete die Augen, sah sie an, als wisse er von nichts.

«Ich muss aussteigen. Bitte."

Er murmelte «Nie hat man seine Ruhe", rutschte auf dem Sitz zurück, seine Knie ein wenig zur Seite, sie schob sich daran vorbei, mühsam, zum Ausgang, die ersten kamen bereits herein.

»Bitte, lassen Sie mich durch.« Gezanke und Geschimpfe hinter ihrem Rücken. Sie malte sich aus, wie sie Erich von diesem Tag erzählen würde – *Jetzt sei doch einmal stark, verschaffe dir Respekt, kein Wunder, dass . . .* – Lieber nicht, nur das Auto, die beschmutzte Hose, das ließ sich ohnehin nicht verheimlichen. Erich würde nach allem Geschehenen bloß wieder ihre mangelnde Wehrhaftigkeit betonen; dass diese auch dafür verantwortlich sei, das alle sich dächten, klar, mit der da könne man umspringen wie man wolle, ungestraft. Im Grunde genommen also einzig ihre Schuld; denn er, er würde sich so etwas niemals bieten lassen. Er lege Wert auf seine Verteidigungskraft, so hatte er an jenem Sonntag erklärt, wenn nötig sogar mit einer Waffe. Sie hatte ihn entsetzt angesehen. Das ganze Gespräch war ein Fiasko gewesen, von Anfang an, als sie ihm mit kippender Stimme von jenem Schlagring in Adrians Zimmer erzählt hatte – nicht daran denken, ihr Sohn war ein guter Junge.

Wo Erich bloß blieb? 11:48 Uhr. Vielleicht hatte er die Schule bereits betreten, der Regen, immer dieser Nieselregen, wochenlang . . . Möglicherweise war er vor der vereinbarten Zeit bereits gekommen? Sie sah sich um, Erich war auch im Schulgebäude nirgends zu entdecken. Den Regenumhang ausziehen, zusammenrollen, in die Hülle stecken, den Regenhut dazu; ein Tropfen fiel auf das Kuvert des Arztes. Sie schloss rasch den Reißverschluss ihrer Tasche. Erich hatte ihr eine Waffe angeboten, nur zur Abschreckung, wie er sagte, eine Imitation aus Plastik, was aber niemand erkennen werde, dem sie damit vor der Nase herumfuchtle; sie müsse lernen, sich Respekt zu verschaffen. Niemals, hatte sie geantwortet, niemals werde sie freiwillig so ein Ding mit sich herumtragen, ob echt oder nicht, das sei unwesentlich. Und sie hatte ihn angefleht, seine Schusswaffen nicht in dieser Wohnung liegen zu lassen. Kinder, Pubertierende, man wisse nie, und Erich hatte den Kopf geschüttelt, sie in den Arm genommen – *Du bist so leicht zu erschrecken . . .* in ihr Haar gemurmelt.

11:52 Uhr. Erich war nirgends zu sehen. Sie überprüfte im Glas einer Vitrine ihr Spiegelbild, eine Haarsträhne hatte sich gelöst. Sie zog die Spange heraus, hielt ihr Haar zur Seite; ihr Sohn war ein guter Junge, vaterlos, aber ein guter Junge, die Spange befestigt. Hinter ihr Gekicher, zwei Mädchen kamen die Treppe herab, bogen um die Ecke. Julia betrachtete erneut ihr Spiegelbild. Sie sah lachhaft aus, aber es war nicht zu ändern und Erich noch immer nicht gekommen. Sie öffnete den Reißverschluss ihrer Tasche, kramte nach ihrem Mobiltelefon, dessen Display die Antwort gab: keine Anrufe in Abwesenheit, keine Kurznachrichten.

11:54 Uhr. Sollte sie ihn anrufen? Dabei hatten sie doch heute morgen noch darüber gesprochen, er genervt, schon im Weggehen, ja, natürlich, er werde mit Sicherheit rechtzeitig dort sein.

Das Telefon in ihrer Hand gab einen schrillen Klingelton von sich. Beinahe hätte sie es vor Schreck fallen lassen. »Morgner, hallo?«, meldete sie sich. Erich, er könne nicht kommen, seine vormittägliche Besprechung dauere länger als gedacht, er könne sich unmöglich davonstehlen, was sie bloß immer glaube, er arbeite hart hier, seine Job sei wichtig, er müsse unbedingt dieses Geschäft unter Dach und Fach bringen, ansonsten würde es weitreichende Konsequenzen haben, auch für seine Position in der Firma, das könne er sich nicht leisten – nein, sie beide, sie könnten sich das nicht leisten. Blick auf das Konto, das über alle Maßen überzogen sei, das müsse sie, Julia, doch verstehen. »Ja«, sagte sie, »natürlich.« Er müsse nun zurück, er habe sich nur kurz unter dem Vorwand der Toilette davon stehlen können, um ihr Bescheid zu geben. Sie verstehe, sagte sie, und er mahnte den Brief ein, sie solle nicht vergessen, auf keinen Fall, sie müsse unbedingt nachher sofort zur Post! »Ja«, sagte sie, und er beendete das Gespräch.

Julia stieg die Stufen hoch, erster Stock, zweiter Stock, den Gang nach links, gleich nach der Glastür das Zimmer für Elterngespräche; sie klopfte, zog die Tür auf. Die Lehrerin rief: »Einen Moment noch!«

Bevor Julia die Tür schloss, erhaschte sie einen Blick auf ein Elternpaar, die Frau putzte sich die Nase, der Mann legte den Arm um ihre Schultern. Sie, Julia, würde alles wieder einmal alleine schaffen müssen. Mein Gott, was ist denn schon dabei, stell dich doch nicht so an! Das Elternpaar verließ das Zimmer, wandte sich rasch zur Treppe hin. Gesenkte Köpfe.

Julia betrat das Sprechzimmer. So, so, Morgner Adrian, 3d, ja, das sei sehr schwierig, er habe massive Probleme, nicht nur, dass er unvorbereitet sei, Hausaufgaben prinzipiell nicht mache, nein, er habe auch disziplinäre Schwierigkeiten. Er könne keine Autoritäten anerkennen, sei deshalb bereits mehrfach verwarnt worden, er erscheine rein grundsätzlich erst fünf bis zehn Minuten nach Unterrichtsbeginn, und – dem müsse sie unbedingt ins Auge sehen, bevor es zu spät sei: Ihr Sohn gerate zusehends auf die schiefe Bahn!

»Nun weinen Sie doch nicht!« Ein wenig genervt, abwehrend. Wahrscheinlich, so die Lehrerin, setze Julia ihm zu wenige Grenzen, sei viel zu nachgiebig, eine sogenannte schwache Mutter, das erlebe man häufig bei Alleinerziehenden. Adrian sei kürzlich mit einer Pistole in die Schule gekommen, das könne nicht geduldet werden.

»Mit einer Pistole? Ja, aber ... wo hatte er die denn her?«, fragte Julia und die Lehrerin erklärte, das Woher sei einfach zu beantworten. Sie gehöre dem Lebensgefährten seiner Mutter, viel interessanter sei jedoch die Frage, weshalb Adrian sie an sich genommen habe, und das könne sie, seine Lehrerin, nun wirklich nicht wissen. Julia, müsse doch eine Ahnung haben, immerhin sei sie seine Mutter. Darüber hinaus scheine ihr, so die Lehrerin, als habe Adrian mit dem neuen Partner seiner Mutter gravierende Schwierigkeiten; wie lange sie denn schon mit diesem Mann liiert wäre? Soso, fünf Monate . . . Diese Angelegenheit mit der Pistole – das sei Julia wohl auch klar, dass es sich dabei um einen Hilferuf eines verstörten Kindes handle; ihr, Julia, müsse der eigene Sohn doch auch das Wichtigste im Leben sein, oder? Wichtiger als alles andere, wichtiger als jener Mann. Das Kind müsse Priorität haben, erklärte die Lehrerin.

Die Waffe sei keine mit scharfer Munition, sagte die Lehrerin, sondern eine Schreckschusspistole, ungeladen zudem, so habe Adrian es ihr und auch der Direktorin versichert – und die Lehrerin schob Julia die schwarze Waffe über den Tisch hin zu, die Mündung auf Julias Bauch gerichtet.

Keine Frage, die Pistole sah echt aus, täuschend echt. Julia wollte sie nicht einmal berühren. »So stecken Sie das Ding doch ein!«, herrschte die Lehrerin sie an. Sie, Julia, müsse dringend ihren Erziehungsstil ändern, klare Verhältnisse schaffen, sie dürfe keine Abweichungen von aufgestellten Regeln dulden, auch nicht in den kleinsten Dingen des Alltags . . . »Außerdem müssen Sie dringend Ihre Beziehung strukturieren, ansonsten . . .«, und die Lehrerin hob die Hände, eine Geste der Unschuld.

Julia saß auf der Bank und wartete. Ein Bus kam, fuhr ab, der nächste kam und fuhr ab. Ihre Finger umklammerten den Henkel ihrer Tasche. Sie starrte in den Regen hinaus. Es dämmerte bereits. Der Brief des Arztes ruhte geöffnet in ihrer Tasche, umgeben von der Pistole und ihrer Regenhaut. Sie würde diese Schutzkleidung nicht mehr benötigen. Der Regen wurde heftiger. Unter ihren Händen, in der Tasche, läutete bereits das Mobiltelefon zum dritten Mal. Sie konnte die Vibrationen spüren, in ihren Fingern, auf ihren Schenkeln. Sie musste mit Erich sprechen. Aller Wahrscheinlichkeit nach blieb ihr kaum Zeit. Dass die Operation gelingen könnte, glaubte sie nicht. Wo sie denn bleibe, sie sei noch nicht zuhause, ob sie schon den Brief zur Post gebracht habe, sie könne doch nicht jeden Nachmittag vertrödeln, er habe sich bereits Sorgen gemacht, und der Brief, sie dürfe ihn keinesfalls vergessen! Was? Seine Geschäftsbesprechung? Ja, ja, die sei unter Dach und Fach, eine Beförderung wahrscheinlich, was er nicht beschreien wolle, aber der Brief, Herrgottnochmal, sie müsse sich zusammenreißen, abends dann, er könne sie massieren, danach zuerst zur Post, so werde sie nie Arbeit finden, sie müsse endlich aufwachen . . .

Julia stieg in den nächsten Bus ein, stieg aus, die Straße hinab. Wenn dieser Tag, so dachte Julia, schon vorbei wäre, beendet, abgehakt. Um die Ecke biegen, der Regen ging in Schneeregen über, sie wollte nicht nach ihrem Regenhut kramen, dabei vielleicht die Pistole berühren müssen, nein.

Erich hatte davon gewusst. Er bestätigte, dass er Adrian eine Waffe - ungeladen - mitgegeben hätte. Eine Schuldebatte, einige hätten behauptet, sie würden sich mit Pistolen auskennen, die üblichen Angeber, hatte Erich sie geringschätzig genannt. Außerdem könne er nicht verstehen, weshalb die Lehrerin nun Theater mache, lächerlich sei das, eine Waffe sei Jugendlichen an jeder Straßenecke zugänglich, wo Julia denn lebe, auf dem Mond wohl! Und der Brief, sie dürfe ihn keinesfalls vergessen, und Brot fehle auch - ob sie daran denke? An das Leben glaubte Julia nicht mehr.

In der Bäckerei, nochmals, ein halbes Kilo Vollkornbrot, zumindest war sie dieses Mal die einzige Kundin, sie kaufte nun auch die gefüllte Brezel, eine nur, für sich zum Trost. Erich brauchte es nicht zu erfahren. Ihre Vorliebe für Süßspeisen machte ihm stets Sorgen, nicht weil sie zur Fülligkeit zu tendieren begann, nein, aber der viele Zucker, das könne niemals gesund sein, sie vergifte ihren Körper damit.

Julia betrachtete die angebissene Stelle. Eine halbierte Rosine: vertrocknet, allen eigenständigen Lebens beraubt, aufgequollen nun. Sogleich schmeckte das Gebäck in ihrer Hand weniger lecker.

»Egal«, murmelte sie halblaut vor sich hin, »das ist nun auch schon egal.«

Die Schiebetür der Postfiliale öffnete sich, ihr war übel, sie hatte das Puddingteilchen zu hastig in sich hineingeschlungen, vertrug ohnehin keine Milchprodukte, nein, sie würde dem Brechreiz nicht nachgeben und noch später nach Hause kommen, Erichs sorgenvoller Blick und Adrians Gezeter, er verhungere schon, ob er seiner Mutter denn vollkommen unwichtig sei! Der Brief, sie musste den Brief aufgeben, für Erich danach die Bestätigung, ein Einschreiben, das dürfe sie nicht vergessen, und sie reihte sich in die Schlange der Wartenden ein, die ihr die kürzeste zu sein schien.

Sie hatte schon seit langem herausgefunden, dass die Anzahl der Personen oft zu einem irrtümlichen Schluss führte, denn auch wenn sich hier bloß drei hintereinander aufgestellt hatten, statt jene fünf, die nebenan warteten, wer garantierte denn für deren Anliegen und dessen Dauer? Noch einer vor ihr, bald schon würde sie an der Reihe sein. Sie öffnete den obersten Knopf ihres Mantels, lockerte den Schal, heiß war es hier, sie bekam kaum Luft, und das Teilchen drängte nach oben, sie schluckte. Weshalb hatte sie nicht auch Mineralwasser gekauft . . . Den Kopf heben, sich ablenken, umsehen, der Kartenständer, sie würde eine für Tante Irma mitnehmen, zum Geburtstag. Der Mann dort, am Kontoschalter mit der Sporttasche, das war doch Erich! Es war seine Jacke, mit dem dunkleren Fleck unterhalb des Kragens, dort wo der Aufnäher gewesen war, die Band mit dem Totenkopf, den Namen hatte sie vergessen, und sie wollte schon ‚Erich' rufen, zu ihm laufen, als der Mann sich ein Stück zur Seite drehte, ungeduldig schien er ihr zu sein, nicht Erich, die Haare, die unter der Mütze hervorsahen waren schwarz, ein Bart obendrein. Und Sonnenbrille, Erich trug niemals Sonnenbrillen. Wie oft hatte sie ihm während des letzten Sommers gebeten, seine Augen vor schädlichen UV-Strahlen zu schützen, damals waren sie beide frisch verliebt, eine Reisebekanntschaft, ein Kreuzfahrtschiff - ewig schien es her zu sein! Damals war alles so leicht gewesen, sonnengetränkt, was hatten sie gelacht, sie beide. Und nun? Nun war ihr bloß noch zum Heulen! Nicht daran denken. Der nächste Sommer kommt bestimmt, die Geldsorgen würden weichen, Erich wieder der alte sein, sie würde eine Arbeit finden, und Adrian, Adrian würde sich an Erich gewöhnen. Alles würde gut werden, sie musste nur daran glauben.

Die Tasche aufmachen, der Mann mit dem Abholschein bestätigte bereits mit seiner Unterschrift die Übernahme des Briefes. Ein älterer Mann mit Wanderrucksack sah sich um, er kam ihr bekannt vor, doch Julia konnte sich nicht erinnern, wo sie ihn schon einmal gesehen hatte. An das Leben glauben, ja! Ein Taschentuch, sich die Nase putzen, den Magensaft hinunter zwingen. Der Mann mit dem Wanderrucksack sah sich noch immer suchend um, wählte aus und schob sich vor Julia. Sie starrte ungläubig auf seinen Rücken, schluckte, lachte, sah zu den Menschen rundum: Alle ignorierten, was hier geschah! Sie öffnete ihre Tasche, steckte das Taschentuch zurück, tastete nach ihrem Portemonnaie im kleinen Seitenfach.

»Entschuldigung«, sie räusperte sich. »Entschuldigung, aber . . .«

»Wat is?«, herrschte der alte Mann sie an.

Einmal nicht nachgeben, einmal nicht den Schwanz einziehen, einmal kämpfen, wie Erich, sagte sie sich und zu ihm: »Eigentlich habe ich hier gestanden!«

»Wat?« Er wandte sich nur halb zu ihr um, ein Fremder.

»Ich war die nächste.« Ihre Hand noch immer in der Tasche, die zitternden Finger bekamen den Reißverschluss des Seitenfaches nicht auf.

»Dann gehn se eben vor. Wenn se meinen, dat se dat nötig ham . . .« Und er lachte höhnisch.

»Ich habe mich nicht vorgedrängt, ich . . .«

Du entschuldigst dich schon wieder, hörst du nicht, wie du dich entschuldigst? Jetzt sei doch einmal stark, verschaffe dir Respekt, kein Wunder, dass alle so mit dir umspringen! Klare Grenzen setzen, Sie müssen für Ihre Einhaltung sorgen, keine Abweichungen dulden. Keine schwache Mutter sein!

»Entschuldigen Sie sich bei mir! Ich will, dass Sie sich sofort entschuldigen!«

»Nu tun se doch dat Dingen weg! Sind se bekloppt?«

»Sie sollen sich entschuldigen.«

Jemand kreischte, schrie. Ein Knall, plötzlich, den sie nicht erwartet hatte, alles war anders als sie erwartet hatte, der alte Mann sackte einfach in sich zusammen, und da war so viel Blut, ein Alarm ging los.

»Ich wollt doch nur, dass er sich entschuldigt«, murmelte Julia, hockte über ihn gebeugt. »Es ist ja bloß eine Schreckschusspistole, nicht einmal geladen . . .«

Den Mann mit der Sporttasche, der eilig die Filiale verließ, würde Julia nie wieder sehen. Seine geopferte Barbekanntschaft würdigte er mit keinem Blick. In seiner inneren Jackentasche ruhte, schweißnass aufgrund der langen Wartezeit, ein Ticket für eine Kreuzfahrt.

Jens Peter Wörz

24 Stunden Gladbach

Ich hatte von Anfang an ein mieses Gefühl, als ich den Mann morgens früh vor der Haustür traf. Ich, in meinen schweren Mantel gewickelt, während er, der morgendlichen Kälte trotzend, nur einen verwaschenen Pulli trug, den er über seinen mächtigen Bauch hinweg in die Hose gezwängt hatte. Offenbar war er jemand, der leicht schwitzte, einer dieser Typen, die immer auf Trab waren.

»Herr Schmidt, isch jrüße Sie«, hieß er mich in einem Rheinländisch willkommen, so breit, wie der sperrige alte Benz, mit dem er gekommen war. Er schüttelte meine Hand und umfasste gleichzeitig mit der Linken meinen Unterarm, als wären wir alte Freunde.

»Wiessner, Erwin«, stellte er sich vor, dabei ließ er das ‚Erwin' kumpelhaft nachklingen und zwinkerte mir zu. »Jut, dann wollen wir mal.« Er vollführte eine einladende Geste in Richtung des schönen alten Gründerzeitbaus hinter ihm. Schon auf der Hinfahrt war mir aufgefallen, dass in dieser Stadt viele kleine Schmuckstücke auf den warteten, der dafür offen war. Wir stiegen hoch in den dritten Stock und blieben vor einer Wohnung stehen.

»Willkommen . . . in Ihrem . . . neuen . . .«, Wiessner unterbrach sich. Sein Kopf war puterrot angelaufen und sein Atem rasselte wie eine alte Klapperschlange. Die Treppen hatten ihn geschafft. »Der Kreislauf«, presste er hervor und kramte in seiner ausgebeulten Hose nach den Wohnungsschlüsseln.

Zwei Stunden später hatten wir alle Einzelheiten geklärt und ich den Mietvertrag unterschrieben. Ich war nicht wählerisch, ich wollte einfach nur schnell eine Wohnung, möglichst ohne viel Aufsehens. Jetzt standen wir in dem schlichten, von nackten Leitungen verunstalteten Raum, der meine Küche werden sollte und ein sichtlich erholter Wiessner plauderte ohne Gnade drauflos. Er hatte sich an seinem Lieblingsthema festgebissen: die Borussia.

»In dreißig Jahren hab ich kaum ein Spiel verpasst«, tönte er. »Sie sind hier in Eicken, unserem alten Stammgebiet. Da vorne die Straße hinauf und schon sind Sie am Bökelberg.« Ein Schimmer trat in seine unterlaufenen Augen. »Das waren Zeiten damals. Die kann uns keiner nehmen. Und heute . . .« Sein Kopf lief schon wieder bedenklich rot an und der Rest ging in einem röchelnden Husten unter, der nicht enden wollte. Ich kannte den Tabellenstand und damit auch den Grund dafür.

»Isch rede wieder zuviel, entschuldigen se«, sagte er, nachdem er sich etwas erholt hatte und sprach mir damit aus der Seele. Er verabschiedete sich: »Tschö!«

»Tsch . . . Tschüss!«, erwiderte ich mitteldeutsch und überglücklich. Sein atemloses Husten hallte durchs Treppenhaus und dann war er fort.

Eine große Sporttasche, mehr hatte ich nicht. Mein Abschied aus der Heimat war eher hektisch ausgefallen. Ich warf die Tasche in den Flur, kramte darin herum und entnahm die feuchtklebrige Schmutzwäsche. Ich warf sie zusammen mit anderen Dingen auf einen Haufen, bis ich fand, wonach ich suchte: mein altes Rasiermesser mit Emaillegriff. In den letzten nervenaufreibenden Tagen war ich nicht zum Rasieren gekommen. Jetzt hatte ich die Tür hinter mir und damit auch hinter diesen unerfreulichen Ereignissen geschlossen. Pinsel, Schaum und Scherblatt würden nun wieder einen Menschen aus mir machen.

Mit geduldiger Hand trug ich nun Zug um Zug den Rasierschaum wieder ab und summte eine Johnny-Cash-Melodie. Dann hörte ich über mein eigenes Brummen hinweg ein Geräusch. Ich lauschte und erkannte es: Ein Schlüssel drehte sich im Schloss. Die Tür sprang auf, bevor ich den Flur erreichte. Eine Sekunde später traf ich auf Wiessner, wiederum mit puterrotem Kopf. Sein Atem überschlug sich fast und das rührte nicht nur vom Treppensteigen her.

Er starrte mit geröteten Augen auf die geöffnete Sporttasche zu meinen Füßen. Fein säuberlich lagen hier stapelweise gebündelte Hundert-Euro-Schein-Pakete, eine Pistole, ein Totschläger und dann noch dieser triefende Haufen blutgetränkter Klamotten. Ich löste mich aus meiner Starre und kam mit zur Beschwichtigung erhobenen Händen auf ihn zu, hatte aber vergessen, dass ich immer noch mein etwa fünfzehn Zentimeter langes Rasiermesser in der Hand hielt. Das gab ihm offenbar den Rest. Er wich mir aus, prallte rückwärts gegen die Wand, griff sich ans Herz und sank zusammen.

Der Mann war tot, vermutlich an einem Herzinfarkt gestorben. Stöhnend ließ ich mich neben ihm nieder. Nicht, dass der Anblick einer Leiche mich noch besonders schrecken konnte, aber zusammen mit dem Dicken waren auch alle meine Hoffnungen auf einen friedlichen Neubeginn zusammengebrochen. Ich war nach Mönchengladbach gekommen, um neu anzufangen. Und jetzt, keine drei Stunden später, lag eine Leiche in meinem Flur. Na bravo!

Technisch gesehen war ich zwar unschuldig. Der Mann war an zu wenig Bewegung und zu viel Alkohol und fettem Essen gestorben, der Anblick meiner Sporttasche war nur der letzte Auslöser gewesen. Trotzdem, Polizei kam nicht in Frage. Ich hatte so ein Gefühl, dass sie nicht die Tonnen von Bier und Bratwurst zur Verantwortung ziehen würden, wenn sie den Mann aus meiner Wohnung trugen. Ich musste die Leiche loswerden, lieber jetzt als gleich.

Es klopfte, laut und anhaltend. Poch, poch, poch! Ich erstarrte.

»Herr Schmidt, sind Sie da?« Eine Frauenstimme.

»Was wollen Sie?«, gab ich zurück, immer noch neben dem toten Wiessner kauernd. Woher kannte sie überhaupt schon meinen Namen? Natürlich nicht meinen richtigen, aber trotzdem.

»Ich bin Ihre Nachbarin.« Das war für sich genommen ja keine Begründung, mich und meinen Toten zu belästigen, aber irgendetwas in ihrer Stimme sagte mir, dass sie sich nicht abschütteln lassen würde.

»Einen Moment«, entgegnete ich und schickte mich an, Wiessner unter den Armen zu fassen und von der Eingangstür wegzuschaffen. Selten hatte ich es mir so schwer gemacht im Leben. Mein Ziel war das wenige Meter entfernte Badezimmer. Ich drückte die Tür auf und schleifte Wiessner mit einem letzten Kraftakt, der eigentlich Applaus verdient hätte, hinein. Dann raffte ich schnell die Sporttasche und den darum verteilten Kram zusammen, warf alles hinterher und schloss die Tür.

Wieder klopfte die Frau, als wolle sie einen Teppich ausschlagen.

Ich stürmte endlich zur Tür: »Ja?«

»Juten Tach, Herr Schmidt. Ich bin die Frau Kunze von unten«, grüßte eine Dame mittleren Alters in Putzkleidung, ebenfalls Rheinländerin durch und durch, mit jener ganz speziellen Sprachmelodie aus Hebungen und Senkungen, die immer ein bisschen an Gesang erinnert. Der Vergleich schien mir gut zum rheinischen Selbstverständnis zu passen – so als wäre es das eigene Gesagte durchaus wert, in Liedern besungen zu werden.

Ihr spitzes Gesicht zierte ein honigsüßes Lächeln, von jener Art Süße, bei der einem schnell die Zähne schmerzten. »Ist der Herr Wiessner noch bei Ihnen?«, fragte sie und riskierte an mir vorbei schon mal einen forschen Blick in die Wohnung. Dann schaltete sie wieder um auf Lächeln. Mir wurde eiskalt.

»Nein«, behauptete ich steif.

»Aber er ist doch eben erst zu Ihnen gegangen«, beharrte sie. »Zum zweiten Mal heute schon.« Der Frau entging wohl nichts.

»Ja, schon. Aber hat nur eben einen zweiten Schlüssel abgegeben und dann ist er wieder weg«, versicherte ich unbehaglich.

»Komisch. Er wollte doch danach zu uns kommen.«

Ich zuckte die Achseln. »Das hat er wohl vergessen. Sie haben ihn verpasst.«

Ihre hellwachen Augen verengten sich. Es geschah sicher nicht oft, dass sie hier im Haus etwas verpasste. »Ach, sie haben auch Fliesen«, wechselte sie plötzlich das Thema und schob sich dabei so geschickt in den Türspalt, dass ich sie nur noch mit echter Verteidigungsarbeit aus meiner Wohnung hätte entfernen können. Widerwillig machte ich ihr Platz.

Sie trat ein. »Sehr hellhörig, übrigens.«

Mir war nicht klar, ob eine wie sie einen Nachteil oder Vorteil darin sah. Sie ging weiter den Flur entlang und ich konnte sie nicht aufhalten, weil sie mich beim Eintreten in die Nische hinter der Tür verbannt hatte.

Jetzt streichelte sie abwesend über die vergilbte Tapete an der Wand: »Streischen se neu?« Das ‚sch' sprach sie dabei mit solch einer Selbstverständlichkeit aus, als wäre man anderswo in der Republik nur zu dumm, um das ‚s' vor dem ‚ch' zu entdecken. Ich zuckte mit den Schultern.

»Ist das Bad gekachelt?«, fragte sie unvermittelt und bevor mein Herz einen Schlag aussetzen konnte, hatte sie schon die Hand an die Klinke gelegt. Ohne zu überlegen, hechtete ich hin und drückte die Tür zu. Sie starrte mich mit großen Augen an.

»Ich ... ich ...« Ja, ich suchte nach einer Erklärung. »Ich kann Sie da jetzt nicht hineinlassen.«

»Wieso?« Ja, wieso? Gute Frage.

»Verzeihen Sie, aber Sie haben mich eben von der Toilette geholt.« Mit einem Kopfwippen deutete ich an, dass sie da jetzt ganz sicher nicht hineingehen wollte. Eine echte

Verzweiflungstat, aber sie wirkte. Augenblicklich ließ sie die Klinke los.

»Jut, ich muss sowieso die Wäsche anstellen«, verkündete sie. Ich nickte ihr unglücklich zu.

Sie warf mir ein skeptisches »Tschö« zu und ging.

Am Abend hatte ich den dicken Wiessner in einem riesigen Seesack verstaut. Jetzt wurde es ernst. Ich schnappte mir meinen Schlüsselbund, atmete tief ein, ging in die Hocke und hievte mir das schwere Bündel auf die Schultern. Dabei wankte ich beachtlich, hielt aber Stand. Ich öffnete die Wohnungstür - die Luft war rein - und bückte mich unter dem Türrahmen durch, drehte mich im Tempo eines Baukrans um die eigene Achse und schloss, so leise es mir möglich war, die Tür. Im Treppenhaus war es annähernd stockduster und dabei wollte ich es auch belassen. Dann stieg ich abwärts. Immer einen Fuß vor dem anderen. Gerade verließ ich den zweiten Stock, als es geschah: Mit einem Mal flutete grelles Licht durch das ganze Haus.

»Wat machen Sie denn hier im Dunkeln?« Frau Kunze trat ins Treppenhaus.

»'n Abend«, erwiderte ich keuchend. »Ich bringe nur schnell alten Schrott vom Vormieter hinaus.« Nicht gerade brillant, diese Ausrede. »Und ich habe den Lichtschalter nicht gefunden.«.

Frau Kunze zeigte die mittlerweile schon bekannten enggeschlitzten Augen, mit denen sie ohne Weiteres hätte TV-Kommissarin werden können. »Bleiben Sie, wo Sie sind«, herrschte sie mich an - doch dann wurde sie freundlicher und antwortete mit hilfsbereiter Entrüstung: »Dat schafft man doch besser zu zweit.« Daraufhin steckte sie den Kopf in die Wohnung und rief: »Heeeinz!«

Der Gerufene trottete müde heran. Er trug Jogginganzug und eine Flasche Bier.

»Hilf doch mal eben dem Herrn Schmidt.«

»Das ist wirklich nicht nötig«, flehte ich, doch es war schon zu spät. Ohne weitere Fragen zu stellen, stiefelte Heinz die wenigen Treppenstufen zu mir hinab und fasste mit an. Ich fasste es nicht! In aller Seelenruhe trugen wir unseren toten Vermieter die Treppen hinunter. Zum Glück war Heinz ein ruhiger Geselle, einer, der Dinge lieber erledigte und dann seine Ruhe hatte, als Fragen zu stellen. Ich betete, dass die Schnüre des Sackes hielten, damit nicht plötzlich etwas herausbaumelte. Immerhin kamen wir ganz gut voran und ich hatte schon fast wieder etwas Hoffnung, auch diesmal glimpflich davon zu kommen. Aber dann ging in der ersten Etage wieder eine Tür auf. Eine alte Dame im Hausmantel schlurfte heran und beäugte uns kurzsichtig. Nach einer ganzen Weile, die einem - mit Vermieter beladen - ziemlich lang werden kann, hatte sie ihre Analyse abgeschlossen.

»Ach, der Herr Kunze. Guten Abend.«

»Guten Abend, Frau Vogt.« Kunze sprach jetzt sehr laut und deutlich; zum einen, damit die alte Dame es verstand und zum anderen, um die unglaubliche Lautstärke ihres Fernsehers zu übertönen, der durch das Treppenhaus hallte.

»Und wer ist der junge Mann?«

»Guten Abend. Ich heiße Schmidt und wohne jetzt oben im Dritten«, schrie ich freundlich gegen den Lärm an und verlagerte das Gewicht, um ihr die Hand zu schütteln. Ich nickte ihr zu und wollte weitergehen.

»Ein neuer Mieter? Das muss gefeiert werden«, sagte sie, machte auf dem Absatz kehrt und verkündete geschäftig: »Ich hole Ihnen beiden ein Bierchen.«

»Das muss jetzt wirklich nicht . . .«

Aber sie war schon in ihrer Küche verschwunden. Ich stöhnte innerlich. Konnte man hier denn nicht mal in Ruhe eine Leiche verschwinden lassen? Ein weiteres Mal vergewisserte ich mich, dass die Schnürung des Seesacks noch hielt. Nach einer ganzen Weile war sie wieder da und trug zwei Flaschen Bier in ihren zittrigen Händen. Wir stießen auf ‚gute Nachbarschaft' an und ich nahm einige mächtige Züge des lauwarmen Biers. Wir tauschten ein paar nette Floskeln aus und ich erzählte die üblichen Lügen über meine Vergangenheit. Ich trank den letzten Schluck und übergab ihr dankend meine Flasche, Kunze hielt es ebenso. Schon griffen wir wieder nach dem Sack, als ihr etwas einfiel.

»Herr Schmidt, Sie erinnern mich so sehr an meinen Sohn. Der ist bei der Polizei in Jüchen. Warten Sie!«, sagte sie typisch rheinisch mit hartem ‚ch'-Laut, als wolle sie gierig in das Wort hineinbeißen und verschwand erneut. Ich schloss für einen Moment die Augen. Ich würde nie hier wegkommen. Sie kam mit einem vergilbten Fotoalbum zurück und eine halbe Stunde später kannte ich Bilder von ihren drei Söhnen, ihrem verstorbenen Mann, dem ebenfalls verstorbenen Rauhaardackel, von ihrem halben Dutzend Enkeln und einigen entfernteren Angehörigen. Mittlerweile war ein weiterer Mieter zu uns gestoßen: Michels aus dem Vierten. Er wollte eigentlich zum Joggen gehen, ließ sich aber ziemlich kampflos zu einem Bierchen überreden. So quatschten und tranken wir, nun schon zu viert. Still und ängstlich stand ich neben meinem toten Vermieter und versuchte ein nettes Gesicht zu machen. Ich fragte mich schon, wie lange es wohl noch dauerte, bis das ganze Haus versammelt war. Doch irgendwann kam dann Pilawa im Fernsehen und beendete glücklicherweise das Treffen. Frau Vogt verlor keine weitere Minute und verabschiedete sich, der Jogger stieg wieder in seine Wohnung hoch. Wir schleiften den Sack ohne Zwischenfälle nach draußen und versenkten ihn in dem Kofferraum meines Fords. Ich schüttelte Kunze dankend die Hand.

»Wenn sie noch mal wen brauchen . . .«, brummte er und ging wieder hinein. Ich setzte mich hinters Steuer und zitterte am ganzen Leib. Diese Menschen hier machten mich fertig!

Eine halbe Stunde später hockte ich in der Finsternis auf eiskaltem Boden und schaufelte. Mitten in der Siedlung hatte ich überraschend eine große dunkle Freifläche gefunden, umgeben von Wällen aus Erde – ein perfekter Platz. Mühsam kämpfte ich mich in den kalten Boden, während fahles Mondlicht meine grausige Arbeit beschien. Dunkel und drohend wie ferne Gebirgsketten ragten um mich herum die Wälle auf und schlossen mich ein. Ich machte weiter, angetrieben von dem Wissen, diese elende Sache bald hinter mir zu haben. Meine Finger waren schon völlig steif gefroren, als ich mit meinem Klappspaten ein einigermaßen tiefes Loch geschaufelt hatte. Es musste reichen.

Plötzlich blendete mich der Schein einer Taschenlampe. »Was ist denn hier los?«

Mir gefror das Blut in den Adern. Ich bedeckte meine Augen und sah drei kräftige Schemen, die aus dem Nichts aufgetaucht waren.

»Ey, der vergräbt was!«, stieß einer der drei hervor.

»Ich vergrabe eine Leiche«, gab ich zu. Es wäre sinnlos gewesen, das zu leugnen. Als der eine den Schein der Taschenlampe von mir weg lenkte und stattdessen meinen Seesack begutachtete, hatte ich Gelegenheit, die Figuren in Augenschein zu nehmen. Es waren Leute in meinem Alter, mit stickerübersäten Jeans-Kutten und grünen Schals: Borussia-Fans.

Plötzlich dämmerte mir etwas: Diese Baustelle, das weite Rund inmitten eines Wohngebietes – das war das alte Bökelbergstadion! Wiessner hatte doch gesagt, es läge ganz in der Nähe.

Ich hatte eine Idee. »In diesem Sack liegt mein Freund.« Ich löste die Schnüre und legte seinen Kopf frei. Die Drei waren viel zu geschockt, um mich aufzuhalten. »Er war Borussia-Fan durch und durch, hat die glorreichen Gladbacher Jahre mitgemacht. Sein Name ist Erwin.«

»Den kenne ich«, sagte ein magerer Rothaariger. »Erwin

Wiessner, mit dem war ich mal zum Auswärtsspiel.«

Auch die anderen, ein Muskelpaket und ein schlaksiger Zwei-Meter-Mann, gaben bestätigende Laute von sich.

»Er hatte einen Herzanfall«, erklärte ich.

»Der hatte doch schon mal einen«, sagte der Schlanke. »Hat der nicht immer so gehustet?«

Auch der Kräftige schien jetzt überzeugt. »War klar, dass der es nicht mehr lange macht.«

»Jedenfalls hat er mich um einen letzten Gefallen gebeten«, ergriff ich wieder das Wort und ging aufs Ganze. »Er wollte am Bökelberg begraben werden. In dieser geweihten Erde, wo er mit Netzer, Heynckes und all den anderen großartigen Jungs seine besten Jahre verlebt hatte.«

Die Jungs wurden still.

»Er starb in meinen Armen, wie konnte ich ihm das abschlagen?«

Immer noch Schweigen. Ich meinte sogar, ein Schniefen zu hören. »Wir helfen dir«, entschied der Kräftige.

Gemeinsam legten wir den Leichnam hinein und nahmen im Halbkreis Aufstellung. Ich hielt eine Schweigeminute ab, erfüllt von Reue über meine Notlüge, aber auch dem Gefühl, dem Borussia-Fan einen echten Gefallen erwiesen zu haben.

Zum Abschluss der Zeremonie sangen wir noch einige Stadionlieder wie: »Olé olé, Mönchengladbach, olé«, natürlich in angemessener Lautstärke. Anschließend deckten wir ihn mit Erde zu und stampften den Boden fest. Wir waren uns einig, dass niemand von unserem Begräbnis wissen durfte, damit der Arme nicht wieder ausgebuddelt wurde.

Später zwangen sie mich noch, in ihrer Stammkneipe auf den Toten anzustoßen. Gesagt getan. Irgendwann nach dem dritten oder vierten Bier merkte ich, dass ich schon längst hätte gehen können, ohne Aufsehen zu erregen und dass ich freiwillig blieb. Die Jungs waren alle drei nette Kerle und es dauerte auch nur drei bis vier weitere Biere, da hatte ich noch ein halbes Dutzend anderer Gladbacher kennengelernt. Irgendwann schloss die Kneipe und ich torkelte nach Hause, erleichtert und von einer Glückseligkeit erfüllt, die nichts mit Alkohol zu tun hatte. Ich ließ mir noch einmal die letzen vierundzwanzig Stunden durch den Kopf gehen und machte eine Feststellung: Es war die Hölle gewesen, in dieser Stadt mit ihren freundlichen, offenherzigen, hilfsbereiten Menschen, eine Leiche zu entsorgen.

Aber für jemanden, der sich schwor, von diesem Tag an nichts mehr mit diesen Dingen zu tun zu haben, jemanden, der einen echten Neuanfang plante - war Mönchengladbach genau der richtige Platz.

Petra Kaps

Aalfraß

Vernehmungsprotokoll 1/10 Kevin K.

»Meine Kumpels nennen mich Brick. Ich weiß auch nich warum. Mein Alter? Der is weg. Hat sich von meiner Mutter getrennt. Ach so. Ich bin siebzehn Jahre. Ich wohne mit meiner Mutter und meiner Schwester Sibilla in der Lindenstraße.

Also. Wir haben bei Esso gehangen und gespielt. Irgendwie musste was passieren. Der Penner und die Tusse haben schon im Kofferraum auf uns gewartet. Wir hatten sie uns am Nachmittag vom Theaterplatz mitgenommen. Sind willenlose Geschöpfe. Für den Schuss tun die alles. Oder für Geld. Aber hey, das alles war gar nicht unsere Idee! Der Bürgermeister hat doch gesagt: Jetzt muss mal aufgeräumt werden mit der Szene am Theaterplatz. Also weg mit dem Gesindel. Die verschandeln unser ganzes Stadtbild. Keiner geht da hin, ohne angeschnorrt zu werden. Was denken die denn? Sind wir alle das Fräulein vom Amt? Nee, is doch ganz einfach: packen und weg. Ich glaub, die spüren doch eh nichts mehr, keine Angst oder Schmerzen, sind doch eigentlich Zombies. Also, könnt allemal ‚Danke' sagen. Ja. Also. Sind mit lautem Gebrüll ins Auto gesprungen. Wir waren vier und die beiden hinten. Yussuf wollte an die Nordsee. Vielleicht ein Boot nehmen und die beiden Stinker schwimmen lassen. Aber ich fand den Rhein besser. Ist doch 'ne echt geilere Location.«

Martha legte die rechte Hand über die Augen. Der Rhein schnappte sich schon wieder die Weidenfüße. Seit Tagen hatte es geregnet und all diese Tropfen schienen sich jetzt geballt im Rheinbett zum Meer zu bewegen. Die ‚Britta' tuckerte mit stinkendem Motor gegen den Strom und nahm Marthas Blick kurz mit sich. Am Heck stand ein Ford Escort auf der Plattform. Wäscheleinen hielten Oberhemden flatternd im Wind. Die Frachtkähne machten Wellen mit ihrem Transportjob, die wie Meereswellen gegen die Deichschwellung schwappten. Irgendwie vermisste man den salzigen Geschmack auf den Lippen, aber das Fernweh ist da, dachte Martha.

»Mama, schau mal, der weltbeste Spazierstock!« Marie hielt ihr ein Treibholz hin, das tatsächlich wie zum Spazieren gemacht schien; ein wenig kurz vielleicht, aber dafür mit einem kugeligen Knauf, der sich in Maries Handhöhlung wie maßgeschneidert einschmiegte.

»Sieht ja toll aus, zeig mal her.« Martha nahm den Stock aus Maries Hand. Er war außen weiß und glattgeschwemmt, innen aber röhrenförmig hohl.

»Wo hast du den gefunden, Marie?«, fragte Martha und sah dem Finger ihrer Tochter nach. Die weißen ‚Hölzer' markierten leuchtend die Schwemmkante.

Martha hob einen auf und noch einen und die Gänsehaut einer unguten Vorahnung kroch ihr über den Rücken, denn ihr Verdacht schien sich mit jedem Fund mehr und mehr zu bestätigen. Dies hier waren keine Treibhölzer, sondern Knochen und wenn sie nicht alles täuschte, sogar von einem oder mehreren menschlichen Skeletten.

»Marie, damit können wir nicht spielen. Wir müssen alles wieder hinlegen und die Polizei rufen.«

Eigentlich wunderte es Martha, dass die Polizei ihr geglaubt hatte. Noch mehr wunderte es sie, dass sie so schnell gekommen waren und nun das gesamte Ufer mit Flatterband absperrten.

Die Zeit, bis die ersten Polizisten eintrafen, hatten Marie und sie damit verbracht, einen Setter und eine vorwitzige kleine Promenadenmischung davon abzubringen, den einen oder anderen Knochen zu schnappen und das Weite zu suchen.

Der Polizist stellte sich als Kommissar Leon van der Heide vor und befragte sie ausgiebig über den Fund, bevor er sich mit seinem Kollegen an die Arbeit machte, das Terrain zu sichern und abzusuchen.

Martha und Marie standen nun hinter der Absperrung und beobachteten die Polizisten und die anderen Männer, die hinzugekommen waren und alles fotografierten und vermaßen. Besonders Kommissar van der Heide beeindruckte Martha durch seine sichere und ruhige Ausstrahlung. Von Zeit zu Zeit drehte er sich zu den beiden um und nickte ihnen lächelnd zu, bis er schließlich zu ihnen kam: »Es war gut, dass Sie uns gerufen haben, Frau Seidland. Ihr Verdacht hat sich bestätigt. Wir haben ja Ihren Namen und Ihre Adresse, falls wir noch Fragen haben. Wenn Sie wollen, können Sie Ihren Spaziergang jetzt fortsetzen.«

Kommissar van der Heide schaute in sein schwarzes Notizheft und klappte es dann zu. »Vielen Dank noch mal und einen schönen Tag«, sagte er und reichte Martha und Marie die Hand.

»Welcher Verdacht hat sich bestätigt?«, fragte Marie, während sie zum Auto gingen.

»Na der, dass es Knochen sind, wahrscheinlich Kuhknochen, von einem Schleppkahn gefallen«, entgegnete Martha und hob Marie in den Kindersitz.

Vernehmungsprotokoll 2/10 Kevin K.

»Mein Schädel brummt. Haben Sie mal ’ne Tablette? Dauert es noch lange hier? Würd mich gern mal was hinhaun. Waren lange Nächte. Bin immer der Beste. Bei allen Kumpels. Wir können spielen, was wir wollen. Immer hab ich die meisten Toten, mir kann keiner was vormachen. Deswegen hören die auch auf mich. Wenn ich was sag, wird's gemacht. Also sind wir Richtung Rhein und natürlich war auch 'ne Muschi mit dabei. Und der Alk. Also wir waren so voll in Vorfreude auf 'ne geile Party. Schon mal am Rhein ein Feuer gemacht? Bringt auch die Muschis voll in Stimmung. Dann braucht man gar nicht mehr so viel zerren. Die machen dann von alleine mit. Jedenfalls fast.«

Martha saß am Küchentisch mit der margeritengeblümten Tischdecke. Sie faltete den Brief zusammen und schob ihn zurück in den Umschlag. Verdammt, erst wurde der Kindergarten an der Kirche geschlossen, sodass Marie das letzte halbe Jahr noch in einen neuen Kindergarten gehen muss, und jetzt auch noch die Ablehnung von der Josefschule. Dabei ist das doch die Schule mit dem besten Ruf im ganzen Stadtteil. Was sollte sie jetzt bloß tun? Sich bei ihrer Freundin Maite in Bockum anmelden, damit sie Marie dort in eine Schule geben könnte? Oder ganz umziehen? In der Stadtmitte wurde das Leben mit Kindern ohnehin immer schwieriger und beängstigender.

Sie dachte an den Fund vom gestrigen Tag und hatte ein sehr ungutes Gefühl. Marie schien die Geschichte mit den Tierknochen geschluckt zu haben. Aber Martha stellte sich verschiedenste Bilder vor, die alle von Mord, Totschlag und ausgespülten Friedhöfen handelten. In dem Moment klingelte es an der Tür. Als sie diese öffnete, stand Kommissar van der Heide im Hausflur.

»Guten Tag, Frau Seidland, kann ich Sie bitte kurz sprechen? Ich hätte da noch ein paar Fragen an sie.«

»Hallo, ja, kommen Sie doch herein«, sagte Martha. Sie ging voran durch den lichtdurchfluteten Flur, dessen Wände voller Familienfotos hingen; ein Mann und Marie in glücklicher Umarmung, Martha und der Mann umarmen ein zerknautscht aussehendes Baby.

Kommissar van der Heide blieb vor dem Bild stehen.

»Sieht nach einer glücklichen Familie aus.«

»Das war mal. Jetzt sind wir zu zweit eine glückliche Familie.«

»Was ist denn passiert?«, wollte Kommissar van der Heide wissen. Und in dem Moment merkte sie, dass dieser Besuch nur zur Hälfte offiziell war.

»Er hat zu lange in einer gemischten Eishockeymannschaft gespielt und sich in eine verheiratete Mitspielerin verliebt.«

»Das klingt kompliziert.«

»Aber es ist ganz einfach. Manche Menschen können das. Sie verlassen alles, was ihnen jemals etwas bedeutet hat und fangen neu an mit etwas noch Bedeutsamerem.«

Kommissar van der Heide hatte den Impuls, Marthas Arm zu berühren, unterdrückte ihn jedoch und fuhr sich stattdessen mit den Händen durch die kurzen, leicht gewellten Haare.

Wenig später saßen sie am Küchentisch und tranken Tee.

»Hat sich denn schon eine Spur ergeben? Wer ist das Opfer, wie konnte es dazu kommen, dass nur noch Knochen übrig sind?«

Der Kommissar stellte die Tasse auf die Untertasse. »Ja, wir haben schon etwas. Eigentlich darf ich nicht darüber reden. Unsere heiße Spur ist eine, die wir schon vor Ihrem Fund hatten. Wir hatten die Tat, aber noch keine Opfer.«

»Wie kann es sein, dass man eine Tat, aber nicht die Opfer hat? Gab es Zeugen?«

»In gewisser Weise ja. Die Täter hatten ihre grausame Tat gefilmt und ins Internet gestellt. Die Abteilung für Medienüberwachung ist darauf gestoßen.«

»Das kann doch nicht sein. Wer macht denn so was?«

»Leider gibt es solche Fälle sehr oft. Meistens sind auf den Filmen Jugendliche und sogar Kinder zu erkennen, die ihren Altergenossen sexuelles oder anderes, körperliches Leid zufügen. Meist wird so geschickt gefilmt, dass keine Gesichter zu sehen sind, und deshalb auch keine Täter ausgemacht werden können«

»Und die Opfer? Gehen die nicht zur Polizei und zeigen die Täter an?«

»Nein. Es gibt Mädchen, die Opfer von Massenvergewaltigungen sind, wo zehn bis zwölf Jungen über sie herfallen und der, der gerade nichts zu tun hat, lässt ein Handy oder eine Kamera mitlaufen, um es dann ins Internet zu stellen. Die Mädchen brüsten sich untereinander, wer die meisten Jungs an sich rangelassen hat.«

»Oh Gott!« Sie schwiegen beide.

»Was hat es mit den Knochen auf sich?«, fragte Martha endlich, um die Stille nicht zum Ausdruck ihrer Hilflosigkeit werden zu lassen.

»In dem Fall haben wir eine Gruppe von Jugendlichen festnehmen können, weil sie einen Fehler gemacht haben.«

»Einen Fehler?«

»Ein Autoschlüssel mit einem Anhänger und weiteren Schlüsseln wurde zu einem Tatwerkzeug in dem Video. Dieser Schlüsselbund konnte vergrößert und genau zugeordnet werden.«

Vernehmungsprotokoll 3/11 Enrico E.

»Ich bin 19 Jahre. Meine Kumpels nennen mich Esso. Warum? Das is 'ne lange Geschichte. Ja. Ich fahr das Auto. Einen Renault Clio, lila. Den meiner Mutter. Also wir sind am Parkplatz angekommen, da haben wir den Kofferraum aufgemacht, um die Penner rauszuholen. Als die Tür auf is, schlägt uns der Gestank ins Gesicht. Hey, fand ich nich lustig, dass die in mein Auto pissen und so. Da wird man doch wütend, oder? Brick und Yussuf haben sie am Kragen gepackt und rausgezerrt. Richtig schön gejammert haben die Peststinker. Hatten es doch verdient, dass sie härter angepackt werden. Das hat doch mit Gerechtigkeit zu tun. Die pissen mein Auto voll und büßen. Dann ist alles in Ordnung.

Das war ziemlich dunkel auf dem Weg. Wir haben uns umgeschaut und den Weg gesichert, dass nicht irgendso'n Scheißfeind aus dem Gebüsch springt. Mit der Knarre im Anschlag uns umnieten will oder so. Hat 'ne Ewigkeit gedauert, bis wir am Ufer waren.«

»Wir müssen wissen, ob Ihnen am Fundort noch etwas aufgefallen ist. Haben Sie etwas gefunden und mitgenommen?« Kommissar van der Heide sah Martha in die Augen. Martha lächelte.

Der Polizist erwiderte das Lächeln. »Tut mir leid, dass ich so frage, aber wir sind in einem Punkt ein wenig hilflos.«

»Das tut mir leid. Wir haben nichts mitgenommen, obwohl Marie gerne einen Oberschenkelknochen als Spazierstock gehabt hätte. Uns ist auch nichts Ungewöhnliches aufgefallen. Auf was hätten wir denn achten sollen?«

»Auf dem Film ist nur deshalb etwas zu sehen, weil ein ziemlich großes Feuer gebrannt haben muss. Aber an der Fundstelle weist nichts auf eine Feuerstelle hin. Das heißt, dass dies nicht der Tatort sein kann.«

»Was ist daran so wichtig, einen Tatort zu finden, wenn man schon die Täter, die Opfer und den Tathergang auf Film hat?«

»Na ja, der Tatort ist wichtig für die Spurensicherung und dient sozusagen der Beweisführung und der Absicherung. Je später wir den Tatort finden, desto mehr Spuren sind unter Umständen schon verloren gegangen.«

»Ist denn sonst nichts auf dem Film zu erkennen? Ich meine, von der Umgebung?«

»Sie denken in die richtige Richtung. Sie sollten zur Polizei gehen.« Van der Heide lächelte sie anerkennend an.

Martha spürte die Röte in ihre Wangen steigen. »Danke. Irgendwie fühl ich mich ein wenig verantwortlich für die Aufklärung. Wenn ich daran denke, dass es unser aller Kinder sind, die zu so etwas fähig sein oder Opfer werden können, glaube ich, dass wir zu wenig tun, um sie auf das Leben vorzubereiten oder zu schützen.«

»Da ist was dran. Schlimmer noch finde ich fast die große Gleichgültigkeit, die ich bei meiner Arbeit immer wieder beobachten kann.« Der Polizist stand auf und deutete auf den Becher. »So, jetzt muss ich wieder los. Vielen Dank für den Tee. Ich würde das Gespräch gerne bei einem Abendessen fortsetzen.«

»Gerne«, sagte Martha und merkte, wie ihr Herz klopfte.

»Ich hätte morgen Abend ab 19 Uhr Zeit. Vielleicht im ‚Globetrotter'?« schlug er vor.

»Das könnte ich organisieren.« Sie begleitete ihn zur Tür und reichte ihm die Hand.

»Dann bis morgen Abend - und rufen Sie mich an, wenn Ihnen doch noch etwas einfällt!«

Als sich ihre Hände berührten, bekamen beide einen kleinen Schlag und sie zuckten lachend zurück.

»Also dann bis morgen.« Martha lehnte sich gegen die Wohnungstür, als der Polizist gegangen war.

Vernehmungsprotokoll 4/12, Dörte B.

»Ja, sie haben versucht zu fliehen. Der Weg vom Auto zum Rhein ist ja doch ziemlich weit. Die Jungs parken am liebsten hinter dem Ruderclub. Da is man nachts völlig einsam. Immer wieder hat das Pärchen versucht, wegzurennen. Die Jungs waren schneller. Sie haben sie immer wieder aus dem Gestrüpp gefischt, bis sie die Nase voll davon hatten. Ich glaube, Brick hatte eine Hundeleine dabei. Die haben wir an die Knopflöcher ihrer Hosen gemacht. So konnten wir sie leicht hinter uns herziehen.

Der Strand ist echt groß, aber wir sind immer an der

Stelle unter der Weide. Da hat das Wasser den Steinboden so komisch ausgespült, da kann man drunter kriechen und sich verstecken. Das haben die beiden auch versucht, als sie sich von der Leine gerissen haben. Die hatten echt Kraft, obwohl die doch so am Ende waren. Und immer wieder haben sie Brick und Yussuf geärgert. Haben so getan, als würden sie stolpern, um sich dann loszureißen. Das hat die Jungs echt sauer gemacht. Waren die wütend.

Es war dunkel, aber man konnte die Schiffsleuchten sehen und als das Feuer endlich brannte, sahen wir auch uns und die beiden Mitgebrachten. Die Jungs hatten ihren Spaß mit ihnen. Haben sie geschubst und geschlagen. Die haben sich gar nicht mehr gewehrt und als sie nackt waren, hatte der Typ einen stehen, also hat es ihm wohl auch gefallen.«

Martha wollte an diesem Nachmittag unbedingt noch einmal an den Rhein. Sie hatte eine Idee. Dass Marie bei ihrer Freundin Sibilla spielen wollte, passte ihr ganz gut. Martha war die Geschichte mit dem Hochwasser nicht aus dem Kopf gegangen. Wie wäre es, wenn der Tatort ein ganzes Stückchen flussaufwärts zu finden wäre und die Knochen an den Fundort geschwemmt wären? Sie dachte an die Stelle, an die sie früher gerne mit ihrer Clique gefahren war. Als sie in die Lindenstraße einbog, kreuzte ein Streifenwagen ihren Weg.

Sibillas Mutter Linda öffnete völlig aufgelöst die Wohnungstür. »Stell dir vor Martha, eben war die Polizei hier und hat in Kevins Zimmer den Computer abgebaut und mitgenommen! Kannst du dir vorstellen, warum die so was machen?«

»Nein. Was ist denn mit Kevin passiert?«

»Ich weiß nicht genau. Er ist seit drei Tagen nicht nach Hause gekommen. Angeblich wegen einer Zeugenaussage.« Linda sah übermüdet aus. Sie bot Martha einen Kaffee an und beide setzten sich an den Küchentisch. Marie war von Billa in ihr Zimmer geholt worden. Die beiden sangen und kicherten.

»Kevin war die letzte Zeit so komisch. Ich hab richtig Angst, dass etwas Schlimmes passiert ist.«

Martha griff über den Tisch hinweg nach Lindas Hand, die wie ein zittriger Fisch auf der Tischplatte lag. Die Tränen brachen aus Lindas Augen und sie entzog Martha ihre Hand und lief mit einem geschluchzten »'tschuldigung« ins Bad. Martha blieb hilflos zurück. Sie wollte hinterher gehen, blieb aber vor der Badezimmertür stehen.

»Alles in Ordnung, Linda?« In dem Moment klingelte das Telefon.

»Kannst du bitte mal rangehen?«, rief Linda und ihr Schluchzen schwoll wieder an.

Martha lief dem Klingeln hinterher bis in Kevins Zimmer. Das Telefon lag auf seinem ungemachten Bett. Als sie den Hörer aufnahm, hörte sie schon das Freizeichen. Der Schreibtisch sah verstümmelt aus. Die Beamten hatten ohne Rücksicht den Computer entfernt. Eine Dose war umgekippt und hatte einen klebrigen Fleck unter den Tisch hinterlassen. Als Martha das Taschentücherpaket vom Nachttischregal genommen hatte, um den Fleck auf dem Teppich wegzuwischen, flatterte ein gefalteter Zettel herunter. Martha wollte ihn eigentlich nur aufheben, aber aus einer tiefen Ahnung heraus faltete sie ihn auseinander. Es war die Kopie einer Landkarte vom Rheinverlauf zwischen Xanten und Köln. Auf ihr waren drei rote Kreuze entlang des Rheins vermerkt. Eines, das genau am Uerdinger Rheinverlauf markiert war, trug eine Notiz, die Martha das Blut aus dem Kopf in den Bauch schießen ließ: ‚Aalfraß'.

». . . und wer war dran?« fragte Linda, die lautlos ins Zimmer getreten war. Martha zuckte zusammen und steckte geistesgegenwärtig den Plan in die Jackettasche.

»Mann, hast du mich erschreckt. Nee, da war schon aufgelegt worden. Aber sieh mal, was die Bullen hier für eine Schweinerei gemacht haben.« Sie nahm die Taschentücher und rubbelte auf dem Boden herum. Martha verabschiedete sich bald mit einem Vorwand und stürzte fast schon aus der Wohnung. Unten in ihrem Auto rief sie die Nummer von Kommissar van der Heide an. Sie schilderte ihm ihre Entdeckung.

Schon als sie die Rheinuferstrasse an der Malzfabrik vorbeifuhr, sah sie die Polizeiwagen. Das Blaulicht geisterte auf den Rheinwiesen herum. Rot-weißes Flatterband war quer über Parkplatz und Zugangsweg gespannt. Martha hielt am Seitenstreifen an und konnte Kommissar van der Heide sehen. Sie winkte, als er zu ihr aufsah. Dann kam er zu ihr herüber.

»Hallo, Frau Seidland! Gut, dass sie uns angerufen haben. Dies hier ist tatsächlich der Tatort. Wir haben schon eine Menge Spuren sicherstellen können. Sogar am Strand, obwohl das Hochwasser inzwischen das Meiste weggespült hat.«

»Ich kann es immer noch nicht fassen, dass der Kevin in diese furchtbare Sache verwickelt sein soll. Das wird seiner Mutter das Herz brechen.«

»Sie sagten etwas von einer Landkarte am Telefon. Haben sie die zufällig mitgenommen?« Martha zog das Papier aus ihrer Tasche und reichte es ihm.

«Vielen Dank! Ich muss sie jetzt bitten weiterzufahren. Aber es bleibt doch bei morgen Abend? Ich freu' mich schon.«

»Ja, ich auch. Schönen Tag noch und viel Erfolg.«

Vernehmungsprotokoll 5/13 Yussuf B.

»Das sah geil aus, ey! Der Typ hatte von allein einen Ständer. Die Alte wollte das auch. Gut. Irgendwie haben wir uns reingesteigert. Ich weiß nicht, wo das Messer herkam. Das war, wie Fische ausnehmen, die ganzen Sachen sind rausgequollen. Brick hat immer den Neustart gewollt. Aber das gab's nich. Is ja nich wie im Spiel. Das is voll die Reality, Mann. Zeit läuft nur vorwärts. Immer. Auch wenn man schreit.«

Umschulung

Herbert heiße ich, Herbert ... oh nein, meinen Nachnamen behalte ich lieber für mich. Eigentlich sollte ich auch meinen Vornamen verschweigen oder mir wenigstens ein Pseudonym zulegen.

Es ist ja nicht so, als hätte ich es nicht probiert, aber ich kann mir einfach keinen falschen Namen merken. Ich habe es mal mit Stefan versucht und prompt kam die Frage ‚Stefan mit f oder ph?' Darauf war ich nicht vorbereitet und mal ehrlich, wenn jemand nicht weiß, wie sein Vorname geschrieben wird, wirkt er nicht gerade glaubwürdig. Ich bin dann wieder zu Herbert übergegangen. Den Namen kenne ich jetzt seit achtundvierzig Jahren und ich kann ihn auch problemlos buchstabieren.

Der Grund, warum ich meinen vollständigen Namen nicht nennen kann, liegt an meinem Job. Ich bin ein Einbrecher, beruflich meine ich. Na ja, noch nicht ganz. Zurzeit befinde ich mich in der Umschulung. Frau Jennerwein von der Arge, eine richtige Zicke, behauptet, dass eine Weiterbildung zum Einbrecher nicht nach dem Arbeitsförderungsgesetz bezuschusst wird. Das bedeutet, ich kriege keinen zusätzlichen Cent, habe aber jede Menge Ausgaben. Ob diese Kosten als außerordentliche Belastungen beim Finanzamt abgesetzt werden können, weiß ich noch nicht. Ich sammle jedenfalls alle Quittungen, man kann ja nie wissen.

Nachdem ich vor zwei Jahren meinen Job als Versicherungsangestellter in der Schadensregulierungsabteilung Diebstahl und Einbruch verlor, bekam ich Arbeitslosengeld, aber keinen neuen Job. Inzwischen bin ich ALG-II-Empfänger und nach den Aussagen der Arge ein potenzieller Betrüger. Das sagen die natürlich nicht wörtlich, aber wenn Sie mal die Schreiben lesen, die ich in den vergangenen Monaten bekommen habe, dann fühlen Sie sich wie ein kriminelles Subjekt. Da ist dann die Rede von ‚fehlender Mitwirkungspflicht' und ‚verschwiegenem Einkommen'. Ihre Kontoauszüge werden forensisch untersucht und wehe, Sie haben nicht genug Geld von Ihrem Konto abgehoben, schon werden Sie vorgeladen und müssen erklären, von was Sie gelebt haben.

Kalle, ein alter Schulfreund von mir und auch seit zwei Jahren Harz-IV-Mitglied - wir treffen uns einmal im Monat im Fasskeller auf der Hülser Straße - sagte eines Abends, als wir uns wieder auf ein Bierchen getroffen hatten, der Unterschied zwischen den richtigen Gaunern und uns sei das Einkommen. Die müssten jedenfalls nicht jeden Cent zweimal umdrehen. Wenn wir schon wie Kriminelle behandelt würden, dann könnten wir auch gleich eine Bank überfallen.

Richtig ernst gemeint war das natürlich nicht. Kalle hatte schon ein paar Bierchen intus und als Bankräuber ist er völlig ungeeignet. Der hat ja schon Probleme, den Geldautomaten zu bedienen. Aber Kalle hatte da bei mir was in Gang gesetzt. Mich ließ der Gedanke nicht mehr los, mein Gehalt wieder von der Versicherung zu kassieren, nur diesmal steuerfrei und leistungsbezogen. Aus meiner Zeit als Schadensregulierer weiß ich, welche Sümmchen bei einem Einbruch zusammenkommen können.

Dass es nun tatsächlich so gekommen ist, und ich als Einbrecher-Azubi ohne Lehrvertrag heute vor meiner praktischen Prüfung stehe, verdanke ich mehr oder weniger dem Zufall. Der Zufall heißt Siggi. Der Name stimmt natürlich nicht, denn Siggi ist ein Einbrecher mit langjähriger Erfahrung und - damit prahlt er immer - nur zweimaliger Verurteilung.

»Fünf Jahre habe ich im Gefängnis in Willich verbracht«, erzählte Siggi und dabei glänzten seine Augen. »Im Knast lernst du, wie du einen guten Bruch vorbereitest«, tönte er.

Ich hatte mit dieser Aussage so meine Zweifel. Wenn diese Leute so gut waren, warum haben sie sich dann erwischen lassen? Aber das sagte ich Siggi nicht. Als Azubi darf man nicht zu vorlaut sein, vor allem nicht in diesen Kreisen.

Wäre an diesem Tage nicht erneut eine Vorladung der Arge mit der Post gekommen, in der man mir wieder einmal unterstellte, ich sei nicht kooperativ, hätte ich die Ausbildung allerdings abgebrochen. Lange Zeit habe ich auf der Nordstraße, schräg gegenüber der Justizvollzugsanstalt gewohnt. Der Kowalski, der damals über mir wohnte, arbeitet als Schließer im Krefelder Knast. Der würde das doch sofort in der ehemaligen Nachbarschaft rumerzählen. Nein, auf ein Wiedersehen mit Franz Kowalski hatte ich wirklich keine Lust.

Aber ich habe noch gar nicht erzählt, wie ich Siggi kennen gelernt habe. Es war an diesem Abend, als ich mit Kalle im ‚Fasskeller' saß und er unbedingt Bankräuber werden wollte. Gegen Mitternacht verabschiedeten wir uns und machten uns auf den Heimweg. Ich ging die Hülser Straße entlang, überquerte den Oranierring und gelangte so schließlich auf die Blumentalstraße. Als ich durch die Krüllsdyk-Siedlung ging, hörte ich ein Geräusch, gefolgt von einer leisen Stimme. Ich blieb stehen und lauschte. Rechter Hand war eine hohe Hecke, die das Grundstück von der Straße trennte. Von meinem Standort aus konnte ich nur die obere Etage des Hauses sehen. Kein Licht brannte. Ich wollte schon weiter gehen, als ich die Stimme wieder hörte und diesmal verstand ich das Wort ‚Scheiße' ganz deutlich.

Neugierig geworden folgte ich einem schmalen Weg, der um die Hecke herumführte. Nachdem sich meine Augen an die Dunkelheit gewöhnt hatten, sah ich am Hauseingang eine Gestalt, die seltsame Verrenkungen machte.

»Hallo, kann ich Ihnen helfen?«, fragte ich.

»Verfluchte Scheiße, verpiss dich!«, tönte es mir unfreundlich entgegen.

»Ich wollte nur helfen.« Beleidigt drehte ich mich um und ging zurück.

Bevor ich jedoch um die Hecke bog, hörte ich hinter mir ein leises: »Hey, du! Nun hau doch nicht gleich ab!«

»Aber hallo«, rief ich zurück, »ich sollte mich doch verpissen.«

»Psst ... nicht so laut«, zischte es. »Komm mal näher, du wolltest doch helfen.«

Einen Moment zögerte ich noch. Sollte er ruhig denken, ich würde verschwinden. Einen kleinen Denkzettel hatte er verdient.

«Bitte!« Seine Stimme klang wirklich flehend, sodass ich langsam in seine Richtung ging. Als ich ihn erreichte, sah ich trotz der Dunkelheit, die uns umgab, dass er mit seinem rechten Arm in der Tür steckte.

»Was machen Sie da?«, fragte ich leise.

»Ich warte auf den Bus«, knurrte er.

»Aber die Haltestelle ist doch ...«

»Sag mal, bist du besoffen oder wirklich so blöd?«, unterbrach er mich.

»Wenn Sie so reden, geh ich sofort wieder«, schmollte ich und machte Anstalten, mich umzudrehen.

»Ist ja schon gut, es tut mir leid.«

»Wieso steckt Ihr Arm in der Tür?«, fragte ich fordernd. Er sollte nicht denken, dass er mich herumkommandieren könnte.

»Ich stecke im Briefschlitz fest, kriege die Hand nicht mehr raus. Willst du mir nun helfen?«

»Warum haben Sie denn mit der Hand ...«

Doch er ließ mich nicht ausreden. »Das ist doch jetzt egal. Hol mal den Schraubenzieher dahinten aus meiner Tasche!«

Sein Befehlston ging mir jetzt doch auf die Nerven und wieso duzte der mich eigentlich, wir kannten uns doch gar nicht.

Die Tasche stand auf der anderen Seite, neben einem Busch. Ich ging hinüber und beugte mich hinunter. »Es ist zu dunkel. Ich kann nichts sehen. Haben Sie eine Lampe?«

»Kein Licht machen, damit das klar ist. Mach die Tasche einfach nur auf und greif rein, dann fühlst es schon. Es ist ein langer Schraubenzieher.«

Also wenn er nicht bald einen anderen Ton anschlug, konnte er meinetwegen bis zum Jüngsten Gericht in dieser Türe stecken bleiben. Ich machte die Tasche auf und griff hinein.

Zuerst fühlte ich etwas Weiches und zog erschrocken die Hand zurück. »Was ist denn da drin? Das fühlt sich ja eklig an«, beschwerte ich mich. In meinem Schreck hatte ich vergessen, leise zu reden.

»Psst, nimm doch gleich ein Megaphon und schrei es über die Straße!« Es hörte sich aber nicht so an, als ob er es ernst gemeint hätte. »Das ist nur ein Stück frisches Rindfleisch«, beruhigt er mich. »Ich hatte vergessen, dass es in der Tasche war.«

»Rindfleisch?«, fragte ich fassungslos und mit gedämpfter Stimme. »Was wollen Sie denn damit?«

»Ist das hier eine Fragestunde oder was? Kannst du nicht mal das machen, was ich dir sage? Hol jetzt den verdammten Schraubenzieher aus der Tasche.«

Jetzt ging er mir wirklich auf die Nerven. Ich wollte ihm das Ding geben und dann konnte er mir den Buckel runterrutschen. Sollte er doch sehen, wir er seine Hand da raus kriegte.

Ich suchte einen Moment, dann fühlte ich den dicken Griff und zog ihn hervor. »Hier«, reichte ich ihm das Werkzeug, »und wie geht's jetzt weiter?«

»Schieb den Schraubenzieher hier in den Schlitz neben meiner Hand und drück gegen die Klappe, damit ich meine Hand frei kriege.«

»Ich kann aber nichts sehen, haben Sie denn keine Lampe?«

»Sag mal, rede ich chinesisch? Das Licht kannst du doch meilenweit sehen. Mach hinne, sonst vergesse ich mich und schieb dir das dicke Ende in den . . .«, er brach ab.

»Ja?«, fragte ich neugierig.

»Mach einfach . . . bitte!«

Mir kam das alles sehr spanisch vor, aber ich tat das, was er mir aufgetragen hatte. Ich drückte den Schraubenzieher neben seiner Hand in den Briefschlitz, kam aber nicht weit hinein.

»Da ist ein Hindernis«, klärte ich meine nächtlichen Bekannten auf.

»Das weiß ich, deswegen stecke ich doch fest«, jammerte er.

Ich wollte gerade mit aller Kraft dagegen stoßen, da kam mir ein Gedanke. »Sagen Sie mal, ist das eigentlich ihr Haus?«

»Oh Gott, schmeiß Hirn vom Himmel«, stöhnte er. »Nein, das ist nicht mein Haus. Hast du das jetzt endlich kapiert?«

»Und was macht dann Ihre Hand in dem Briefschlitz eines fremden Hauses?« Ich hatte da so eine Vermutung.

»Weil ich dachte, dass ich so an die Türklinke gelangen könnte.«

»Und warum wollten Sie das?« Ich wusste, dass würde ihn den letzten Widerstand kosten.

Eine Weile war es still, und ich dachte schon, er sei eingeschlafen.

»Weil ich einbrechen wollte. Geht dir jetzt ein Licht auf?«

Genau das hatte ich mir gedacht. Ich hatte einen Einbrecher auf frischer Tat ertappt. Diese Chance würde ich mir nicht entgehen lassen. »Sie sind also ein Einbrecher«, stellte ich fest. »Machen Sie das nur hobbymäßig oder ist das ihr Beruf?«

»Hör mal, ich bin ein Profi, damit das klar ist«, betonte er.

»Bleiben alle Profis mit den Händen in Briefschlitzen stecken?« Ich kostete diesen Moment der Überheblichkeit bis in die Haarwurzeln aus.

»Ich konnte doch nicht ahnen, dass von innen eine Sicherheitsklappe angebracht war. Als ich es merkte, war es schon zu spät. Das kann jedem mal passieren«, verteidigte er sich.

»Ich hab da mal eine Frage«, fing ich an. »Bilden Sie auch aus?«

»Hä?«

»Bilden Sie Auszubildende aus? Was ist daran nicht zu verstehen?«

»Seh ich aus wie die Handwerkskammer? Wie kommst du denn auf so eine Scheißidee. Sag mal, tickst du eigentlich richtig?«

»Gerade heute Abend habe ich mich entschlossen, Einbrecher zu werden. Dass ich Sie getroffen habe, ist eine schicksalhafte Fügung, ein Zeichen sozusagen.«

»Du willst Einbrecher werden?«, fragte er ungläubig. »Das glaube ich jetzt nicht.«

»Sie könnten mir alles das beibringen, was ich für diesen Beruf brauche. Sie kennen sich doch aus. Sagten Sie nicht, Sie seien ein Profi?«

»Das ist eine saublöde Idee. Vergiss das mal ganz schnell wieder und drück diese Klappe endlich auf.«

»Meinen Sie nicht, dass Sie mir für meine Hilfe etwas schuldig sind?«

»Wie meinst du das?«

»Nun, ich helfe Ihnen und Sie helfen mir. Ist doch nicht schwer zu verstehen.«

»Nix da. Mach die Klappe auf und dann geh heim zu Mutter, die wartet sicher auf dich.« Für einen Mann in seiner Position zeigte er eine ziemlich überzogene Selbstsicherheit.

»Na dann wünsche ich Ihnen noch eine angenehme Nacht«, erwiderte ich, drehte mich um und tat so, als wollte ich weggehen.

»Hey, nun hör aber auf. Du kannst mich doch hier nicht hängen lassen.«

Ich blickte ihn an. »Doch kann ich. Tschüß dann!«

»Warte, wir können uns ja einigen. Ich erzähl dir ein bisschen was über Einbrüche, wenn du mich hier rausholst.«

»Sie erzählen mir alles, was ich wissen muss, um ein erfolgreicher Einbrecher zu werden. Ich werde Sie auf ein paar Raubzügen begleiten, sozusagen als Hospitant. Einverstanden?«

Er zögerte noch, dann murmelte er etwas vor sich hin.

»Ich habe Sie nicht verstanden.«

»Okay, mach mich frei und ich bring dir alles bei, was du wissen musst.«

»Warum nicht gleich so«, freute ich mich, setzte den Schraubenzieher an und drückte mit aller Kraft dagegen.

Obwohl mein zukünftiger Lehrer mir vorher eingebläut hatte, ich sollte leise sprechen, schien mir sein Schrei unangebracht laut zu sein. »Das war mein kleiner Finger, du Blödmann. Du hast mir den Finger gebrochen«, schluchzte er und zog laut und zischend die Luft ein.

»Ich sagte doch schon, dass es zu dunkel ist«, entschuldigte ich mich. Fünf Minuten später war seine Hand frei und seitdem bin ich der Azubi-Einbrecher von Siggi.

Zuerst habe ich mir das nötige Werkzeug angeschafft. Stemmeisen, einen Satz Dietriche, den mir Siggi kostengünstig für zweihundert Euro besorgt hat, einen Glasschneider und verschiedene Werkzeuge, die man als Einbrecher immer dabei haben muss. Natürlich auch einen extra langen Schraubenzieher, falls ich mal in einem Briefschlitz stecken bleibe. Die Ausrüstung hat mich finanziell arg belastet.

Ich hab's dann noch mal bei der Arge probiert und gefragt, ob ich dafür einen Zuschuss haben könne, aber das hätte ich mir sparen können. Was ich denn mit dem ganzen Werkzeug wollte, fragte diese neugierige Jennerwein. Seit diesem Tage stehe ich in Verdacht, nebenberuflich handwerkliche Arbeit zu verrichten und erhalte wöchentliche Aufforderungen, meinen Nebenverdienst anzugeben.

Von Siggi habe ich noch nicht so viel lernen können, was aber nur daran liegt, dass er zurzeit Bildungsurlaub macht, auf Staatskosten versteht sich. Er hatte mich zu einem Bruch mitgenommen, damit ich Schmiere stehe, während er durchs Kellerfenster einsteigen wollte. Das Problem war nur, dass ich im Schmierestehen noch nicht ausgebildet war.

»Stell dich unauffällig vors Haus und pass auf. Wenn jemand kommt, pfeifst du laut.«

Erstens wusste ich nicht, wie man nachts unauffällig vor einem Haus steht und zweitens kann ich nicht laut pfeifen.

Als dann der Wagen auf das Grundstück fuhr und vor der Garage hielt, habe ich mir die Seele aus dem Leib gepfiffen. Das hat Siggi aber nicht davor bewahrt, auf frischer Tat ertappt zu werden. Bei seiner Flucht ist er im Kellerfenster stecken geblieben, typisch Siggi.

Jetzt hat er vier Jahre Zeit, sich fortzubilden und seine Kenntnisse auf den neusten Stand zu bringen.

Ich werde schon mal ohne Siggi anfangen, meine Karriere als Einbrecher zu starten. Ein Objekt habe ich schon ausbaldowert. Ein Einfamilienhaus auf der Tiergartenstraße. Von hinten ist es fast ein Kinderspiel, ins Haus zu gelangen. Dass die Besitzer verreist sind, weiß ich ganz genau. Frau Jennerwein hätte mir bei unserem letzten Gespräch ja nicht erzählen müssen, dass sie drei Wochen nach Mallorca fliegt. Manche Menschen sind aber auch zu unvorsichtig.

Natürlich werde ich die Einnahmen aus dem Einbruch ordnungsgemäß der Arge melden. Frau Jennerwein soll doch endlich mal ein Erfolgserlebnis haben, schließlich wird sie's ja auch bezahlen.

Iris Lieser

Meine beste Freundin

Im Allgemeinen lege ich abendliche Verabredungen auf 20:00 Uhr, damit mir vorher genügend Zeit bleibt, nach meiner täglichen Joggingrunde durch den Kaiserpark (Insider werden jetzt lächeln, denn dieser Park ist nun wirklich nicht sehr groß, aber zu meiner Ehrenrettung muss ich hinzufügen, dass ich im Bismarckviertel wohne und auch den Hin- und Rückweg laufend zurücklege) ausführlich zu duschen.

Mit zweiundvierzig benötigt eine Frau mehr Zeit für ihre Schönheitspflege als zwei Jahrzehnte zuvor und in meinem Beruf ist es wichtig, gepflegt auszusehen. Meine kleine Werbeagentur läuft inzwischen recht gut, aber diese Tatsache verdanke ich meinem unermüdlichen Einsatz und meinem Verzicht auf ein Familienleben, was vermutlich viel zu viel meiner Zeit in Anspruch genommen hätte.

Wie an so vielen Abenden erwartet mich auch heute eine geschäftliche Besprechung, die mit einem netten Abendessen verbunden sein würde. Mit den meisten potentiellen Neukunden verabrede ich mich in der ‚Villa Medici', einem italienischen Restaurant des gehobenen Niveaus, in dem man nach ein, zwei Gläschen guten Weins ganz nebenbei alle entscheidenden Punkte erfolgreich besprochen hat. Eine gute Strategie ist die halbe Miete!

Ja, ich bin die klassische Karrierefrau! Unverheiratet und kinderlos, dazu schlank und attraktiv dank eiserner Selbstdisziplin und regelmäßigen Besuchen des ‚Point de solaire' drei Straßen weiter sowie meiner Kosmetikerin, die die ersten Alterungserscheinungen erfolgreich bekämpft. Neider behaupten, ich sei eingebildet, aber, wenn ich ehrlich sein soll, ist diese Arroganz nur eine Fassade, hinter der ich mich verstecke. Es geht wohl niemanden etwas an, dass ich mir einen immer dickeren Schutzwall aufgebaut habe, nachdem so einige Liebesbeziehungen gescheitert sind, von denen ich mir eine glückliche Zukunft versprochen hatte. So richtig altmodisch, mit Hochzeit in weiß und zwei oder drei wohlgeratenen Kindern! Es war ein langer, schmerzhafter Lernprozess, diese Träume zu begraben und das Image der souveränen, coolen und unabhängigen Alexandra zu erschaffen!

Am heutigen Abend wird meine Routine empfindlich gestört, als es um kurz nach sieben an meiner Wohnungstüre läutet. Ich lege Wert darauf, die aktuellen Nachrichten im ZDF zu verfolgen, um politisch auf dem Laufenden zu bleiben. Nun, wer auch immer da geklingelt hat, ich werde ihn oder sie schnell wieder hinauskomplimentieren müssen!

Als ich die Türe öffne, fällt mir ein schluchzendes, schniefendes Wesen um den Hals, klammert sich an mir fest. »Alex, gut, dass du da bist, ich brauche deine Hilfe!«

Ich schiebe dieses Bündel, in dem ich inzwischen meine Freundin Susanne erkannt habe, erst einmal ein Stückchen von mir weg. Mein teurer Hosenanzug, den ich gerade erst aus der Reinigung geholt habe, verträgt eine solche Behandlung nur sehr schlecht, auch wenn es heißt, dass Leinen ‚edel' knittert.

»Was ist denn mit dir los?«

Mit Susanne habe ich schon die Schulbank gedrückt. Gemeinsam haben wir uns durch die Mittel- und Oberstufe gequält und endlich das Abitur gemacht, haben die schwierige Zeit der Pubertät gemeistert und all die Erfahrungen ausgetauscht, die Frau halt nur mit der ‚besten' Freundin bespricht. Nach der Schulzeit hätte unser Leben kaum gegensätzlicher verlaufen können, aber dennoch, oder vielleicht gerade deswegen, hat unsere Freundschaft überdauert. Susanne ist die Einzige, die meine verletzliche und schwache Seite kennt, der einzige Mensch, bei dem ich mir hin und wieder erlaube, die ‚alte' Alexandra zu sein.

»Markus hat eine Andere!« Wieder krallt sie sich an mir fest.

Na ja, das überrascht mich jetzt eigentlich nicht so sehr! Zu oft hat Susanne schon heulend bei mir gesessen, als dass ich jetzt sonderlich besorgt wäre. Mein lädiertes Outfit beunruhigt mich momentan viel mehr, zumal ich inzwischen bemerkt habe, dass sie neben dem Tränenstrom und dem Rotz, der aus ihrer Nase läuft, auch noch ausgesprochen unangenehm riecht. Eine Mischung aus Schweiß und Alkohol. Erneut befreie ich mich aus ihrer Umarmung und trete sicherheitshalber einen Schritt zurück.

Es muss ein groteskes Bild sein, wir beide hier auf der Schwelle meiner Wohnung. Sie mit strähnigen Haaren im verwaschenen, ehemals dunkelblauen Jogginganzug, den sie wahrscheinlich vor Jahren bei Aldi erstanden hat, ich dagegen im hellen Designerfummel von Armani, meinem teuersten und besten Kleidungsstück. Als ich höre, dass unten die Haustüre geöffnet wird, ziehe ich sie schnell in meine Wohnung. In diesem Haus wohnen nur dynamische, erfolgreiche und durchgestylte Menschen, so richtige Yuppies, es fehlte noch, dass man mich mit ihr sieht!

Sie lässt sich schwer auf mein Sofa fallen. »Hast du was zu trinken? Irgendwas Alkoholisches, am besten was Hochprozentiges!«

»Kann es sein, dass du schon etwas getrunken hast? Soll ich dir nicht lieber ein Glas Wasser . . . ?«

»Nein!«

Sie schreit fast, ist offensichtlich vollkommen am Ende ihrer Nerven. Allmählich tut sie mir doch ein bisschen leid, also stelle ich ihr ohne weitere Kommentare ein halb gefülltes Schnapsgläschen mit Kaffeelikör vor die Nase und lege ein Päckchen Tempos daneben. Sie kippt den Likör mit einem Zug hinunter und schaut sich suchend nach der Flasche um.

»Nun mal langsam, Sanni! Putz dir die Nase, hör' auf zu heulen und erzähle mir, was passiert ist!«

Mein bestimmter Tonfall zeigt Wirkung, sie befolgt brav meine Anweisungen, setzt sich dann energisch auf und wiederholt: »Markus hat eine Neue!«

Ehrlich gesagt, ich kann es gut nachfühlen! Es gibt doch so viele attraktive und weltgewandte Frauen, welcher Mann hat da noch Lust auf eine Ehefrau, die sich so gehen lässt, wie sie es in den letzten Jahren kontinuierlich getan hat?

Hin- und her gerissen zwischen Verständnis für Markus und Mitleid mit meiner Freundin starte ich den Versuch, sie zu trösten: »Mädel, wie oft hast du das schon erlebt? Du kennst ihn doch, er tobt sich ein paar Wochen aus und landet dann doch wieder bei dir!«

»Dieses Mal ist es etwas anderes: Er will sich scheiden lassen!«

Aha! Das ist wirklich neu! Der schicke Oberarzt, der sie damals, als er noch ein kleiner Medizinstudent war, direkt nach dem Abitur geschwängert und auch prompt geheiratet hat, ist zwar schon des Öfteren den Versuchungen der geballten, bereitwilligen Weiblichkeit seines beruflichen Umfeldes erlegen, aber von Scheidung war noch nie die Rede, wobei ich zugeben muss, dass mir persönlich diese Entwicklung eigentlich recht gut gefällt.

»Hast du noch mehr von dem Zeug?«

Ergeben trotte ich erneut zu meiner kleinen Bar. So wie es aussieht, sage ich den anstehenden Termin wohl besser ab. Mit einem genervten Seitenblick auf Susanne greife ich zum Telefon und entschuldige mich mit leidvoller Stimme für meinen ganz plötzlich aufgetretenen Migräneanfall. Zum Glück reagiert mein Kunde verständnisvoll, wir verabreden uns für den morgigen Abend und ich werfe mich erst einmal in strapazierfähigere Klamotten, bevor ich mich endgültig den Problemen meiner Freundin zuwende. Diese hat in der Zwischenzeit den Pegel der Flasche weiter reduziert.

Ich gieße mir ein Glas Saft ein. »Jetzt erzähle von Anfang an!«

»Dieser Mistkerl hat eine Andere! Und ich stehe auf der Straße! Die Kinder sind kaum aus dem Haus, da darf ich gehen! Aber ich denke nicht daran, eher bringe ich ihn um! Und dabei wirst du mir helfen!«

Ihre eindringlich vorgebrachten Worte jagen mir einen Schrecken ein.

»Liebes, selbst eine Scheidung wäre kein Weltuntergang! Jede dritte Ehe bricht auseinander, du wärest nicht die Einzige, die noch einmal von vorne anfängt! Was im Moment so dramatisch aussieht, ist in ein paar Monaten nur noch halb so schlimm! Vielleicht kommt er in wenigen Wochen reumütig zurückgekrochen und ...«

«Sie ist schwanger!«

Das verschlägt mir dann doch die Sprache. Nun ist er anscheinend wirklich in die Offensive gegangen. Mein Herz klopft bis zum Hals und ich merke, wie mir meine Gesichtszüge ungewollt entgleisen. Was für eine schöne Vorstellung, dass dieser attraktive Mittvierziger nach zwanzig Jahren erneut einen Kinderwagen vor sich herschiebt!

Glücklicherweise deutet Susanne meine Fassungslosigkeit falsch und sagt mit Triumph in der Stimme: »Siehst du, jetzt glaubst du mir, dass ich abserviert worden bin. Dieses Mal nützen mir auch deine üblichen guten Ratschläge nichts mehr, mehr auf mein Äußeres zu achten, neue Klamotten zu kaufen und ein paar Pfund abzuspecken. Ich bin erledigt, habe keinen Job und keine Perspektive. Und kein Geld!«

»Aber er wird zumindest für dich aufkommen müssen!«

»In welchem Film lebst du denn?« Wieder tropfen die Tränen auf mein empfindliches Sofa, sodass ich schnell ein Handtuch aus dem Bad hole und auf das helle Leder lege. Unterbrochen von Schluchzern stößt sie hervor: »Ich blöde Kuh habe damals einen Ehevertrag unterschrieben, demnach steht mir nichts, aber überhaupt nichts zu. Ich war gut genug, seine Kinder aufzuziehen und ihretwegen auf mein Studium zu verzichten. Ich war Putzfrau, Chauffeurin und Köchin, durfte ihm den Rücken für seine Karriere frei halten! Der Mohr hat jetzt wohl seine Schuldigkeit getan . . .«

Ihre Stimme bricht, sie greift zur Flasche und setzt sie ohne den lästigen Umweg über das Glas direkt an den Hals. Wie barbarisch! Bei dem Tempo ist sie in spätestens einer Stunde sturzbetrunken und ich darf dann zusehen, wie ich sie nach Hause befördere!

Erstaunlicherweise merkt man ihr den Alkohol noch in keiner Weise an. Klar und fest sind ihre Worte, als sie mich jetzt mit hasserfüllt zusammengekniffenen Augen fixiert. «Alex, wir beide werden heute Abend überlegen, wie wir den Herrn Doktor daran hindern können, seine Frau abzuschieben. Du als meine beste Freundin wirst gemeinsam mit mir einen Plan erarbeiten, Markus zu beseitigen! Er muss sterben, und zwar möglichst bald, noch ehe er einen Anwalt aufsuchen kann!«

Auf den Schreck brauche auch ich einen Schnaps! Mein Vorsatz, in der nächsten Zeit meinen Alkoholkonsum einzuschränken, löst sich in Wohlgefallen auf. Aus der Likörflasche rinnen noch drei oder vier Tropfen, aber Susanne ist schon auf dem Weg, Nachschub zu besorgen. Ordentlich gießt sie zwei Gläser voll, drückt mir das eine in die Hand und stößt mit mir an, so schnell, dass ich gar nicht begreife, wie mir geschieht.

»Prost, meine liebe Freundin. Auf ein gutes Gelingen. Ich weiß ja, dass ich auf dich zählen kann!« Sie kichert. »Dann sind wir quitt!«

Oh, das musste ja so kommen! Achtzehn Jahre lang hat sie dichtgehalten, nie hat jemand das Alibi erschüttern können, das sie mir gegeben hat, als ich während meiner wilden Studentenzeit in Düsseldorf in einer wüsten Auseinandersetzung mit meinem damaligen Lover etwas zu handgreiflich geworden bin. Bis heute konnte nicht geklärt werden, wer das Messer in Thomas' Brust gestoßen hat, denn ich hatte ja zur fraglichen Zeit mit Susanne die Kinder gehütet. Sie hat sich doch immer so gefürchtet, wenn Markus Nachtdienst machte.

Ich schlucke den Kloß in meiner Kehle mit einem zweiten ‚Bailoni' herunter, meinem geliebten Marillenbrand, der den leider nicht mehr vorhandenen Likör abgelöst hat. Dennoch fühlt sich mein Hals sehr belegt an, als ich sie vorsichtig frage: »Und wie stellst du dir das vor?«

»Es gibt bestimmt viele Möglichkeiten! Erschießen, ersticken, erschlagen, nur um ein paar Beispiele zu nennen.«

Nach dem dritten Glas breitet sich eine wohltuende Wärme in meinem Körper aus und Sannis Idee erscheint mir aus ihrer Sicht durchaus nachvollziehbar. Eigentlich kann ich Markus ausgesprochen gut leiden, habe meine Freundin im Geheimen immer um diesen tollen Mann beneidet und war damals sogar ganz schrecklich in ihn verliebt, was ich aber nie zugegeben hätte! Deshalb muss ich in Erfahrung bringen, was sie plant, muss ihr meine Unterstützung zusichern, um vielleicht doch noch das Schlimmste verhindern zu können.

»Nimm Schlaftabletten, das ist die leichteste Lösung«, schlage ich spontan vor.

Sie schaut mich vorwurfsvoll an. »Markus ist fünfundvierzig, da stirbt man nicht so plötzlich im Schlaf! Nein, um den Obduktionstisch müssen wir herumkommen! Es sollte schon ein eindeutiger Unfall sein!«

Jetzt hat sie meine Phantasie angeregt, vor meinem inneren Auge laufen etliche Krimis ab, die ich gesehen oder gelesen habe, krampfhaft suche ich nach Anregungen, die zu imitieren in Frage kämen.

Plötzlich setzt sie sich auf, hat aber den Schwung unterschätzt und fällt fast vom Sofa. »Ich glaube, ich sollte nicht mehr so viel trinken! Zum Wohl!« Mein Bailoni, den ich mir regelmäßig von einer Bekannten aus Österreich mitbringen lasse, scheint ihr gut zu schmecken. Schnell schütte ich mein Glas so voll wie möglich, wobei ich leichte Schwierigkeiten habe, nicht zu kleckern. Immerhin möchte ich nicht, dass sie das gute Zeug ganz alleine trinkt.

»Ich schmeiße ihn die Treppe runter! Wenn dann die Polizei fragt, dann sage ich . . .«, sie bricht in Gelächter aus, »dann sage ich, ich hätte gerade frisch gebohnert! Stell dir vor, wie er da unten liegt . . .«

»Sanni, ihr habt eine Wendeltreppe in eurem Luxusschuppen. Da bleibt er nach fünf Stufen liegen und hat sich höchstens den Kopf gestoßen!«

»Oder den Arm gebrochen!« jauchzt sie. »Dann kann der tolle Chirurg nicht mehr operieren! Ach nee, das reicht ja nicht!« Betrübt schaut sie mich an.

Nun will ich ihr unbedingt helfen und zermartere eifrig mein Hirn. »Weißt du noch, wie wir damals den Reifen von Christophs Mofa angeritzt haben, weil dieser Blödmann einen Denkzettel brauchte? Er hatte nach seinem Sturz zwar nur ein paar Prellungen, aber auf dieser Erfahrung könnte man doch aufbauen.«

Hoppla, das Sprechen fällt mir doch schwerer als noch vor einigen Minuten. Auch Susanne nuschelt ein bisschen, als sie meinen Vorschlag aufgreift!

»Dassis gut! Aber nicht die Reifen, lieber die Bremsleitungen! Dann fährt er über die Autobahn und plötzlich – zack – gegen die Leitplanke. Und aus!«

Wir brechen in eine Lachsalve aus, können uns kaum mehr beruhigen. Die Tränen laufen über mein Gesicht.

»Weissu, weissu, weißt du denn überhaupt, wo diese doofen Leitungen sind?« Nun muss ich mich aber schon sehr auf meine Worte konzentrieren, damit sie mich verstehen kann. Ihr Gelächter verebbt abrupt, sie schaut mich verzweifelt an. »Nein! Du denn?«

»Keine Ahnung!«

»Scheiße!« Sie sinkt zurück in die Kissen, nachdem sie kummervoll die leere Flasche auf den Tisch gestellt hat. Gut, dass ich noch eine zweite in Reserve habe! Der Weg zum Schrank fällt mir zugegebenermaßen ziemlich schwer, da meine Beine sich auf rätselhafte Weise in gummiähnliche Anhängsel verwandelt haben, aber ich kämpfe mich heroisch über diese Schwäche hinweg.

»Wir werden . . .« Wieso fand ich es eigentlich vorhin so barbarisch, direkt aus der Flasche zu trinken? »Wir werden schon eine Lösung finden!«

Meine Umgebung wirkt ein wenig verschwommen, doch mein Gehirn arbeitet auf Hochtouren. Allerdings leider vergeblich! Kummervoll sehen wir uns an und verbringen die nächsten Minuten in einvernehmlichem Schweigen, das nur hin und wieder vom Klirren der Flasche unterbrochen wird.

Da, ganz allmählich, schleicht sich die zündende Idee in meinen Kopf. «Der Aussichtsturm am Hülser Berg!«

»Ja! Dassisses! Der Aussichtsturm iss gut«, sagt sie und danach fällt ihr Kopf zur Seite und sie beginnt zu schnarchen.

Mit einiger Mühe schaffe ich es, liebevoll eine Decke über sie zu breiten. Sie sieht so klein und schutzbedürftig aus, wie sie da so zusammengerollt auf meinem Sofa liegt. Ich werde auf einmal ganz sentimental, Erinnerungsfetzen an die vielen gemeinsamen Erlebnisse schwirren durch meinen Kopf. Meine liebe Freundin, die schon in der Schule neben mir verblasste, weil ich alle Blicke auf mich zog, während sie eher unauffällig im Hintergrund blieb! Und dann hat gerade sie den Mann bekommen, der sich vor Angeboten kaum retten konnte! Aus einem rührseligen Impuls heraus küsse ich sie sanft auf die Wange, was sie mit einem wohligen Knurren im Schlaf registriert, bevor ich auf allen Vieren mein Telefon suche. Erstaunlicherweise finde ich es in der Ladestation, suche die gespeicherte Telefonnummer und rufe Markus an. »Deine Frau ist bei mir! Sie schläft sich erst einmal aus!« Ich lasse ihm keine Chance, etwas zu erwidern, sondern lege mit belustigtem Grinsen auf. Soll er sich doch ruhig seine Gedanken machen! Mit letzter Kraft wanke ich ins Bett und falle in einen komaähnlichen Tiefschlaf.

Viel zu früh werde ich durch das Klappern von Geschirr geweckt. Eine ganze Katzenfamilie miaut in meinem Schädel und es gelingt mir nur mit großer Anstrengung, meine Augen zu öffnen. In meiner Küche pfeift Susanne gut gelaunt vor sich hin, während sie uns das Frühstück zubereitet.

Ich quäle mich aus dem Bett und pralle vor meinem Spiegelbild zurück. Sollte ich diese Frau sein, dieses ungepflegte Etwas in zerdrückten Klamotten, mit fettigen Haaren und zerlaufener Schminke, das aus allen Poren nach Alkohol stinkt? Warum ist Susanne hier? Nur langsam kehrt die Erinnerung an den gestrigen Abend zurück, aber heute, nachdem mein Kopf wieder leidlich klar ist, kann ich nicht mehr begreifen, wie ich sie noch vor einigen Stunden geradezu mit Vergnügen dabei unterstützen konnte, Markus gedanklich ins Jenseits zu befördern.

Meine Freundin scheint schon länger wach zu sein. Frisch geduscht, ordentlich frisiert und in einem meiner Pullover sieht sie ganz anders aus; heute wirke ich neben ihr eher ziemlich deplatziert.

Sie begrüßt mich mit strahlendem Lächeln. »Deine letzte Idee war genial, liebe Alexandra!«

Was um alles in der Welt war ‚meine letzte Idee'? Ach ja, der Hülser Berg! Diese unglaubliche dreiundsechzig Meter hohe Erhebung, der Stolz der Niederrheiner, die ja ansonsten schon von einer Steigung sprechen, wenn ihr Auto an einer Ampel ohne Bremse rückwärts rollt! Jeder Süddeutsche kann sich vor Lachen kaum halten, wenn er die Bezeichnung ‚Berg' hört, aber wir lieben unseren Hügel und fallen scharenweise an den Wochenenden über ihn her. Ganz oben steht der Aussichtsturm, von dem man kilometerweit über die rheinische Tiefebene blicken kann, eine Konstruktion aus Metall, auf die wohl schon jeder Einheimische etliche Male gestiegen ist.

»Meine Planung steht bis in das kleinste Detail! Ich werde morgen früh auf den Turm klettern, von da aus Markus anrufen und ihm damit drohen, zu springen. Er wird ja wohl noch so viel Verantwortungsgefühl haben, sofort alles stehen und liegen zu lassen, um mich zu retten.« Mit purem Sarkasmus fährt sie fort. »Es könnte ja seinem Image schaden, wenn seine Frau sich das Leben nimmt! Wie würde er dann bloß vor seinen tollen Kollegen dastehen?«

»Sanni, ich bin der Meinung . . .«

Sie fällt mir ins Wort. »Dich werde ich auch informieren! Ihr müsst dann beide zu mir hinaufklettern und du wirst mir helfen, ihn über das Geländer zu werfen. Der Polizei gegenüber werden wir so tun, als hätte ich eine depressive Phase, weil ich mir so überflüssig vorkomme, seit die Kinder aus dem Haus sind. Dazu neigen viele Frauen in dieser Situation, das klingt durchaus glaubwürdig! Mein geliebter Mann hat unglücklicherweise bei seinem Rettungsversuch das Gleichgewicht verloren! Oh, ich sehe mich schon, die trauernde Witwe, die sich mit Selbstanklagen zerfleischt! Wie rührend!«

Krampfhaft schluckend suche ich verzweifelt nach einem plausiblen Gegenargument. Himmel, was hat sie mir da eingebrockt! Warum kann sie sich nicht einfach geschlagen geben und sich wie jede normale Frau in ihrer Situation nach einer gewissen Zeit der Kränkung und der Enttäuschung ein neues Leben aufbauen? Sie ist nun wirklich noch jung genug, sich einen Job und meinetwegen einen neuen Mann zu suchen! Muss sie mich unbedingt in solche Gewissenskonflikte stürzen, muss sie mein wohlorganisiertes Leben, das seit einigen Tagen sowieso ein wenig aus den Fugen geraten ist, noch zusätzlich durcheinanderbringen?

»Und wenn andere Leute da sind?«

»Alex, es ist Februar! Kein Mensch spaziert bei dieser Kälte morgens um halb neun auf dem Berg herum, geschweige denn oben auf den Turm!«

Ich gebe es auf, sie ist so euphorisch, dass jedes weitere Argument an ihr abprallen würde.

Außerdem fehlt mir die Zeit für weitere Diskussionen, denn ich muss mich innerhalb von maximal dreißig Minuten in die alte Alexandra zurückverwandeln. Bei meinem derzeitigen Anblick würde jeder halbwegs vernünftige Mensch schreiend die Flucht ergreifen. Und ausgerechnet heute stehen reihenweise wichtige Termine auf meinem Programm!

Zwei Aspirin und eine Dusche später bin ich in der Lage, meinen Kunden professionell wie immer gegenüberzutreten. Susanne und Markus verbanne ich in die hinterste Ecke meines Denkens, mein Arbeitspensum lässt es nicht zu, nach einer humaneren Lösung zu suchen. Überdies ist mir den ganzen Tag leicht übel, was mir offenbar ein ungewohnt kränkliches Aussehen verleiht. Mehrere Male werde ich vorsichtig gefragt, ob ich mich nicht wohl fühle und ich verwünsche im Stillen den gestrigen Abend und meine Freundin, die das alles verursacht hat.

Trotzdem hole ich die gestern versäumte Besprechung nach, wobei ich zur Verwunderung meines Stammkellners auf das obligatorische Glas Wein dankend verzichte. Bei dem Gedanken an Alkohol dreht sich mir der Magen herum, ich kann nur noch zur Toilette flüchten und anschließend zähneknirschend zur Kenntnis nehmen, dass mein Gegenüber mit fadenscheinigen Ausreden vom Abschluss des Vertrages, den ich schon so sicher wähnte, zurücktritt.

Innerlich auf Susanne schimpfend, falle ich ins Bett, ziehe mir die Decke über den Kopf und versuche, die Welt, die sich so offensichtlich gegen mich stellt, zu vergessen.

Man kann nicht behaupten, dass ich eine angenehme Nacht verbringe. Immer wieder durchlebe ich in meinen

Träumen mit grausamer Intensität, wie sich Menschen aus großer Höhe stürzen, höre schrille Schreie und sehe verrenkte Körper auf dem Boden liegen, die abwechselnd die Gesichtszüge von Markus, Susanne und mir selber tragen. Einige Male wache ich schweißgebadet und tränenüberströmt auf und brauche lange, bis mein Herzschlag sich wieder halbwegs normalisiert hat. So bin ich fast dankbar, als endlich mein Wecker klingelt, und hoffe immer noch darauf, dass sich alles zum Guten wendet.

Doch der Anruf pünktlich um halb neun belehrt mich eines Besseren. »Es ist soweit, ich stehe vor dem Turm und Markus weiß Bescheid!«

Wie kann sie in dieser Situation noch lachen, selbst wenn es verzweifelt, geradezu hysterisch, klingt?

»Er war total entsetzt. Das geschieht ihm recht! Mein ist die Rache.«

Nun ergreift mich wirklich eine riesige Panik, ich springe in mein Auto, rase die Moerser Straße entlang. Aus den Augenwinkeln registriere ich das rote Aufleuchten des Radargerätes und bete inständig, dass ich mit weniger als den zweiundachtzig Stundenkilometern, die mein Tacho anzeigt, geblitzt worden bin. Bei diesem Tempo werde ich ansonsten wohl für mindestens einen Monat auf meinen Führerschein verzichten müssen! Egal, jetzt gibt es Wichtigeres! Links in den Talring einbiegen, die serpentinenförmige Straße hoch, die zum Parkplatz oben auf dem Hülser Berg führt!

Ich stürze aufgeregt aus dem Wagen, hetze mit zusammengebissenen Zähnen am Spielplatz vorbei. Es regnet in Strömen, sodass Susanne ganz sicher mit ihrer Prognose recht behalten wird, dass es außer uns keine weiteren Verrückten geben wird, die sich an diesem grässlichen Morgen die knapp zweihundert Stufen hinaufquälen wollen. Meine teuren Schuhe kann ich bestimmt vergessen und ob die Hose noch jemals sauber wird, wage ich auch zu bezweifeln! Kurz bevor ich den Turm erreiche, holt

Markus mich ein und knapp hintereinander kämpfen wir uns nach oben. Auf halber Strecke geht mir die Luft aus, doch ich zwinge mich, weiter zu gehen, obwohl mein Herzschlag in meinen Ohren dröhnt und mein Seitenstechen mich fast in die Knie zwingt.

Susanne balanciert auf der Brüstung des Turmes, hält sich an der Überdachung fest. »Keinen Schritt weiter, sonst springe ich!« schreit sie theatralisch, als wir nahezu zeitgleich an der obersten Plattform ankommen.

»Bitte, komm da weg, lass uns noch einmal über alles reden!« Markus fleht sie an, und zu meinem Erstaunen klingt seine Stimme geradezu panisch! Dabei kann er doch froh sein, wenn sich seine Probleme auf diese Art lösen!

Ich werfe ihm einen fragenden Blick zu, doch er beginnt, sich Schritt für Schritt seiner Frau zu nähern.

»Stopp!« schreit Susanne aufgelöst und blickt mich hilfesuchend an. Markus bleibt etwa einen Meter von ihr entfernt am Geländer stehen. Ich nähere mich langsam von der anderen Seite, sehe die Fassungslosigkeit und das Unverständnis in ihren Augen, dann ihr jähes Begreifen.

Irgendwie scheint die Zeit stillzustehen, eine tiefe Ruhe senkt sich über die gespenstische Szenerie. Nur das beruhigende Rauschen des Regens dringt an mein Ohr, verlangsamt den Rhythmus meines Herzschlages. Plötzlich erscheint es mir ganz einfach, ich bräuchte nur zwei Schritte zu machen und meinen Arm ausstrecken.

Doch Markus kommt mir zuvor, springt plötzlich auf sie zu, wie um sie zu retten, sie löst die Hände von der Überdachung, will sich in seine Arme flüchten . . . und verschwindet aus meinem Blickfeld.

Ein lang gezogener Schrei, der in meinen Ohren gellt, ein dumpfer Aufprall!

Ich stehe wie erstarrt, blicke gebannt auf seinen Rücken, der sich unter keuchenden Atemzügen hebt und senkt. In Zeitlupe dreht er sich zu mir um und beantwortet meine unausgesprochene Frage, ob es wirklich ein

Unfall war, mit einem kaum wahrnehmbaren Schulterzucken. Sekundenlang schauen wir uns in die Augen und erkennen gegenseitig unsere Schuldgefühle, aber auch unsere grenzenlose Erleichterung, ehe wir uns in eine tröstende Umarmung und einen langen Kuss flüchten.

Hand in Hand steigen wir die endlosen Stufen hinunter, nachdem Markus vom Handy aus die Polizei über den furchtbaren Suizid seiner Frau informiert hat. Es ist mir nicht möglich, zu entscheiden, ob die Ergriffenheit und die Verzweiflung in seiner Stimme echt sind, oder ob er sich nur gut verstellen kann.

Die eintreffenden Polizisten sind ausgesprochen nett und einfühlsam. Zweifellos werde es keine Anzeige wegen Geschwindigkeitsüberschreitung geben, schließlich habe ich alles versucht, um das Leben meiner Freundin zu retten. Mir fällt ein Stein vom Herzen, denn mein Auto ist für meine Arbeit unerlässlich und die laufenden Aufträge möchte ich schon gerne noch ohne Probleme zu Ende bringen, bevor ich mir den wohlverdienten Mutterschaftsurlaub gönne.

Es mag den einen oder anderen geben, der es als unschicklich empfindet, dass wir schon drei Monate nach Susannes offiziellem Selbstmord heiraten werden. Markus ist jedoch der Meinung, dass unser Baby ehelich geboren werden sollte. Mir ist es sehr recht, denn wenn wir länger warten würden, könnte ich vermutlich dieses exklusive, schmal geschnittene Brautkleid nicht mehr tragen, das ich vor ein paar Tagen entdeckt habe!

Giftige Weihnacht

Freitag, 2. Dezember 2005, 11.30 Uhr.

Jetzt ist der richtige Moment gekommen! Kurz vor der Mittagspause ist niemand im Aufenthaltsraum. Wenn doch jemand reinkommen sollte, hocke ich zufällig vor dem Kühlschrank, um mir meine Kondensmilch rauszuholen. Aber das wird nicht passieren.

Die Auswahl ist riesig, aber einer von diesen sechzehn Joghurts wird der Auserwählte sein. Noch einmal tief durchatmen, die Spritze aus der Kitteltasche nehmen, den Deckel von der Kanüle abziehen und dann ganz vorsichtig durch die Folie einstechen. Tief in den Joghurt eintauchen und die zwei Milliliter vollständig einspritzen. So, das wäre geschafft! Jetzt die anderen Pakete wieder draufstellen, die Spritze wieder verschließen und ab in die Kitteltasche. Heute Mittag wird die Spritze zusammen mit der restlichen Kaliumzyanidlösung im Laborabfall entsorgt. Und ich bin raus aus der Nummer. Dann heißt es nur noch warten! Warten auf die Befreiung von Jörg, diesem Arsch. Endlich kann ich die Lorbeeren selbst einfahren, die ich schon lange für die Weiterentwicklung unseres Prototon-Schaumstoffs verdient hätte. Immer hat Jörg mir das Wasser abgegraben, immer steht er bei Präsentationen in der ersten Reihe und lässt sich feiern. Dabei ist das Wichtigste auf meinem Mist gewachsen! Aber damit ist noch in diesem Jahr Schluss - endgültig.

Dann brauche ich mir seine Fresse nicht mehr anzusehen und sein überhebliches Gegrinse. Und was das Allerwichtigste ist: Weihnachten werde ich Kati über den Verlust hinwegtrösten und ihr mit einem romantischen Weihnachtsessen zeigen, dass es sowieso ein Fehler war, mit Jörg was anzufangen und mich dafür sausen zu lassen. Anschließend werde ich ihr mein Bett zeigen und morgens zum Frühstück wird sie diese Hackfresse schon vergessen haben.

Freitag, 9. Dezember 2005, 9.00 Uhr

Okay, die erste Woche war locker. Die Wahrscheinlichkeit, dass er jetzt schon den Auserwählten erwischt, war noch recht gering. Aber jedes Mal, wenn er in der Frühstückspause zum Kühlschrank dackelte, besser gesagt stolzierte, überkam mich so ein leichtes Kribbeln.

Da kommt er auch schon – wie jeden Tag als Letzter. Master Jörg hat seinen Auftritt.

Jörg pflanzt sich mir direkt gegenüber, palavert über sein neues Super-Navigationsgerät, natürlich nicht, ohne mehrmals den Preis zu erwähnen, packt seine frisch belegten Brötchen mit Roastbeef aus und genießt den Kaffee aus der Gemeinschaftskanne. Wann hat der eigentlich das letzte Mal das Kaffeepulver bezahlt? Muss eine Ewigkeit her sein.

Nachdem er jetzt aber auch wirklich alle über seine Neuanschaffung informiert hat und so nach und nach jeder den Raum verlässt, sitzen nur noch wir beide hier. Er steht auf, geht zum Kühlschrank und knickt sich einen Joghurt vom Viererpack ab. Bevor er die Deckelfolie abzieht, schüttelt er den Becher richtig durch. Jedes Mal erklärt er mir, dass sich so die Fruchtanteile am besten verteilen. Das gehört natürlich auch zu meinem Plan, denn besser könnte ich die Lösung auch nicht verteilen – das macht der große Meister alles selbst.

Heute lässt er sich zu einem seiner speziellen Witze hinreißen: »Da staunst du wieder, wie ich schütteln kann. Leider kannst du mein Meisterstück nicht miterleben, wenn ich Kati Heiligabend unter dem Weihnachtsbaum so richtig heftig durchschüttele, aber ich kann dir ja nachher davon berichten.« Er grinst mich vielsagend an, und noch bevor er auch nur einen Löffel von seinem Joghurt gegessen hat, habe ich schon wutentbrannt, wahrscheinlich auch mit hochrotem Kopf, den Aufenthaltsraum verlassen. Ich höre ihn noch lauthals über mich lachen.

Mittwoch, 14. Dezember 2005, 9.00 Uhr

Heute muss ich wieder zur richtigen Zeit frühstücken gehen, sonst könnte nachher jemand Verdacht schöpfen, dass unsere Beziehung doch nicht so freundschaftlich-kollegial ist, wie es bisher den Anschein hatte. Ansonsten gehe ich Jörg ja aus dem Weg, aber wenn die anderen Kollegen dabei sind, dann muss ich so tun, als ob alles seinen gewohnten Gang ginge.

Alles wie immer, doch statt des Vortrags über sein neues Navigationsgerät, ist die sündhaft teuere Anschaffung heute ein weißes Bärenfell, mit Echtheitszertifikat. Unglaublich schwer zu bekommen, nahezu unmöglich - aber mit seinen Connections und natürlich einem Haufen Geld ist Jörg nichts unmöglich.

Er verrät uns allen auch, wohin er das gute Stück platzieren will. Ins Wohnzimmer natürlich. Er sieht mich frech an, zwinkert mit dem linken Augenlid und sagt dann genüsslich lächelnd: »Direkt vor dem Weihnachtsbaum.«

Das ist mir zu viel, ich springe auf und verlasse schnellstens den Raum. Gott sei Dank habe ich nicht vergessen, noch im Herauslaufen zu rufen, dass ich Idiot vergessen hätte, eine Dosierpumpe auszuschalten.

Die Hälfte der Joghurtbecher sind von diesem Arsch leer gefuttert - meine Anspannung steigt täglich.

Donnerstag, 15. Dezember 2005, 19.45 Uhr

Eigentlich wäre ein Schwachpunkt in meiner Planung ich selbst gewesen. Dass mich Zweifel oder das Gewissen packen und ich alle restlichen Becher aus dem Kühlschrank verschwinden lasse, um das Finale zu verhindern. Doch jetzt bin ich entschlossener denn je.

Zufällig habe ich Kati und Jörg vor einer knappen Stunde auf dem Weihnachtsmarkt getroffen. Sie sah wieder toll aus; selbst dick eingepackt ist Kati immer noch supersexy. Jörg dagegen war eigentlich nur damit beschäftigt, sein Portemonnaie zu öffnen, um Kati wieder mit dem schönsten Silberschmuck zu beglücken. Alter Schleimbeutel.

Nach einem kurzen Small Talk schlug Kati vor, gemeinsam einen Glühwein zum Aufwärmen trinken zu gehen. Also dackelte ich hinter den beiden her, über den Rest der Rheinstraße zum Glühweinpavillon neben der Weihnachtsbühne am Dionysiusplatz.

Kati fragte, wie ich denn Weihnachten verbringen würde. Nichts Besonderes wäre bis jetzt geplant, ich würde mir alle Optionen offen lassen, antwortete ich. Als sich Kati kurz umdrehte, um ihren Glühwein abzustellen, kam Jörg nah an mich heran und brummte mir wie ein Bär ins Ohr.

Das wiederholte er dann in den nächsten Minuten noch dreimal, ich beeilte mich, meinen Glühwein auszutrinken und verabschiedete mich überhastet, weil ich noch dringend Einkäufe zu erledigen hätte. Lebensmittel müsste ich noch besorgen. Nicht ohne innerliche Genugtuung sagte ich: ». . . und Joghurt.«

Montag, 19. Dezember 2005, 9:15 Uhr

Wir kommen auf die Zielgerade, die letzte Woche vor Weihnachten ist angebrochen. Nur noch fünf Joghurtbecher stehen im Kühlschrank. Vielleicht wird ja heute der Tag der Tage sein.

Wenn er erst einmal den richtigen Becher erwischt hat, dann hat er schon verloren. Bis die Meldung raus ist, dass es Master Jörg nicht gut geht, bis der Rettungswagen da ist, und bis er nach Feststellen von Vergiftungserscheinungen in ein Krankenhaus eingeliefert wird, hat sich die Sache für unseren lieben, von uns allen geschätzten und geachteten Kollegen Jörg P. längst erledigt – und für mich dann auch.

Ich bin einfach ein Genie, keiner kann mir was nachweisen. Das Kaliumzyanid habe ich bei einer Aufräumaktion in einem Laborlagerkeller gefunden. War mindestens 30 Jahre alt, das Zeug.

Keiner hat gesehen, wie ich es eingesteckt habe, und im normalen Tagesgeschäft wird so etwas bei uns nicht benutzt. Den Rest habe ich ja längst entsorgt.

Jörg kauft an jedem Monatsanfang genau soviel Joghurt, wie er für den ganzen Monat braucht – so eine Angewohnheit von ihm. Da brauchte es nur noch so einen genialen Kopf wie mich und schon ist der perfekte Mord durchführbar. Mord finde ich übrigens keine gute Formulierung. Beseitigung ist viel passender.

Mittwoch, 21. Dezember 2005, 10.15 Uhr

Heute nichts, gestern nichts und vorgestern auch nichts, langsam wird's eng. Nur noch morgen und übermorgen. Mittlerweile finde ich Gefallen am Gedanken des großen Showdowns am Freitag. Um zehn Uhr ist gemeinsames Frühstück geplant und dann nuckelt Jörg zum Abschluss an seinem Finaljoghurt – einfach köstlich. Auf der anderen Seite wäre ich froh, wenn ich es schon hinter mir hätte, dann könnte ich mich auch schon auf die tröstenden Worte für Kati einstellen.

Mittlerweile muss ich mich echt zusammenreißen, mir bricht der Schweiß aus, wenn er wieder zum Kühlschrank geht und den nächsten Becher packt, so wie eben. Da hat mich die Auszubildende gefragt, ob mir nicht gut wäre, ich würde so komisch aussehen. Als alle, außer Jörg, den Raum verlassen haben, fragt er mich breit grinsend: »Samenstau?«

Ich hab mich natürlich verschluckt und mir kam der Kaffee aus der Nase raus.

Freitag, 23. Dezember 2005, 9.55 Uhr

Der Tisch ist gedeckt, der Kaffee gekocht, die Kerzen brennen und jemand hat sogar an Weihnachtsmusik gedacht. So langsam rauschen alle Kollegen an. Als die Tür aufgeht und die Auszubildende den Raum betritt, fehlt nur der Star noch.

»Ach, übrigens hat gerade der Jörg angerufen. Ich soll euch ein schönes Weihnachtsfest und einen guten Rutsch wünschen. Er hat sich heute einen Tag Urlaub eintragen lassen«, sagt unser gemeinsamer Chef und schiebt sich schon das erste Brötchen rein.

Alles aus! Mein schöner genialer Plan scheitert an einem solchen Zufall – es ist kaum zu glauben, ich werde wahnsinnig. Mir ist der Appetit vergangen, aber gründlich.

Freitag, 23. Dezember 2005, 11.55 Uhr

Ich hocke hier vor dem Kühlschrank, um den gottverdammten, nutzlosen Joghurt zu vernichten, aber er ist weg. Wieso weg? Heute Morgen, als ich meine neue Kondensmilch in den Kühlschrank gestellt habe, war er doch noch da. Wo ist dieser Scheißjoghurt? Vielleicht hat jemand den Kühlschrank vor den Feiertagen noch aufgeräumt und alles, was nahe am Verfallsdatum war, weggeschmissen. Ich durchwühle den Mülleimer – Eierschalen, Kaffeefilter, Servietten, Wurstpelle, Käserinde, alles, nur kein Joghurtbecher zu finden, weder voll noch leer. Das darf doch nicht wahr sein, ich werde wahnsinnig!

Während ich den Kühlschrank ein weiteres Mal durchsuche, betritt unsere Spülfrau Ellen den Aufenthaltsraum. »Suchst du wat?«

»Ja, den Joghurt vom Jörg wollte ich mir genehmigen, aber der ist weg.«

»Den hat bestimmt dä Hermann mitjenommen – dä nimmt doch immer die restlichen Sachen vom Weihnachtsfrühstück mit na Hause für de Kinder.«

Hermann hat einen ganzen Stall voll Kinder, mein letzter Kenntnisstand ist fünf - vielleicht sind es mittlerweile aber auch schon ein paar mehr.

»Wo ist Hermann?«

»Dä is schon weg, wollte noch eben inne Stadt aufem Markt de Weihnachtsgans besorgen und dann nach Haus.«

Ich glaube, ich sehe Ellen an, als ob ich eine Erscheinung hätte.

Freitag, 23. Dezember 2005, 12.25 Uhr

Jetzt sitze ich im Auto und fahr mit deutlich überhöhter Geschwindigkeit über den Nassauer- und den Europaring Richtung Gartenstadt. An der Breslauer Straße wohnt Hermann mit seiner Familie, vielleicht kann ich ihn abfangen und ihm den Joghurt abschwatzen - irgendeine blöde Begründung wird mir schon einfallen.

Ich erreiche sein Haus, klingele, nichts passiert. Laufe um das freistehende Einfamilienhaus herum, klingele Sturm - immer noch nichts. Neben der Haustür befindet sich das Küchenfenster. Ich sehe auf dem Küchentisch mehrere Plastiktüten stehen. Das sind wahrscheinlich die Tüten, die Hermann aus der Firma mitgebracht hat. Sie sind nur teilweise ausgepackt.

»Die sind nicht zuhause, die haben sie um eine Minute verpasst. Haben alle im Eiltempo das Haus verlassen«, sagt der ältere Herr mit Hut, der plötzlich hinter mir steht.

Mensch, hat der mich erschreckt. Ich antworte ihm, dass ich dann wohl später noch einmal vorbei kommen müsse, gehe so ruhig wie möglich zu meinem Wagen und fahre davon.

Freitag, 23. Dezember 2005, 12.30 Uhr

Genau um die nächste Straßenecke habe ich das Auto gefahren, jetzt heißt es, keine Zeit zu verlieren. Ich renne zurück zu Hermanns Wohnung, laufe in den Garten, greife einen Backstein, den ich neben der Terrasse finde, und werfe damit, ohne auf den Krach zu achten, die Scheibe der Terrassentür ein. Ich greife hinein, öffne die Tür, stürme durch die Wohnung in die Küche und schütte alle Plastiktüten aus. Es sind die Plastiktüten aus der Firma, das erkenne ich an den Wurst- und Käseverpackungen, aber vom Joghurt keine Spur; im Kühlschrank nichts und einen leeren Joghurtbecher im Mülleimer kann ich auch nicht finden.

Scheiße, zu spät. Wahrscheinlich ist eines seiner Kinder über den Becher hergefallen. Deshalb hat er auch so Hals über Kopf das Haus verlassen. Ist bestimmt zum Krankenhaus gefahren.

Mein Gott, ich habe ein Kind auf dem Gewissen.

Freitag, 23. Dezember 2005, 12.45 Uhr

Ich bin total zusammengebrochen, kann keinen klaren Gedanken fassen. Das Erste, was ich wieder wahrnehme, sind die Sirenen der Polizeiwagen, die mit quietschenden Reifen direkt vor Hermanns Haus halten. Es dauert nicht lange und ich habe mindestens vier Polizisten und Polizistinnen mit gezogenen Waffen bei mir in der Küche stehen. Sie merken aber schnell, dass von mir keine Gefahr ausgeht und drei von ihnen haben ihre Waffen schon wieder weggesteckt.

»Ich habe ein Kind auf dem Gewissen – es tut mir so schrecklich leid. Jörg sollte es erwischen und jetzt ist ein Kind tot – wegen mir. Alles nur wegen dieses Scheißjoghurts.« Ich fange an, hemmungslos loszuheulen.

Die Beamten sehen sich ratlos an. »Haben sie getrunken oder Drogen zu sich genommen?«

Ich bin einfach nicht in der Lage auf eine solch banale Frage zu antworten und sage nur: »Scheißjoghurt!«

Sicherheitshalber durchsuchen zwei Polizisten das Haus nach einer Kinderleiche, finden aber nichts. »Scheißjoghurt! Scheißjoghurt!«

»Was ist denn mit diesem Joghurt?« fragt mich eine Polizistin, die mich ein wenig an Kati erinnert.

Ich lächele sie verlegen an und sage nur: »Scheißjoghurt!«

Freitag, 23. Dezember 2005, 13.00 Uhr

»Hallo? Was ist denn hier los?«

Hermanns Stimme. In mir krampft sich alles zusammen. Ich bin schuld an seinem Leid – was habe ich bloß gemacht?

Nachdem er den Beamten erklärt hat, wer er ist und sich sogar ausweisen musste, tritt er in die Küche und sieht mich. »Jürgen, was machst du denn hier – in meiner Küche?«

Ich werde von Krämpfen geschüttelt und außer: »Es tut mir so leid, ich konnte diesen Scheißjoghurt nicht finden«, fällt mir nichts ein.

»Welcher Joghurt, du redest doch nicht etwa von Jörgs Joghurt. Du brichst doch nicht in meine Bude ein, nur weil du mir Jörgs Joghurt nicht gönnst. Jürgen, bist du ganz klar im Kopp? Weißt du was? Den Joghurt von Jörg kannst du dir in die Haare schmieren. Der Becher ist mir beim Einladen in den Kofferraum aufgeplatzt und da habe ich den, bevor er ausläuft und mir alles versaut, auf dem Firmenparkplatz ins Gebüsch geworfen – außerdem, was mach ich schon mit einem Joghurt, sollen meine Kinder da alle mal dran riechen dürfen? Sag mal Jürgen, spinnst du total?«

Samstag, 24. Dezember 2005, 19:45 Uhr

Ich sitze in einer Zelle im Untersuchungsgefängnis Krefeld. Ab und zu höre ich durch die Fenster lauthals krakelende Betrunkene über den Preußenring und die Steinstraße ziehen. Eben grölte jemand: »Frohe Weihnachten, ihr Knackis!«

Man wirft mir versuchten Mord vor – und wenn ich

verurteilt werde, dann werde ich vorerst kein Weihnachtsfest auf freiem Fuß verbringen können.

So richtig beschissen geht es mir nicht, ehrlich gesagt. Zwar verbringe ich Weihnachten völlig anders, als ich das geplant und erhofft hatte, aber wenigstens bin ich nicht zum Kindermörder geworden. Hermann hatte übrigens das Haus so fluchtartig verlassen, weil er vergessen hatte, auf dem Weg vom Markt nach Hause seine Frau und seinen Jüngsten von der Weihnachtsfeier im Kindergarten abzuholen.

Wenn das nicht passiert wäre, dann wäre ich wahrscheinlich ungeschoren davon gekommen, denn dann hätte ich Hermann angetroffen und er hätte mir erklärt, was mit dem Joghurt passiert ist und die Sache hätte für mich ein gutes Ende gehabt.

Für mich schon; für die Katze, die den Joghurt im Gebüsch gefunden und aufgeschleckt hat, leider nicht.

Mein einziger Weihnachtswunsch in diesem Jahr ist, dass Kati eine Bärenfellallergie hat und davon Ausschlag bekommt.

Schweinischer Tod

Der Lärm schien direkt aus der Hölle zu kommen. Vorwurfsvoll schaute Helma zu Marlene, die ihren Blick schuldbewusst erwiderte.

»Es dä de Küschkes am terje?«, grollte die Altbäuerin.

Derek, der polnische Saisonarbeiter, schaute verständnislos. Wie gewohnt übersetzte Marlene das Wankumer Platt: »Sie fragt, ob Heinrich die Schweine ärgert.«

Das Kreischen, Schreien und Quieken aus dem Schweinestall hatte indes nicht nachgelassen, sondern sich zu einer furchtbaren Dissonanz gesteigert, sodass Marlene unter den hämischen Blicken ihrer Mutter die große Küche des Bauernhofes verließ und über den Hof in Richtung Ställe ging. Derek folgte ihr.

Mit einem bangen Gefühl öffnete sie die Tür zum Schweinestall. Erschrocken blieb sie stehen, sodass Derek fast gegen sie geprallt wäre. Er zwängte sich an Marlene vorbei, um die Ursache der infernalischen Geräusche zu erkennen. Diesen Anblick würde er bis zu seinem Lebensende nicht vergessen.

Im Stall befanden sich an die achtzig Schweine. Diese stritten und kämpften um ein blutiges Kleiderbündel, das mitten in der Rotte lag. Als eine Sau, von mehreren anderen Tieren verfolgt, mit einem rot tropfenden Fleischteil an ihm vorbeirannte, stürmte er aus dem Stall, um sich zu übergeben.

Marlene stand wie erstarrt. Sie fühlte sich wie in einem schlechten Traum, als sie auf die schauerlichen Reste ihres Mannes Heinrich stierte.

»Rop dä Doktor!«, hörte sie hinter sich die grollende Stimme von Helma.

»Du sollst den Arzt rufen«, dolmetschte sie wie in Trance in Richtung Derek.

»Den Tierarzt?«, kam die zaghafte Frage mit Blick auf die aufgebrachte Schweinemeute.

»Jarnet so schleit«, kicherte die Alte und bückte sich, um einen glänzenden Gegenstand vom Boden aufzuheben und in ihrer Kitteltasche verschwinden zu lassen. Ihre Worte waren das Letzte, was Marlene hörte, ehe eine Ohnmacht sie aus diesem Alptraum holte.

So viele Polizeibeamte hatte Wankum nicht mehr gesehen, seit vor zwei Jahren die Hanfplantage von Frickens Hansi ausgehoben wurde. Nur war für die Beamten die Arbeit damals angenehmer gewesen. Jetzt versuchten kreidebleiche Polizisten mühsam, den Schweinen das Beweismaterial zu entreißen und die Tiere in einen anderen Stall zu treiben.

Nicht wenigen der Männer erging es wie Derek. Eine junge Polizistin schaute leichenblass und voll Ekel auf eine Sau, die sich jetzt auch noch über den Mageninhalt der Kollegen hermachte.

»Ja, Schweine sind Allesfresser«, dozierte Dr. Jünger, der Tierarzt, der ebenso wie sein Kollege der Humanmedizin zum Hof der Boeckels gerufen worden war.

»Die nächsten Monate wird wohl keiner im Ort mehr Schweinekoteletts essen«, brummte Kommissar Rotke von der Kripo.

Fragend wandte er sich an Dr. Jünger: »Und sie halten es durchaus für möglich, dass die Tiere Herrn Müller-Boeckels getötet haben?«

»Getötet nicht direkt. Aber wenn Heinrich im Schweinestall verunglückt ist und sich eine blutende Wunde zuzog, ist davon auszugehen, dass sich die Rotte auf ihn stürzte.«

»Aber er hätte sich doch zur Wehr setzen können?«, zweifelte der Kommissar.

»Eigentlich ja«, räumte der Tierarzt ein.

»Entschuldigen Sie, wenn ich mich einmische«, unterbrach Dr. Strupp das Gespräch. »Ich glaube, ich breche nicht das Arztgeheimnis, wenn ich Ihnen sage, dass Heinrich öfter Beruhigungsmittel nahm. Ich habe sie ihm selbst verschrieben. Wissen Sie, Herr Müller-Boeckels hatte es nicht einfach, als er auf den Hof einheiratete. Der alten Frau Boeckels wäre ein Bauer aus dem Ort als Schwiegersohn lieber gewesen als ein Ungelernter aus Krefeld. Und kurz nach der Heirat von Marlene war dann ja auch noch der schreckliche Unfall mit ihrem Vater. Der ist in den Mais-Häcksler gekommen. Der Heinrich war damals richtig fertig, hat der sich doch so gut mit seinem Schwiegervater verstanden. Jetzt stand er alleine da und sollte den Hof führen. Immer wieder hat die alte Boeckels ihm reingeredet, dabei traf ihn doch keine Schuld an der wirtschaftlichen Situation. Überall jammern die Bauern über die gesunkenen Fleischpreise und immer wieder neuen Verordnungen für die Viehhaltung.«

»Also ist von einem tragischen Unfall auszugehen«, fasste Kommissar Rotke zusammen. »Die Gerichtsmedizin wird ja auch nicht mehr viel ausrichten können«, bemerkte er schaudernd mit einem Blick auf die Zinkwanne voller Fleischteile, die gerade abtransportiert wurde.

In der Wohnküche des Bauernhauses versuchte Helma ihre Tochter zu trösten: »Dat löpt schon alles, dat maken wir schon. On wo jetzt noch die Versicherung dat janze Jeld betale dieet, heie wir och kin Scholde mier.«

»Das hast du auch schon damals gesagt, als Vater verunglückte«, schluchzte Marlene.

»Kumma jetz, ab innet Bett. Morje es vöel tu doen«, bestimmte die Altbäuerin und erhob sich, um in ihre Kammer zu gehen.

Oben in ihrem Zimmer zog sie das alte Rasiermesser ihres verstorbenen Mannes aus der Kittelschürze und wischte es sorgfältig mit einem großen Taschentuch sauber. Sie konnte ein gehässiges Kichern nicht unterdrücken, als sie daran dachte, wie erfreut Heinrich heute Morgen geschaut hatte, als sie ihm den heißen, süßen Kaffee anbot, der so gar nicht nach Tabletten schmeckte. So nett hat er sich dafür bedankt - wie damals ihr Franz, bevor er den Mais-Häcksler reparieren ging.

Ton in Ton

»Der Kerl hat was?« Uschi Rankmann sprang von ihrem Töpferstuhl hoch.

»Er hat mir Nachhilfe empfohlen, Omi!«

Uschi Rankmann, einundsechzig Jahre alt, stand mit tonverschmierten Händen vor ihrer hübschen Enkelin und schüttelte ungläubig den Kopf.

»Dir? Nachhilfe in bildender Kunst?« Dabei blies sie eine Locke aus der Stirn. Mit Schwung warf sie den Ton in die offene, mit Metall ausgeschlagene Kiste in der Ecke. »Was bildet sich dieser Schnösel eigentlich ein? Na warte, der wird mich kennenlernen!«

Einerseits war Selina froh, eine so resolute Oma zu haben, andererseits machte sie sich Gedanken, was sie an Repressalien zu erwarten hatte, sollte Uschi Rankmann erst einmal bei ihrem Klassenlehrer Randale gemacht haben. Schließlich war er nicht nur ihr Lehrer in bildender Kunst, sondern auch ihr Klassenlehrer. Und sie würde bis zum Abitur mit ihm zu tun haben. Schnell riss sie die Tür auf, stürmte die paar Treppenstufen nach oben.

»Oma! Oma, warte!«

Als sie die Haustür aufriss, hörte sie aber schon das Geräusch der schweren Harley, mit der Oma regelmäßig die Gegend am Niederrhein unsicher machte. Uschi saß auf der Maschine mit Beiwagen wie eine griechische Kampfgöttin, ihr weißes Leinenkleid flatterte im Wind. Ein alter Armeehelm zierte ihren Kopf, ein paar silbrig glänzende Locken hatten den Weg in die Freiheit gefunden, umspielten ihren Kopf und gaben ihm etwas Herrschaftliches, Erhabenes. Ganz kurz glaubte Selina sogar, Musik zu hören. Walkürengesang, Wagner?

Mit einem Knall schlug die gläserne Eingangstür hinten an, als Uschi Rankmann wenige Minuten später wie ein Rammbock in die Eingangshalle der Gesamtschule stürmte. Sie riss mit einem Ruck die Tür auf, neben der auf einem Schild ‚Oberstudienrat Walter Klöppke-Hermeling' stand, und machte erst Halt, als sie wenige Zentimeter vor des Studienrats Pult stand.

Oberstudienrat Klöppke-Hermeling war wesentlich weniger imposant als sein Name. Genaugenommen hatten seine ein Meter dreiundsechzig, sein kugelrunder Bauch und seine Glatze überhaupt nichts Imposantes.

Dieser Eindruck wurde durch Uschis harsches Auftreten verstärkt, sodass da eigentlich nur noch ein Männlein von gefühlten hundertdreiundzwanzig Zentimetern zitternd vor ihr stand.

»Herrrrrr Kollllegggeeee!«, brüllte Uschi.

»Frau Rankmann? Was kann . . .«, brachte Klöppke-Hermeling schwach hervor.

Uschi fuhr ihren Zeigefinger aus und stocherte lustlos, aber mit der Kraft einer Bildhauerin vor dem Oberstudienrat herum. »Sie haben es gewagt, meiner Enkeltochter Nachhilfestunden zu verordnen? Wissen Sie eigent . . . ?«

Klöppke-Hermeling schüttelte vehement seine in elf Reihen aufgebahrten Haare. »Nein, Frau Rankmann, hab ich nicht!«, stammelte er.

Immerhin gelang es ihm damit, Uschi kurz aus dem Konzept zu bringen. Sie stieß zwar weiterhin mit dem Zeigefinger in die Luft, zog aber gleichzeitig ihre Stirn kraus.

Klöppke-Hermeling versuchte, rückwärtsgehend, Uschis Zeigefinger zu entgehen, was ihm mit etwas Mühe gelang.

Er ordnete seine Haare und richtete seine Krawatte. »Unser neuer Direktor meinte . . .«

»Sie haben einen neuen Direktor?«

Klöppke-Hermeling nickte eifrig. »Der Herr Direktor war der Meinung, dass Ihre Enkelin . . .«

»Herr . . . Sie wissen wohl nicht, mit wem Sie es zu tun haben?« Langsam umrundete Uschi Klöppke-Hermelings Pult. Verstört sah er sich nach Rettung um.

»Frau Rankmann, ich schätze Sie als Künstlerin. Und da Sie selbst ja mal an dieser Schule unterrichtet haben, dürften Sie doch wissen, wie schwer es manchmal ist . . .«

Uschi winkte ab. »Papperlapapp. Wieso hat der neue Direktor gewollt, dass meine Selina Nachhilfe nimmt? Sie war in den letzten Jahren die Beste in der Klasse, das wissen sie. Nächstes Jahr soll sie Ihr Studium beginnen und zwar mit dem Stipendium der Mommsen-Stiftung.«

Klöppke-Hermeling bekam Oberwasser. »Jaaa«, dehnte er. »In den letzten Jahren . . . ! Aber jetzt ist die Enkelin des neuen Direktors da und . . .«

Uschi stand der Mund offen. »Wird da etwa gemauschelt?«

Sie sah, dass Klöppke-Hermeling knallrot anlief. »Aber, aber was denken Sie denn von mir, Frau Rankmann? Ich muss doch sehr bitten, wir haben nur das Wohl der . . .«

»Vergessen Sie es.« Uschi hatte kehrt gemacht und war auf dem Weg zum Direktorenzimmer.

Im Vorzimmer saß nicht mehr, wie zu ihren Zeiten, die etwas ältere Frau Möller, sondern eine neue, unbekannte junge Frau, die ohne Weiteres als Schülerin der Oberstufe durchgegangen wäre. Sie war gerade dabei, sich die Fingernägel zu lackieren, als Uschi das Zimmer betrat.

»Der Herr Rektor ist sehr beschäftigt«, lispelte die Sekretärin. Dabei sah sie nicht mal auf. Ihr praller Busen hob und senkte sich sanft und gleichmäßig.

»Das ist mir doch egal«, brummte Uschi und stürmte

weiter. Sie riss die Tür auf und sah einen rothaarigen Mann ihres Alters am Schreibtisch sitzen.

»Haben Sie meiner Enkelin Nachhilfe empfohlen, Sie ... ?«

Der Mann am Schreibtisch legte seine Pfeife ab, nahm seine Brille ab und kniff die Augen zusammen. Dann platzte er heraus: »Uschi? Uschi Lierke?«

Uschi stoppte abrupt und besah sich den Herrn genauer. »Toni? Bist du das?«

Das Blondchen mit der Nagelfeile in der Hand kam hinter ihr her. »Herr Dr. Kürtzner, sie hat ...«

Der Mann am Schreibtisch winkte ab. »Schon gut, Chantal - ähh, Frau Suselitz, schon gut. Ich kenne die ... Dame.«

Uschi nahm sich ungefragt einen Stuhl und setzte sich. »Dr. Kürtzner? Du hast Karriere gemacht, Toni?«

Der Rektor nickte ernst. »Ja, Uschi. Ab dem Tag, als du mich vor der Kirche hast stehen lassen, ging es mit mir bergauf.«

»Ach komm, das ist vierzig Jahre her ...«

»Zweiundvierzig Jahre, um genau zu sein. Im August werden es dreiundvierzig.«

Uschi nickte. »Du warst schon immer ein Erbsenzähler, Toni.«

Kürtzner setzte seine Brille wieder auf, nahm seine Pfeife aus dem Ständer, zündete sie umständlich an und lehnte sich in seinem Sessel zurück. »Du hast vorhin, als du hier reingestürmt bist, etwas von einer Enkelin erzählt.«

Uschi beugte sich vor und legte ihre Arme auf Kürtzners Schreibtisch. »Klöppke-Hermeling, dieser senile Banause, meinte, meine Enkelin Selina benötige Nachhilfe in Sachen Kunst. Und er erklärte mir, du habest ihn in dieser Annahme bestätigt.«

Jetzt sah Dr. Kürtzner erstaunt aus. »Du bist Uschi Rankmann? Diese regionale Berühmtheit? Die mit den Riesenfiguren aus Lehm?«

Uschi lächelte geschmeichelt. »Sie sind aus Ton, Toni.

Und überregional trifft es wohl besser. Ich habe Kunden aus ganz Europa, die meine Werke schätzen.« Sie sonnte sich ein wenig in Kürtzners Unwissenheit. »Daher empfinde ich es schon als Beleidigung, wenn jemand meint, meine Enkelin habe Nachhilfe nötig. Klöppke-Hermeling sagte aber auch etwas von deiner Enkelin? Was läuft da, Toni?«

Kürtzner ging nicht auf den Vorwurf ein. »Warum hast du mich damals vor der Kirche sitzen lassen, Uschi? Was lief da schief?«

Uschi räusperte sich. Sie blickte ernst. »Kurz bevor du mit dem geschmückten und geliehenen Mercedes auf am Standesamt auftauchtest, kam meine Brautjungfer Ulrike und erzählte mir von deinem Polterabend. Und wie du mit Ihr und Daniela im Gästezimmer des ‚Goldenen Ochsen' den Abend beendet hast.«

»Ulrike hat es dir erzählt? Dieses Luder.« Kürtzner nickte nachdenklich. »Aber sie war es wert. Mehr als Daniela.« Dann sah er Uschi direkt an. »Jahrelang hab ich überlegt, wer von den beiden mich verraten hat. Keine wollte es zugeben. Also musste ich beide bestrafen.«

Uschis Gesicht wurde länger. »Bestrafen? Wie meinst du das?«

Kürtzner setzte plötzlich ein geschäftsmäßiges Gesicht auf. »Tut mir leid, Frau Rankmann, ich kann ihnen in Bezug auf Ihre Enkelin nicht helfen. Bitte wenden sie sich an ihren Klassenlehrer. Und jetzt entschuldigen Sie mich bitte, ich habe zu tun. Guten Tag!«

Eine halbe Stunde später traf Uschi wieder zu Hause ein. Nachdenklich stieg sie von der Harley, nahm den Helm ab und betrat ihr Atelier. Aus dem Haus kam Selina herüber gestürmt und sah Uschi erwartungsvoll an.

»Na, Omi? Was hat er gesagt?«

Uschi war völlig abwesend. »Gesagt? Was? Ähh . . . wer?«

»Na mein Lehrer! Oberstudienrat Klöppel-Hänfling.«

Uschi musste lachen. »Klöppel-Hänfling? Lustig. So sieht er wirklich aus.« Dann schüttelte sie den Kopf. »Ich muss da noch mal hin, Selina. Ich hab auch mit dem Rektor geredet. Da ist das letzte Wort noch nicht gesprochen.«

Selina drehte sich enttäuscht um und ging ins Haus.

Uschi setzte sich auf den Sitz ihrer Töpferscheibe. Er hat Ulrike und Daniela bestraft? Wie meinte er das, fragte sie sich. Uschi hatte sich damals von ihrem Bruder nach Hause fahren lassen. Während ihr Vater die Hochzeit abblies und alle Gäste nach Hause schickte, saß sie schon am Düsseldorfer Flughafen. Einen halben Tag später kam sie in Argentinien an, wo Onkel Richard, der Bruder ihres Vaters, eine Plantage besaß. Sie blieb vier Jahre in Argentinien, lernte ihren späteren Mann, einen deutschstämmigen Belgier kennen und kam erst nach zwölf Jahren wieder an den Niederrhein. Weder von Ulrike noch von Daniela hatte sie je wieder etwas gehört. Bis heute. Uschi beschloss, dies zu ändern.

Eine Stunde später saß Uschi im Einwohnermeldeamt auf einer harten Holzbank. Als endlich ihre Nummer aufgerufen wurde, betrat sie das Büro und wandte sich an die Dame hinter der Rezeption.

»Ich suche zwei ehemalige Schulfreundinnen von mir, die wie ich in Krefeld geboren wurden.«

»Name?«

»Mein Name? Uschi Rankmann.«

Die Dame hinter dem Tresen verdrehte die Augen.

»Der Name Ihrer Schulfreundin.«

Uschi fühlte, wie ihr Gesicht rot anlief.

»Ulrike Meinert. Zuletzt wohnte sie irgendwo in Gartenstadt.«

Die Mitarbeiterin gab den Namen in den Computer ein.

»Ich hab hier keine Ulrike Mei ... ach so, warten Sie ...«

»Ja?« Uschi beugte sich über den Tresen und versuchte, etwas auf dem Bildschirm zu lesen, aber die Mitarbeiterin hatte Erfahrung mit neugierigen Besuchern.

»Tut mir leid, Frau Rankmann«, sagte sie und drehte sich wieder zu Uschi. »Es gibt keine Ulrike Meinert mehr in Krefeld.« Dann sah sie Uschi plötzlich überrascht an. »Rankmann? Uschi Rankmann? Sie sind diese berühmte Bildhauerin, oder?«

Uschi nickte geistesabwesend. »Sie sagten, es gibt keine Ulrike Meinert mehr in Krefeld? Nicht mehr? Ist sie weggezogen? Oder hat sie geheiratet?«

Die Dame war plötzlich wie ausgewechselt, nachdem sie wusste, wer da vor ihr stand. »Sie hat sich umgebracht, Frau Rankmann!«, platzte es verschwörerisch aus ihr heraus. »Schon vor über vierzig Jahren.«

Uschi wurde es schwindelig. »Wann genau?«, wollte sie wissen.

Die Dame sah auf den Bildschirm. »Schon 1964. Am 13. August 1964.« Uschi fühlte, wie ihre Beine schwach wurden. Das war genau eine Woche nach dem geplanten Hochzeitstermin mit Toni.

»Könnten Sie bitte mal nach Daniela Rheinfelder sehen? Ebenfalls aus Gartenstadt.«

Uschi hörte ein paar Tastengeräusche, dann zwei kurze »Oh, oh!«

»Was?«, fragte sie.

»Das ist jetzt aber ein merkwürdiger Zufall. Ihre zweite Freundin starb genau drei Tage später. Auch sie hat sich umge . . . also, das Leben genommen.«

Uschi schüttelte den Kopf. Sie wusste es besser. Keine von beiden hatte sich das Leben genommen. Dr. Anton ‚Toni' Kürtzner hatte die beiden bestraft.

Wenig später durchforstete Uschi das Archiv einer Krefelder Tageszeitung nach Hinweisen auf die beiden Selbstmorde. Außer zwei kurzen Fließsätzen fand sie nichts. Beide Frauen hatten sich nach Meinung der Polizei selbst im Keller ihrer Wohnung erhängt.

Missmutig verließ Uschi die Zeitungsräume und stieg draußen auf ihre Harley. Nur durch Zufall bemerkte sie beim Blick in den Rückspiegel, dass sie beobachtet wurde. Sie tat, als würde sie ihre Haare unter dem alten Armeehelm richten. Sie hatte sich nicht getäuscht. An der Ecke stand Toni und beobachtete sie. In der Hand hielt er die obligatorische Meerschaumpfeife. Er lächelte. Uschi fror plötzlich.

Zu Hause in ihrer Werkstatt setzte sich Uschi an ihren Tisch, schenkte sich ein Glas Weißwein ein und überlegte. Toni hatte sie beobachtet. Er musste wissen, dass sie Verdacht geschöpft hatte. Was würde er tun?

Die beiden Taten lagen über vierzig Jahre zurück. Konnte sie zur Polizei gehen? Würde man ihr glauben?

»Omi?«

Uschi ließ ihr Glas fallen. Selina stand in der Tür.

»Hallo Liebes. Sorry, ich war in Gedanken.«

»Papi lässt dich fragen, ob du zum Essen kommst?«

Uschi schüttelte den Kopf. »Nein, danke, ich ... ich hab gerade keinen Hunger.«

Sie ging zum Fenster und sah hinaus. Gegenüber, auf der anderen Straßenseite, stand Toni. Als er bemerkte, dass Uschi ihn gesehen hatte, klopfte er seine Pfeife an einem Baum aus, legte seinen Zeigefinger an eine imaginäre Hutkrempe und ging langsam die Straße entlang.

Zwei Tage später war Uschi mit den Nerven am Ende. Toni tauchte überall auf. Sie konnte nicht mehr arbeiten. Das Drahtgestell für die Skulptur, die vor das Rathaus sollte, stand seit zwei Tagen in der Werkstatt, ohne dass Uschi auch nur einen Handstreich daran gemacht hätte. Dabei sollte die Skulptur in drei Wochen bei der feierlichen Neueröffnung vorgestellt werden. Trocknen, brennen und der Überzug mit einer eigens für sie hergestellten Acrylharzmischung würden mindestens zwei Wochen dauern. Sie hörte den Wagen ihres Sohnes aus der Garage fahren. Er hatte ein betriebswirtschaftliches Seminar in Stuttgart und würde eine Woche dort bleiben. Selina war in der Schule und Schwiegertochter Andrea war auf dem Weg zu ihrem Arbeitsplatz im nahegelegenen Pilzinstitut. Eigentlich war die Gelegenheit ideal zum Arbeiten. Uschi nahm die schwere Drahtzange in die Hand und stellte sich vor das halbfertige, fast zwei Meter große Gestell.

Das Gartentor knarrte leise. Uschi vermutete, ihr Sohn habe etwas vergessen. Erwartungsvoll drehte sie sich um. Schon bevor sie Toni sah, roch sie den Rauch aus seiner Pfeife. Demonstrativ langsam ging er an ihren fertigen Arbeiten vorbei. Er beachtete sie gar nicht. Er strich hier über eine Skulptur aus Ton, betastete dort einen halbfertigen Kerzenständer aus Ytong und nahm dann einen großen Fisch aus Speckstein in die Hand.

»Ich hörte, du warst beim Einwohnermeldeamt, Uschi. Und dann bei der Zeitung.«

Sie nickte. »Ja, Toni. Ich weiß, was du getan hast. Du hast Daniela und Ulrike umgebracht!«

Kürtzner lachte. Er klopfte seine Pfeife an einer kleinen, filigranen Skulptur aus. »Das kannst du nicht beweisen.«

Uschi nickte. »Ich könnte es zumindest probieren.«

Kürtzner wog die Specksteinfigur in der Hand. Dann nickte auch er. »Du könntest mir Ärger machen, Uschi. Ich möchte nicht ewig Rektor bleiben, weißt du? Nächstes Jahr will ich als Bürgermeister kandidieren. Da kann ich keinen Skandal gebrauchen. Schon gar keine Mordanklage. Auch wenn sie keine Aussicht auf Erfolg hätte.«

»Warum hast du die beiden umgebracht?« Erst jetzt wurde Uschi bewusst, in welcher Gefahr sie schwebte. Sie packte die schwere Zange hinter Ihrem Rücken fester. Sie war ganz allein, niemand würde sie hören, falls sie schrie.

Kürtzner zuckte mit den Schultern. »Es waren keine richtigen Morde, Uschi. Eher Bestrafungen. Sie hatten sich mit mir angelegt. Und wer sich mit mir anlegt, muss büßen.« Kürtzner hob die Hand mit dem Speckstein und drehte sich um.

»Was genau soll dieses kleine Teil darstellen, Frau Rankmann?«, fragte der Oberbürgermeister neugierig. »Das, was die Figur da in der Hand hat?«

»Das ist eine Pfeife, Herr Oberbürgermeister. Eines der letzten Zeichen von Männlichkeit.« Uschi lächelte und fuhr leicht über ein kleines Pflaster auf Ihrer Stirn. »Es ist eine kleine Hommage an einen guten Freund, der mich praktisch zu der Figur inspiriert hat.«

Der Bürgermeister nickte verstehend. Dann sah er sich neugierig um. »Ist er denn hier?« Als Uschi ihn fragend ansah, ergänzte er: »Der Freund! Der, der sie inspiriert hat.«

Uschi lächelte, hob das Champagnerglas an und prostete der überlebensgroßen Tonfigur mit den roten Haaren vor dem Rathaus zu. »Ja! Irgendwie ... irgendwie ist mein Freund hier bei mir.«

Perfekt Day

»Just a perfect day, feed animals in the zoo, then later, a movie too and then home ... « Wie immer ist es Lou Reeds beruhigende Stimme aus meinem iPod, die mir die Kraft gibt, meine verhängnisvollen Sonntage zu überleben.

Mein Blick fällt auf die blonden, sich kräuselnden Locken im Nacken eines schmächtigen Jungen. Kakaobraune Sommersprossen schimmern auf den Wangen seiner jungen Mutter. Silbern glitzernde Schweißperlen über den Lippen des jungen Vaters.

Der warme Sommerwind trägt den Geruch junger Familien bis zu mir herüber. Ich stehe im Schatten des Leoparden-Geheges und kann mich kaum an euch sattsehen.

Der Weg den Rhein entlang hat sich gelohnt. Meine Reisen zu euch lohnen sich immer. Ich kenne eure bevorzugten Plätze. Kenne die sonntäglichen Gottesdienste eurer Liebe. Zelebriert vor den Zelten begrünter Campingplätze, auf den Sonnendecks bunter Ausflugsschiffe, an den Ufern idyllischer Flussarme, zwischen den wehenden Wimpeln ausgeliehener Fahrräder - und hier, vor den Gehegen putziger Enten-, Affen-, Elefanten- und Tigerjungen. »Oh, it's such a perfect day, I'm glad I spent it with you . . .«

Ja, ich bin glücklich, so glücklich, wenn ich euch sehe, dass es gleich wehtun wird, so weh, dass ich etwas tun werde müssen, um diesen Schmerz zu beenden.

Wie habe ich diese Sonntage gehasst, als ich selbst noch ein Kind war.

Aber heute, heute liebe ich die Wochenenden. Ich setze mich in meinen Wagen, fahre hinaus übers Land und suche mir meine Familie. Und wenn ich sie gefunden habe, bereite ich alles vor. Heute, zum Beispiel, habe ich ihnen am Parkplatz vor dem Krefelder Zoo die Reifen ihres Wagens aufgeschlitzt.

Dann warte ich auf eine günstige Gelegenheit. Auf meine Gelegenheit. Auf die Gelegenheit, die Dinge klarzustellen, beim Namen zu nennen, die Wahrheit auszusprechen. Was bleibt mir anderes übrig? Irgendjemand muss es schließlich tun.

Hier, bei den Schneeleoparden, lässt es sich gut warten. Beobachten, was sie so treibt, die junge Bilderbuchfamilie, und beim ersten Fehler, der sie entlarvt, mich zur Tat zu entschließen.

Dann werde ich sie ansprechen, sie zum Ausgang begleiten und ihnen meine Hilfe anbieten. Voller Vertrauen werden sie in meinen leicht umgebauten Wagen einsteigen. Wer würde schon einer freundlichen, alleinstehenden, kinderlosen Gymnasial-Lehrerin misstrauen? Niemand.

Jetzt! Ich habe es genau gesehen. Unser Perfect-Papa hat einer anderen Frau nachgesehen. Immer sehen sie anderen Frauen nach, diese Heuchler.

Das war der Fehler, auf den ich gewartet habe, das Zeichen zum Aufbruch.

Ich setze mein warmherzigstes Lächeln auf und starte los. Der Zeitpunkt ist perfekt. Die familiäre Stimmung schien zu kippen, aber jetzt komme ich und gebe allen die Chance, sich von ihrer nettesten Seite zu zeigen.

Ich spule mein Programm ab, mein Blabla von der einsamen Witwe landet immer. Wir gehen gemeinsam zum Ausgang. Huch! Die aufgeschlitzten Reifen! So ein Malheur! Steigen in meinen Wagen, fahren los.

»Was ich da höre, aus meinem iPod? Ein altes Lied. Ein ururaltes Lied aus einer Zeit, da war ich nur wenig älter als du.«

»Echt? Lass mich hören!«

Der kleine scheinheilige Lockenkopf gibt keine Ruhe. Okay, er soll es hören, mein Lied. Es wird sein letztes sein.

»Just a perfect day, problems all left alone, weekenders on our own, it's such fun . . .«

»Und? Wie gefällt es dir?«

»Hm – ein bisschen dröge.«

Alle lachen. Inga, die junge sommersprossige Mutter in ihrem Sommerkleidchen lacht. Thomas, der junge Adonis, lacht. Das gewitzte Muttersöhnchen lacht.

Die ganze Bilderbuchfamilie lacht.

Nicht mehr lange.

Wer einmal meine Sicherheitsgurte angelegt hat, kriegt sie nämlich nicht mehr auf. Ebenso wenig die Wagentüren oder das Hundegitter aus Stahl, das den Fahrersitz von den Rücksitzen trennt.

Wir werden einen hübschen Sonntagsausflug machen, wir vier.

Ich habe die Gegend gut ausgekundschaftet. Jede Menge Wiesen und Felder. Wenig Wald. Es wird nicht einfach werden. Schließlich müssen meine Familien gut verteilt werden im Land.

»Ist es noch weit?« nervt der Junge hinter mir, während ich Richtung Hülser Bruch fahre. Der Junge nervt, wie sie alle genervt haben, die gefangenen Kinder auf meinem Rücksitz: die glucksende Pausbacke mit der Zahnspange, das hüstelnde Musterschülerchen, die blonde Heidi mit ihrer rosa Zuckerwatte. Sie alle nervten.

Wie ich. Wenn mein Vater Lou Reed auflegte, nachdem er meine Mutter eine halbe Stunde vorher noch geohrfeigt hatte. Wenn sie vergeblich die Hände zur Abwehr gehoben und beteuert hatte, nicht gelogen zu haben. Da fuhr ihr der nächste Schlag gleich mitten ins Gesicht. So lange, bis sie ihre Verfehlungen zugegeben hatte. Dann wurde es endlich still bei uns im Haus.

Mein Vater legte Lou Reed auf, ich hörte auf zu quengeln, und meine Mutter bekam diesen Blick, diesen Blick, der in eine Ferne führte, die ich nicht kannte und von der ich nichts wusste. Ihr trauriges Gesicht hellte sich auf, eine Seligkeit erfüllte ihre Augen, machte sie unberührbar.

»Just a perfect day, you made me forget myself, I thought I was someone else, someone good.«

Wenn mein Vater Lou Reed auflegte, war das Wochenende gerettet.

»Gleich sind wir da, gleich!«

Komplizenhaft blinzle ich den jungen Eltern zu. Ja, wir kennen sie, die ungeduldigen kleinen Fratzen. Aber was soll's? Sie sind doch am schnellsten zum Schweigen zu bringen, oder? Wir werden sehen. Wir sind gleich da. Wir müssen nur noch ein bisschen tiefer hinein in diesen gnadenlos idyllischen Wald.

»Da sind wir! Na? Wie gefällt euch das?«

Schnell drehe ich mich um, will die verdutzten Gesichter meiner Musterfamilie genießen. Sie starren auf einen heruntergekommenen Verschlag. Verrottete Regenplanen knattern leise im schwachen Wind, die offene verwitterte Holztür steckt im Schlamm vor der teilweise eingestürzten Bruchbude. Ein dunkles, wahrscheinlich von Forstarbeitern verlassenes Gehäuse.

Der Ort meiner Wahl verfehlt seine Wirkung nicht. Inga, die sommersprossige Bilderbuchmutter kapiert als Erste instinktiv, dass hier etwas nicht stimmt. Klein-Tommy findet den Schuppen abenteuerlich. Groß-Thomas beschließt, ruhig zu bleiben und sich nicht zu fürchten.

»Endstation!«, lache ich, und bevor die liebe Familie mein Grinsen unsicher erwidern kann, greife ich ins Handschuhfach und ziehe meine Pistole heraus.

»Aussteigen«, befehle ich freundlich. »Still halten, Ruhe

geben, gesprochen wird nur dann, wenn ich es sage, verstanden?«

Die drei rühren sich keinen Zentimeter von der Stelle. Nur der Bub drängt sich ein wenig näher an seine Mutter.

Ich kenne das. Im ersten Moment, bevor sich das Entsetzen in den Gedärmen ausbreitet, steht die Welt still. Ein langer, unwirklich gedehnter Augenblick absoluten Schweigens. Ich genieße ihn. Jedes Mal aufs Neue. Denn ich werde es sein, ich allein, die sie von dieser Lähmung erlösen kann.

»Alles halb so wild,« schnurre ich sanft, »ihr seid doch meine Familie, meine liebe, heile Familie. Seid ihr doch? Oder?«

Inga, Klein-Tommy und Groß-Thomas steigen aus, fassen einander bei den Händen, betreten zitternd die heruntergekommene Bude.

»Hinsetzen!«

Thomas reißt in einem Anfall von irrationalem Heldenmut einen der herumstehenden klapprigen Hocker hoch, um auf mich einzuschlagen. Inga schreit ‚nein!' und so sieht Thomas den Lauf meiner Waffe in Ingas Nacken liegen.

Langsam lässt er den Hocker sinken, und wir setzen uns alle vier an den wackeligen, wurmstichigen Tisch.

»Danke Thomas,« flüstere ich ihm zu, »wäre doch schade gewesen, wenn Inga vor den Augen von Tommy . . . na, du weißt schon.«

Endlich ist wirklich Sonntag. Papa und Mama wechseln kaum ein Wort miteinander. Mein Bruder und ich halten auch besser die Klappe. Die Stimmung ist wie immer mehr als angespannt. Ein falsches Wort, ein falscher Ton, eine falsche Bewegung und Papas Gabel landet nicht im Rinderbraten, sondern in meiner Hand, wenn ich sie nicht schnell genug zurückziehe.

Papa ist streng und Mama immer am Lügen. Die Sonntage bringen es ans Licht. Keine Arbeit, keine Einkäufe, kein Rasenmähen mehr. Nur wir vier.

»Was . . . was wollen Sie von uns?« kriegt Thomas endlich den Mund auf.

»Was ich von euch will? Ja, könnt ihr euch das nicht denken?«

»Nein«, antwortet er zögernd, »vielleicht verwechseln Sie uns . . . ?«

»Fang nicht wieder damit an, Papa! Versuch dich nicht schon wieder rauszureden. Ich habe genau gesehen, wie du dieser Frau nachgesehen hast. Du kannst keinen Rock an dir vorbeiziehen lassen, bevor du ihn nicht mit deinen Blicken ausgezogen hast!«

Papa schwitzt noch mehr als sonst an diesen Sonntagen, an denen es immer so heiß ist und so schwül im Esszimmer. Ich hab ihn erwischt, er nagt an seiner Unterlippe. Ich muss gar nichts mehr sagen, ihn nur ansehen, endlich in die Augen sehen, ohne den Blick aus lauter Angst vor ihm zu senken, nein, ich sehe ihn an, und er sieht, dass ich alles weiß über ihn und die fremden Frauen.

»Ich weiß nicht, wovon Sie sprechen, ich habe niemandem nachgesehen. Das alles ist ein Irrtum.«

»Ist es nicht, ist es sicher nicht!«

Still ist es hier auf einmal, zum Brüllen still. Und heiß und schwül. Diese saure Schwüle, sie riecht nach Erbsensuppe, Mamas Erbsensuppe. In der sie rührt und rührt. Und schweigt. Mit heruntergezogenen Mundwinkeln schweigt.

»Warum sagst du nichts, Mama? Warum machst du nie den Mund auf? Warum hast du den Polizisten nicht gesagt, dass er uns beinahe bewusstlos geschlagen hat? Warum hast du gesagt, wir Kinder hätten einander geprügelt? Warum hast du nicht gesagt, dass dir selber ganz schnell die Hand ausrutschen konnte, vor allem dann, wenn Papa so lange einem Rock nachschauen musste, dass es eine ganze Nacht lang dauerte?«

Aber Mama sagt nichts, sie heult immer nur, und mein kleiner Bruder schmiegt sich an sie. Sie sind eine Einheit, ein Körper nahezu, eine innige Verschwörung hält sie zusammen, und ich gehöre nicht dazu.

»Ich bitte Sie, ich bin doch nicht Ihr Vater . . .«

»Ach? Das ist ja ganz was Neues!« Fast hätte ich laut aufgelacht, als Papa jetzt diese Platte auflegt. Eine alte, ausgeleierte Platte.

»Du schämst dich also für mich, ja? Du willst mich loswerden! Weil ich meinen Mund nicht halte! Nie halten werde! Ich bin die Einzige in dieser Runde hier, die je den Mund aufgemacht hat! Aber ihr habt immer alles abgestritten, so getan, als wäre nie etwas geschehen in diesen vier Mauern! Immer alles abstreiten. Aber die Wahrheit ist, dass ihr mich nie gemocht habt! Schlimmer noch, dass ihr mich ignoriert habt, dass ihr mich nie, nie, nie überhaupt nur wahrgenommen habt!«

»Nein, nein, das ist alles nicht wahr! Hören Sie auf damit! Das ist doch kompletter Irrsinn!«

Jetzt ist Papa ist nicht mehr blass, er hat einen roten Kopf bekommen, er atmet schwer, er keucht.

»Irrsinn? Nicht wahr?« Ich stehe auf, gehe langsam um den Tisch herum und stelle mich hinter Papa. »Beweise es mir, wenn es nicht wahr ist. Sag mir, wer ich bin.«

»Sie . . . Sie sind . . . liebenswürdig, ja das sind Sie. Sie sind eine liebenswürdige Frau, eigentlich freundlich . . . mit . . . mit . . . einem ungewöhnlichen Humor. Sie . . . Sie meinen das alles nicht so . . .«

»Was stammelst du da? – Ich meine es so! Ganz genau so! Für wie blöd hältst du mich eigentlich? Ich bin nicht dumm. Ich weiß genau, was du vorhast. Also. Machen wir's einfach. Sprechen wir Klartext: Meine Augen. Du kennst doch meine Augen. Du hast doch oft genug in meine Augen gesehen. Also: Was für eine Farbe haben meine hübschen, großen Augen? Hm?«

Ich stehe hinter ihm und höre ihn atmen. Papa hechelt. Er weiß, was auf dem Spiel steht, er keucht, er ringt mit sich. Er muss die richtige Antwort geben, will er je hier lebend wieder rauskommen. Mama sieht ihn an, ganz fest sieht sie ihn an, will ihm helfen, hat sich wieder einmal auf seine Seite geschlagen und gegen mich entschieden. Immer entscheidet sie sich gegen mich.

»Wage es ja nicht.«, flüstere ich ihr zu und fixiere sie mit meinem Blick.

»Hell!« sagt Papa auf einmal, als hätte er eine Erleuchtung. »Hell. Große, helle Augen.«

»Die Farbe! Welche Farbe!«

»Blau!« schreit plötzlich Tommy, »Sie hat blaue Augen.«

Der kleine Satansbraten hat mich also verraten. Wie immer. Verpetzt.

»Damit hast du dir eine Menge Minuspunkte eingehandelt, Nervensäge!«

Mama hält meinem Brüderchen sofort schützend den Mund zu. »Sag nichts. Nichts mehr.«

»Also gut, Papa hat schon mal versagt. Dachte ich mir's doch. Er weiß nicht einmal, was für eine Augenfarbe ich habe. Es ist nicht das erste Mal, Papa. Es ist nicht das erste Mal, dass du die Sonntagsfrage nicht beantworten kannst. Es schaut nicht gut für dich aus, Papa. Gar nicht gut.«

Ich betrachte die Pistole, die mir schon so oft gute Dienste geleistet hat an diesen dunklen Familiensonntagen. Es wird Zeit, mich hinter Mama zu stellen.

»Jetzt zu dir, Mama. Wollen wir mal sehen . . .«

»Warte! Du bist doch mein großes Mädchen!« sagt Papa auf einmal. »Mein große, kluges Mädchen. Ohne dich wären wir nicht die Familie, die wir sind. Du hältst den Laden zusammen. Das weiß ich doch, mein Mädchen.«

»Im Gegensatz zu früher scheinst du heute einen guten Tag zu haben, Papa. Du hast kapiert, worum es geht, hm?

Und erstaunlicherweise willst du jetzt sogar Mama retten. Aber warum erst jetzt? Wo es doch für alles zu spät ist? Warum hast du nicht damals zu Mama gehalten? Warum bist du den ganzen Tag im Bett gelegen und hast Mama so lange in die Arbeit geschickt, bis sie eines Tages nicht mehr nach Hause kam? Warum bist du weiter im Bett liegen geblieben, so lange, bis die mich von der Jugendfürsorge ins Heim steckten? Und dort? Dort wusste auch keiner wie das Mutter-Vater-Kind-Spiel geht. Mein ganzes Leben lang wusste keiner, wie das geht! Keiner! Verdammt noch mal!«

»Ich liebe euch«, sagt Papa plötzlich laut und deutlich. Laut und deutlich.

Aber nicht zu mir. Nur zu Mama und Tommy.

Und alle drei sehen einander an auf eine Art, auf so eine liebevolle Art, die nicht zum Aushalten ist. Nicht zum Aushalten ist das. Nicht zum Aushalten.

Drei Schüsse. Ganz schnell hintereinander.

So schnell hintereinander hab ich noch nie geschossen.

»It's a perfect day, I'm glad I spent it with you. Oh, such a perfect day. You just keep me hanging on, you just keep me hanging on . . .«

Irgendwie klingt das Lied heute anders. Nicht mehr so, wie es klingen sollte.

Die drei liegen auf ihren blutigen Gesichtern, unwiderruflich vereint.

Ich muss zugeben, im Gegensatz zu den anderen, die ich bestrafen musste, sind diese drei anders gewesen. Sie haben nie versucht, sich gegeneinander auszuspielen, keiner von ihnen wollte nur seine eigene Haut zu retten. Sie haben einander nicht verraten. Diese drei sind einfach nur lieb und gut gewesen. Tatsächlich. Lieb und gut.

Ich muss zugeben, ich bin an die Falschen geraten. Oder waren es die Richtigen?

Ich muss raus aus dieser Bruchbude, diesem Verschlag, diesem traurigen Loch meiner Vergangenheit. Ich bin am Ende meiner Reise. Einen Tag wie diesen wird es nie wieder geben. Die Vögel des Waldes schreien so laut, als wollten sie sich gleich auf mich stürzen. Ein Höllenlärm. Was ich mich schon immer bei meinen Familien gefragt habe: Hören die den Schuss, bevor sie sterben?

Gleich werde ich es wissen.

Rudolf Jagusch

Harte Nuss

Kriminalhauptkommissar Bohleber biss gerade in sein Käsebrötchen, als sein Kollege, Kriminaloberkommissar Götze, aufgeregt ins Zimmer stürmte. Dabei stieß Götze den Standventilator um, der unglücklicherweise direkt seitlich hinter der Tür stand. Mit einem Krachen landete der Ventilator auf dem Schreibtisch, wirbelte die Blätter eines dort ausgebreiteten Vorganges auf und zerstreute anschließend Papierschnipsel im ganzen Raum, bis er, begleitet von einem Zischen und Knistern, erstarb.

»Dann brauche ich wenigstens nicht die Krümel meines Brötchens zu entfernen«, sagte Bohleber in seiner typisch dickfelligen Art. Er stand auf und zog den Stecker des Ventilators heraus. Es roch nach verbrannter Isolation und Bohleber wollte nicht riskieren, dass nun auch noch die Feuerwehr anrücken musste.

»Tschuldigung«, murmelte Götze.

»Schon gut. Setz dich.«

»Keine Zeit. Pack deine Sachen, wir haben einen Überfall, SEB Bank, Düsseldorfer Straße. Ich habe von der Streife vor Ort noch nicht viel erfahren können. Aber es scheint so, als sei etwas Besonderes an der Sache dran.«

Bohleber schnappte sich sein Notizbuch, steckte es in die hintere Hosentasche. »Besonderes? Was soll an einem Banküberfall schon besonders sein? Ist doch immer das Gleiche. Täter rein, Knarre raus, Geld in die Tüte rein, Täter raus, ins Fluchtauto rein, aus der Stadt raus und schließlich einige Zeit später ins Gefängnis rein.«

Sie erreichten den Einsatzwagen, stiegen ein. Götze fuhr vom Parkplatz herunter in den dichten Verkehr der Hauptstraße. Erst dann nahm er sich Zeit, Bohleber zu antworten. »Wie gesagt, Näheres habe ich auch noch nicht erfahren, doch die Kollegin meinte, dass es kurios sei. Sie hörte sich belustigt an.«

»Da bin ich ja mal gespannt«, antwortete Bohleber und fummelte an der Klimaanlage herum. »Ist die im Eimer? Da kommt ja nichts raus.«

»Stell dich nicht an. So heiß ist es doch gar nicht.« Götze grinste.

Bohleber sah auf die Außentemperaturanzeige, die vierunddreißig Grad anzeigte. »Witzbold.«

Kurz darauf erreichten sie über die Friedrich-Wilhelm-Straße ihr Ziel. Götze musste den Wagen abseits parken, da sich ein Menschenauflauf vor dem Eingang der Bank gebildet hatte. Sie bahnten sich einen Weg durch die Menschen bis zur Absperrung. Götze hob das Flatterband an und ließ seinem Kollegen den Vortritt.

Eine Polizistin, die am Eingang der Bank Stellung bezogen hatte, erspähte sie und kam auf sie zu. Nach einer kurzen Begrüßung erfuhren sie den Stand der Ermittlungen. Bohleber und Götze trauten fast ihren Ohren nicht und schüttelten ungläubig die Köpfe.

Nachdem die Polizistin geendet hatte, betraten sie die angenehm kühl temperierte Bank. Bohleber schritt durch die mit hellem Marmor ausgelegte, beinahe quadratische Empfangshalle auf die Schalter zu. Er inspizierte die Kamera, die mittig hinter den Schaltern unterhalb der Decke hing. Links der Schalter schloss sich ein Großraumbüro an. Bohleber zählte vier freistehende Schreibtische und nahm an, dass dort die Kundengespräche durchgeführt wurden. Viele große Pflanzen schufen eine angenehme, südländische Atmosphäre.

Götze trat zu ihm. Gemeinsam durchquerten sie das Großraumbüro und betraten einen angrenzenden Raum, in dem bereits die Kassiererin und der Abteilungsleiter der Bank auf sie warteten.

Bohleber kam direkt zur Sache. »Frau Berger, können Sie mir bitte die Dinge aus Ihrer Sicht schildern?«

Die Kassiererin schniefte nochmals kurz in ihr Taschentuch und erzählte stockend. »Es ging alles so schnell. Ich bediente gerade einen älteren Herrn, als dieser Mann mit der Waffe vor mir stand. Er warf eine weiße Tüte auf den Schalter. Auf der Tüte stand mit einem Filzschreiber geschrieben das Wort ,Geld'. Er tippte energisch darauf und ich sah keine andere Möglichkeit, als der Aufforderung Folge zu leisten. Anschließend verschwand er so schnell, wie er gekommen war.«

Der Abteilungsleiter nahm tröstend Frau Bergers rechte Hand.

Bohleber ahnte, dass die beiden ein Paar waren. »Wie sah der Mann aus?«

»Etwa einsachtzig groß, schlank, aber nicht muskulös. Zum Gesicht kann ich nichts sagen. Er hatte es unter einem blickdichten Nylonstrumpf versteckt. Es waren nur zwei Löcher für die Augen vorhanden. Und mit der Kleidung . . . hm . . . aber das werden Sie ja schon gehört haben.«

Bohleber nickte. »Ja, aber ich benötige Ihre Bestätigung.«

»Na ja, er war halt nackt. Daher konnte ich ihn auch eindeutig als Mann identifizieren«, sagte Frau Berger.

Götze grunzte belustigt und übernahm das Gespräch. »Sie sagten, er hatte eine Waffe. Können sie diese näher beschreiben?«

Frau Berger blickte zur Decke und überlegte kurz. »Eine Pistole, ja«, sagte sie schließlich zögernd.

Götze hakte nach. »Sie hören sich an, als ob sie Zweifel haben.«

»Hm, wissen Sie, jetzt so mit Abstand betrachtet, vielleicht. Als er vor mir stand, habe ich nicht groß darüber nachgedacht, ob die Pistole echt war oder nicht. Ich wollte es nicht darauf ankommen lassen, dass können Sie mir glauben.«

Götze nickte und lächelte verständnisvoll.

Frau Berger ergänzte: »Es war kein Spielzeug. Aber echt? Nein, eine richtige Pistole war es auch nicht, da bin ich mir inzwischen fast sicher. Fragen Sie mich aber nun bitte nicht, was es denn dann war. Darauf habe ich keine Antwort.«

»Ist Ihnen sonst noch irgendetwas Besonderes aufgefallen? Auf der Tüte oder beim Strumpf vielleicht?«, fragte Bohleber.

»Nein.« Frau Berger grübelte einen Moment. »Oder doch. Eines habe ich noch nicht erwähnt. Er hat graue Augen. Ich habe die ganze Zeit nur in seine Augen geschaut. Ich wollte die Pistole und das ganze Drumherum nicht wahrnehmen.«

Die Kassiererin schniefte laut und der Abteilungsleiter reichte ihr beflissen ein frisches Taschentuch. Bohleber wandte sich dem Abteilungsleiter zu. Dieser saß zum Zeitpunkt des Überfalls im Büro und war mit einem intensiven Kundengespräch beschäftigt. Er hatte den Überfall erst bemerkt, als der Mann bereits aus der Bank geflüchtet war und der Alarm ausgelöst wurde. Bohleber und Götze kamen hier nicht weiter und bedankten sich bei den beiden.

Die Beamten verließen das Büro, um die anderen Bankangestellten zu befragen. Weitergehende Informationen erhielten sie allerdings nicht. Auch der ältere Mann, den der Räuber zur Seite geworfen hatte, konnte nichts weiter beitragen. Er hatte beim Sturz auf den Fußboden seine Brille verloren, ohne die er fast blind war.

Nach zwei Stunden steckten Bohleber und Götze ihre Notizen ein, verabschiedeten sich und fuhren zurück in Bohlebers Büro. Dort hatte ein Techniker bereits ein Abspielgerät mit Monitor aufgebaut.

Der Techniker fummelte gerade noch an der Feineinstellung, während Bohleber ihre Erkenntnisse zusammenfasste. »Also, wir haben einen einsachtzig großen, schlanken, nur mit einem blickdichten Nylonstrumpf über dem Kopf bekleideten Mann, dessen Augenfarbe grau ist. Er ist mit irgendetwas bewaffnet, was einer Pistole ähnelt. Um kurz vor zehn heute Morgen stürmt er in die SEB-Bank in der Düsseldorfer Straße. Das Geld, so verlangt er per Handzeichen und Aufschrift, soll in eine weiße Plastiktüte verstaut werden. Kurz darauf ist er aus der Bank raus.«

Götze ergänzte. »Er ist zu Fuß geflüchtet. Einige Passanten haben einen nackten Mann gehen sehen. Doch dies ist mittlerweile in Duisburg nichts mehr, was die Leute aufregt und wird nicht weiter beachtet. Kurze Zeit später ist er spurlos verschwunden.«

Der Techniker lachte. »Also, wenn das alles ist, was ihr aufbieten könnt, dann viel Spaß. Scheint ein echter Profi gewesen zu sein. Na ja, wie auch immer, vielleicht hilft euch dies weiter.« Er tippte auf den Bildschirm. »Ich kann euch jetzt die Aufnahmen aus der Bank zeigen.«

Bohleber und Götze schauten sich den schwarz-weißen Film mehrmals hintereinander an. Nur ein ‚noch mal', welches Bohleber immer dann ausstieß, wenn der Räuber aus der Bank raus war, unterbrach regelmäßig die Stille.

Plötzlich rief Bohleber: »Stopp!«

Die Szene zeigte den Täter, der mit gezogener Waffe vor der Kassiererin stand. Bohleber fragte den Techniker: »Kannst du mir mal einen Ausschnitt von der Hand mit der Waffe machen?«

Der Techniker zog mit der Computermaus ein Kästchen um diesen Bereich und klickte den Ausschnitt anschließend größer. Nun war es deutlich zu erkennen. Eine schwache dunkle Spur zog sich von der Hand bis zum Ellbogen des Täters hinunter.

»Was ist das?«

Götze und der Techniker zuckten mit den Schultern.

»Ist durch die Vergrößerung zu grob gepixelt«, antwortete Götze. »Ich würde auf Blut tippen.«

»Woran sollte er sich verletzt haben?«, fragte Bohleber.

»Keine Ahnung, aber was sollte es sonst sein?«

Bohleber ließ die Frage unbeantwortet und wies den Techniker an, den Film weiterlaufen zu lassen. Wieder und wieder sahen sie sich die Aufzeichnung an, gingen ihre Notizen durch und versuchten, irgendeinen Anhaltspunkt zu bekommen, dem sie nachgehen konnten. Gegen Abend ahnten sie, dass sie diese harte Nuss vermutlich nicht knacken konnten.

Nachdem Götze sich in den Feierabend verabschiedet hatte, entschloss sich Bohleber, nochmals den Tatort aufzusuchen.

Einige Minuten später parkte er seinen Wagen direkt vor dem Eingang der Bank. Selbst so spät am Abend flimmerte noch die Luft über der aufgeheizten Straße. Der Täter muss sich die Füße verbrannt haben, dachte Bohleber und stieg aus. Er spazierte die Einkaufsstraße entlang, versuchte den Fluchtweg zu ergründen. Zahlreiche Seitenstraßen mündeten ein und recht bald erkannte Bohleber, dass der Täter unzählige Möglichkeiten gehabt hatte, sich zu entfernen. Er könnte auch in der Nähe wohnen, dachte Bohleber. Das würde das plötzliche Verschwinden des Täters erklären. Unmöglich konnten sie alle Bewohner der umliegenden Häuser vernehmen.

Bohleber seufzte und beschloss, nach Hause zu fahren. Als er auf dem Rückweg an einem Kiosk vorbei kam, knurrte sein Magen. Bohleber kaufte sich eine Dose Cola und einen Schokoriegel, setzte dann seinen Weg zu seinem Wagen fort. Ein Stadtstreicher, mit seinem mit persönlichen Schätzen angefüllten Einkaufswagen, kam ihm entgegen.

Als Bohleber zur Seite trat, um den Weg freizumachen, bemerkte er den gierigen Blick des Stadtstreichers auf den Schokoriegel.

»Noch nichts gegessen?«

»Doch, doch, aber ich liebe Schokolade. Habe heute schon ein großes Stück verdrückt, aber ich könnte Tonnen davon essen. In zwei Stunden fliege ich nach Südamerika. Da wird Kakao angebaut.«

»Na klar, und du kaufst dir dort eine Plantage«, gab Bohleber amüsiert zurück und reichte dem Stadtstreicher seinen Schokoriegel. »Hier, nimm.«

Der Stadtstreicher bedankte sich und setzte seinen Weg fort. Bohleber sah ihm noch einen Moment mitleidig hinterher. ‚Armer Kerl!' dachte er und ging dann in die entgegengesetzte Richtung davon.

Der Stadtstreicher genoss den Schokoriegel. Heute musste sein Glückstag sein. Niemand hatte ihn bisher belästigt. Die Polizei hatte ihn heute Mittag kurz angesprochen, um zu fragen, ob er einen nackten Mann habe vorbei laufen sehen. Sie waren kurz angebunden und sichtlich froh, als sie sich nach seiner verneinenden Antwort wieder entfernen konnten. Noch nicht einmal seinen Einkaufswagen hatten sie kontrolliert, nur angeekelt hineingesehen.

Der Stadtstreicher lächelte glücklich. Er überquerte die Straße, ohne auf den Verkehr zu achten. Ein Auto hupte, der Fahrer schrie irgendetwas aus dem Fenster. Der Stadtstreicher ignorierte das Geschrei und trottete weiter. Er musste noch die Bezahlung erledigen. Schulden unter Kumpels waren bei ihm Ehrensache. Der Stadtstreicher konnte es immer noch nicht fassen, wie einfach es gewesen war.

Heute Morgen hatte er seinen Einkaufswagen in einem ruhigen Hinterhof abgestellt. Seine Lumpen waren schnell ausgezogen, der Nylonstrumpf übers Gesicht gezerrt. Vorsorglich hatte er vor einigen Tagen zwei Löcher für den Durchblick eingeschnitten und abgenäht. Die Pistole lag seit dem frühen Morgen bei ihm im Einkaufswagen, kühl gehalten durch einen Eiswürfelbeutel, den sein Kumpel vorsorglich mitgegeben hatte. Die weiße Tüte beschriftete er mit einem geklauten schwarzen Filzschreiber und los ging es. Aus dem Hinterhof raus, rechts die Börsenstraße hoch, links in die Fußgängerzone bis zur Bank. Dort lief alles wie geschmiert. Er hatte kein Wort gesprochen, je weniger Spuren er hinterließ, desto besser. Dann wieder zurück. Aus der Bank folgte keiner, die waren zu schockiert. Im Hinterhof angekommen, hatte er das Geld in seinen Einkaufswagen geschmissen und seine Lumpen wieder angezogen. Im Hinterhof ließ sich die ganze Zeit keiner sehen. Dies war die größte Unwägbarkeit seines Planes gewesen. Zum Schluss musste er sich nur noch der Waffe entledigen. Sie hatte vorzüglich geschmeckt. Danach hatte er sich benommen wie immer. In Mülleimer geschaut, Leergut eingesammelt und um ein paar Euro gebettelt. Bloß nicht überstürzt abhauen, dies wäre verdächtig gewesen.

Der Stadtstreicher hatte sein Ziel erreicht. Der Duft frischer Brötchen kam ihm entgegen. Hier wurde den ganzen Tag gebacken. Die Hintertür der Konditorei stand offen und das Licht warf ein helles Rechteck auf den Beton.

Er stellte seinen Einkaufswagen in den Schatten einer Mauer, zog ein Bündel Geldscheine heraus und ging zu einem Fenster, welches zur Konditorei gehörte. Er klopfte kurz. Die Konditoren blickten auf, einer winkte ihm zu und kam zur Tür heraus.

Es war sein Kumpel, den er im Bau kennengelernt hatte und der hier in der Konditorei an einer Resozialisierungsmaßnahme teilnahm. Im Bau hatten sie zusammen den Plan entwickelt. Der Kumpel trat vor die Tür und steckte sich eine Zigarette an. Nach einem tiefen Zug bemerkte er flüsternd: »Ich hab's im Radio gehört. Herzlichen Glückwunsch.«

»Hier, die Kohle.«

Der Stadtstreicher überreichte seinem Kumpel mit einem schnellen und unauffälligen Handgriff ein Bündel

Geldscheine. Dieser steckte ihn unter seine Schürze in die Hosentasche.

»Wie du die Pistole mit ein wenig Teig, Zucker – und was weiß ich noch alles – so echt aussehend zusammengebacken hast. Kompliment! Nur die Hitze hätte sie fast aufgelöst. Mir lief der Guss schon den Arm runter. Gut geschmeckt hatte sie anschließend dann auch noch.«

Der Konditor lachte leise und haute seinem Kumpel freundschaftlich auf die Schulter. »Wann geht dein Flieger?«

»Noch knapp zwei Stunden. Zieh mich jetzt um und ab geht's nach Düsseldorf. Einer der Letzten, der heute dort noch abhebt.«

»Achte auf deine Linie.«

Der Stadtstreicher grinste, verabschiedete sich und machte sich auf den Weg in sein neues Leben.

»Ich hab's!«

Bohleber blickte hoch und sah zu Götze hin, der aufgeregt mit der Zeitung winkend ins Büro gestürmt kam.

»Was hast du?«

»Der Banküberfall!«

Bohleber konnte nicht folgen. »Du sprichst in Rätseln. Stand der Name des Täters etwa in der Zeitung?«

»Quatsch! Sieh hier!«

Bohleber blickte auf den Artikel, den Götze ihm hinhielt. Bohleber las laut vor: »Kunstwerke aus Zucker und Schokolade.« Dann sah er sich die großformatigen Bilder an: Obst, Gemüse, ein Auto und als besonderes Highlight das Hermannsdenkmal.

»Du meinst . . .«

»Ja, ja!«, rief Götze aus, »Die Pistole war ein Zuckergebäck, mit Schokolade überzogen. Deswegen dieser dunkle Streifen am Arm.«

Bohleber nahm sich die Zeitung und sah sich die Bilder

nochmals an und las den Artikel. »Da könnte tatsächlich was dran sein«, stellte er fest.

Götze setzte sich. »Nach dem Banküberfall hat der Täter die Tatwaffe einfach gegessen. Besser kann man Beweise gar nicht verschwinden lassen.«

Bohleber sprang auf. Ihm waren die Worte des Stadtstreichers wieder eingefallen, die Liebe zur Schokolade, dass er ein größeres Stück bereits verzehrt hatte und dass er nach Südamerika fliegen wollte.

»Was hat dich denn gestochen?«, fragte sein Kollege.

Bohleber schüttelte den Kopf und grinste. »Du wirst es mir nicht glauben, aber ich denke, ich weiß jetzt, wer der Täter ist.«

»Worauf warten wir dann noch?«

»Den kriegen wir nicht mehr. Der ist jetzt dort, wo der Kakao wächst.«

That's what friends are for

Es klingelt an der Haustür. Ich drücke auf den Türöffner und gieße schnell zwei Gläser voll Prosecco. Bis Gianna die drei Treppen hochgestiegen ist, stehe ich damit an der Wohnungstür. Und da ist sie auch schon, meine beste Freundin, und wir stoßen an, trinken einen Schluck, umarmen uns, verschütten den Prosecco, lachen und reden auf einmal.

Über ein Jahr haben wir uns nicht gesehen! Viel ist geschehen in diesem Jahr. Meine Kinder sind ausgezogen und studieren in München und Hamburg. Mein Mann ist gleich mit ausgezogen. Auch er hat den Niederrhein verlassen und ist zu seiner langjährigen Geliebten nach Wuppertal gezogen, wo er vor drei Monaten an einem Herzinfarkt gestorben ist. Natürlich habe ich von der Geliebten erst erfahren, als er schon weg war. Das Übliche eben.

Gianna sieht fantastisch aus. Wie immer. Mit ihren dunklen Augen und schwarzen Locken war sie schon als Dreijährige so hübsch, dass ich unbedingt ihre Freundin werden wollte. Das war gar nicht so einfach. Gianna sprach nämlich nur Italienisch. Ich nur Deutsch. Aber irgendwie verstanden wir uns auf den ersten Blick und nach einem Jahr redete Gianna, das Gastarbeiterkind, genau so wie wir alle.

Sie wurde eines der beliebtesten Mädchen im Kindergarten und später auch in der Schule. Ich habe nie verstanden, warum sie ausgerechnet mich als ihre beste Freundin erwählte.

Jetzt – nach fünfundvierzig Jahren – ist dies eigentlich kein Thema mehr; und dennoch bin ich jedes Jahr ganz aus dem Häuschen, wenn Gianna mich hier in Kleve besucht.

Sie duftet nach irgendetwas Teurem mit Zitrusnote. Ihre rabenschwarzen Locken glänzen. Ob sie da nachhilft? Mein mittelbraunes Haar ist grau durchsträhnt; ich fürchte, ich sehe zehn Jahre älter aus als Gianna. Aber ich bin nun mal nicht der Botox-Typ und das letzte Jahr war wirklich nicht ganz einfach.

Wir setzen uns auf den Balkon. Ich habe extra neue Sitzkissen für die Korbstühle genäht. Mit roten Blumen, wie Gianna sie liebt.

Sie lehnt sich genussvoll zurück und blickt hinauf zur Schwanenburg. »Das ist Zuhause!«, sagt sie und atmet tief aus.

Ja, ein echtes Zuhause hat Gianna nicht. Obwohl sie eine grundsolide Ausbildung als Apothekerin hat, ist sie seit über zwanzig Jahren als Reisejournalistin und Autorin tätig und reist ständig durch die Welt. Aus unzähligen Städten in unzähligen Ländern besitze ich Ansichtskarten – einen ganzen Karton voll. Selbst heute, im Zeitalter der E-mails, die wir häufig austauschen, flattern mir tropische Landschaften oder Eisberge in den Schneckenpostkasten.

Sie fällt über meine Bruschetta her.

»Wie bei Mamma!«, lobt sie. Kein Wunder, kochen habe ich schließlich schon als Dreizehnjährige bei ihrer Mamma gelernt. Obwohl meine Mutter das zuerst zu verhindern suchte. Der Kontakt mit den ‚Itakern' war ihr gar nicht recht. Aber dann stürzte sie aus dem Kirschbaum, als ein Ast brach, und war so damit beschäftigt, nach den vielen Knochenbrüchen wieder gehen zu lernen, dass es ihr egal war, ob ich Sauerbraten auf den Tisch brachte oder Lasagne al forno.

»Erzähl!«, drängle ich. »Wie lange bleibst du?«

»Nur ein paar Tage«, sagt sie und lächelt ihr unnachahmliches Gianna-Lächeln. »Nur um nach dem Rechten zu sehen und auf dich aufzupassen!«

Das sagt sie immer. Und wie immer lache ich.

Sie erzählt von ihrem neuen Buchprojekt. Südafrika. Wir erinnern uns an die Zeit, als wir Obst vom Kap boykottierten und aus vollem Halse sangen: ‚Free Nelson Mandela'.

Die Flasche Prosecco ist leer, ich hole die zweite. Dann erzähle ich von Tina und Max und wie schön es trotz allen Abschiedsschmerzes ist, dass ich mich nicht mehr um die Kinder kümmern muss. Wir sprechen auch über Rolf.

»War das nicht wunderbar für dich, dass er den Herzinfarkt hatte, bevor ihr geschieden wurdet?«, fragt Gianna.

So habe ich das bisher noch nicht betrachtet, aber ich muss ihr Recht geben. Rolfs Witwe zu sein erleichtert die Sache ungemein. Die Wohnung gehört jetzt mir, sein Auto, seine Lebensversicherung . . .

Wir schweigen eine Weile. Ich überlege, ob ich ihr jetzt gleich von Christopher erzählen soll. Vielleicht findet sie ja, ich stürze mich zu schnell wieder in eine Beziehung?

»War gar nicht so einfach, die richtige Dosierung zu finden«, murmelt Gianna.

Irgendwie ist die zweite Flasche Prosecco auch schon leer. Ich hole die Cannelloni aus dem Ofen und dazu einen Chianti. Was für eine Dosierung?

»Letzte Woche hab ich Marie getroffen«, erzähle ich, während ich die Cannelloni auf meine neuen weißen Teller balanciere.

»Marie?«

»Die Schwester von Holger aus unserer Klasse – der Motorradfreak, du weißt schon!«

Gianna nickt. »Der dir damals auf der Abi-Party an die Wäsche ging!«

Ich fühle, dass ich rot werde. Die Episode mit Holger gehört nicht zu meinen rühmlichen Erinnerungen. Zugegeben, ich hatte heftig mit ihm geflirtet. Aber dass er mein letztes ‚Nein' nicht akzeptierte, und versuchte mich zu vergewaltigen, damit hätte ich nie gerechnet. Glücklicherweise konnte ich mein Knie gegen sein hervorragendes Stück rammen und abhauen. Gianna regte sich ziemlich auf und wünschte ihm auf italienisch den Tod an den Hals. Erfolgreich, denn auf dem Heimweg versagten auf der regennassen Fahrbahn die Bremsen seines Motorrads. Den Sturz überlebte er nicht.

»Papa war ein sehr guter Mechaniker und ich habe viel von ihm gelernt«, sagt Gianna. Ich verstehe den Zusammenhang nicht, erinnere mich aber an Gianna im Blaumann. Sie hat ihrem Vater immer gerne in der Werkstatt geholfen.

Was wollte ich noch erzählen? Irgendwie hab ich den Faden verloren.

»Du bist meine beste Freundin«, sagt Gianna zwischen zwei Bissen Cannelloni. »Wenn du ein Problem hast, sag mir Bescheid, damit ich es lösen kann!«

Im Augenblick habe ich kein Problem. Höchstens die Kleinigkeit mit Christopher.

Das war nicht immer so. Zum Beispiel war mein ganzes Studium ein einziges Problem. Ich war nicht gerade zum Studieren geboren, aber es hätte alles einigermaßen laufen können, wäre da nicht Professor Bock gewesen. Der hatte mich ja so was von auf dem Kieker! Und ich musste auch noch bei ihm in die Prüfung! Gianna brachte mich nur mühsam dazu, überhaupt hinzugehen. Und dann war der Bock gar nicht da, sondern irgendein anderer Professor. Vor lauter Erleichterung schaffte ich sogar eine Zwei. Gut, dass ich zu diesem Zeitpunkt noch nicht wusste, dass der gute Professor Bock im Gedränge des Bahnhofs vor einen einfahrenden Zug gestürzt war. Sonst hätte es mir vielleicht die Sprache verschlagen.

»Wie geht's deinen Eltern?«, frage ich. Giannas Eltern sind vor zehn Jahren nach Sizilien zurückgekehrt. Ich vermisse sie. Vielleicht fahre ich sie im Herbst besuchen, jetzt, wo ich unabhängig bin.

Gianna lächelt und nickt. »Wunderbar!«, sagt sie liebevoll. »Ich war vor drei Wochen bei ihnen und soll dich grüßen!«

Ich gieße Chianti nach und wir stoßen an.

»Weißt du, dass du die Einzige warst, die Mamma und mich angelächelt hat, als ich in den Kindergarten kam?«, sagt Gianna plötzlich. »Das hab ich nie vergessen!«

Wäre ich noch nüchtern, würde ich jetzt sicher rot anlaufen. So eine Kleinigkeit, die mir nicht einmal bewusst war . . .

»Und wie geht's in der Firma?«, erkundigt sich Gianna nach einer Weile.

Seit meiner Beförderung vor sechs Monaten geht es bestens. Das Gehalt stimmt, die Arbeit macht Spaß, mit meinem Chef arbeite ich hervorragend zusammen und dann ist da natürlich noch mein Kollege Christopher. Von dem werde ich Gianna nachher erzählen. Beim Nachtisch. Zuerst berichte ich ihr von unserem neuen Großprojekt, aber so richtig scheint sie nicht zuzuhören.

»Stolznagel«, sagt sie plötzlich. Ich sehe sie fragend an.

»So hieß doch deine Kollegin?«, vergewissert sie sich.

Ich nicke. An die Stolznagel denke ich nicht gern. Zuerst tat sie so nett und freundschaftlich, aber dann ging das Gemauschel hinter meinem Rücken los. Ganz klar, sie wollte meine Beförderung verhindern und selbst den Job übernehmen. Vielleicht wäre ihr das sogar gelungen, aber dann fand sie in ihrem Mexikourlaub den Mann ihrer Träume und kam nie mehr zurück. Sie schickte nur noch eine Ansichtskarte aus Acapulco und das war's. Keiner in der Firma hat je wieder von ihr gehört. Wie kommt Gianna jetzt ausgerechnet auf die Stolznagel?

Träumerisch blickt meine beste Freundin in die dunkle Nacht. »Dann hat sich der Aufwand also gelohnt«, sagt sie.

»Aufwand? Was denn für einen Aufwand?« Ich verstehe kein Wort.

»Na, die Reise nach Acapulco«, sagt sie.

Mein Gesicht sieht jetzt sicher aus wie ein Fragezeichen. Ich schiele auf die leere Chiantiflasche.

Gianna lacht, als sie meinen Blick sieht. Sie wirkt eigentlich noch recht nüchtern. »Du hast doch wohl nicht wirklich geglaubt, dass die Schreckschraube sich in Acapulco einen Mann geangelt hat!« Sie beugt sich vertraulich vor. »Die Dame schwebt dort nicht im siebten Himmel, sondern sozusagen sieben Fuß unter der Erde!«

Ich verstehe immer noch nicht.

»Sie hat das Zeitliche gesegnet!«, sagt Gianna, steht auf und holt den Grappa vom Regal.

»Woher weißt du das?«, frage ich blöde.

»Weil ich es war.«

»Was war?«

»Ich habe die Stolznagel vergiftet, damit sie dir nicht die Beförderung vermasselt. Dann hab ich ihre Leiche vergraben.«

Entsetzt schaue ich Gianna an.

»Aber die Ansichtskarte ...« Ich stammele.

»Du weißt doch, Karten schicke ich gerne«, sagt Gianna und lächelt geheimnisvoll.

Sie schenkt jedem von uns einen Grappa ein.

»In Acapulco war das alles ziemlich einfach«, sagt sie. »Hier musste ich wesentlich sorgfältiger planen.«

»Hier?«, frage ich. Ich steh' wohl auf dem Schlauch.

»Na ja. In Wuppertal war es nicht so leicht, in der Apotheke einen Aushilfsjob zu kriegen. Aber als ich erzählt hab, ich recherchiere für ein Buch, hat es doch geklappt.«

»Wuppertal - Apotheke?« Irgendwie ist mir ein bisschen schlecht.

»Direkt gegenüber von dem Haus, wo dein abtrünniger Gatte und seine Tussi wohnten, ist eine Apotheke«, erklärt Gianna geduldig. »Da hat er immer seine Herzmedikamente geholt. Und einmal hat er leider die falsche Dosis bekommen. Ich verstehe gar nicht, wie die Tabletten vertauscht werden konnten.« Sie lacht.

»Willst du damit sagen . . . ?«

»Natürlich. Ich habe immer deine Probleme gelöst. Bei deinem komischen Professor ging es besonders leicht. In dem Gedränge auf dem Bahnhof hat keiner gemerkt, warum er stolperte und auf den Gleisen landete. Und ausgerechnet, als der IC kam.«

Sie schüttelt bedauernd den Kopf und trinkt ihr Grappa-Glas leer. Mir hat es die Sprache verschlagen.

»Holgers Motorrad war auch kein Problem, die Bremsen waren sowieso nicht ganz in Ordnung. Nur beim Kirschbaum deiner Mutter, da war ich noch ein bisschen ungeschickt. Ich hatte gehofft, bei dem Sturz würde mehr passieren. Aber es hat ja gereicht, damit du weiter zu uns kommen konntest!«

Ich weiß nicht, was ich sagen soll.

»Gianna, ich . . .«, stottere ich schließlich.

»Keine Ursache«, sagt sie und singt ein paar Töne: »That's what friends are for.«

Sie steht auf und geht hinein. Sie schlüpft aus den Pumps, ihr schickes Kleid landet auf dem Boden. Dann legt sie sich in ihrem schwarzen Spitzenslip auf das Bett, das ich ihr im Wohnzimmer gerichtet habe, dreht sich um und schläft sofort ein.

Wie gelähmt sitze ich auf meinem Korbstuhl. In meinem Kopf drehen sich nicht nur Prosecco, Chianti und Grappa. Es kann nicht wahr sein. Gianna kann unmöglich . . .

Schließlich gehe auch ich ins Bett. Ich bin überzeugt, das war einer von Giannas manchmal etwas derben Scherzen. Kein Wunder bei unserem übertriebenen Alkoholgenuss!

Kurz bevor ich einschlafe, denke ich wie jeden Abend an Christopher. Ein wunderbarer Mann: humorvoll, einfühlsam und so sexy. Heiraten würde ich natürlich nie wieder. Aber es wäre schon schön, wenn er auch mal am

Wochenende für mich Zeit hätte. Hat er leider nie, weil er da immer mit seiner Frau . . .

Ich muss Gianna unbedingt morgen beim Frühstück von ihm erzählen!

Wolfgang Kuhn

Klarer Fall von Selbstmord

(Alfred Bruns, Hauptkommissar)

»Den kriejen se nich mehr hin!«

Die Aussage klingt endgültig. Was meint sie wohl, die Leiche oder den Teppich? Wahrscheinlich beides. Der Mann ist zweifellos tot. Mit einem solchen Loch im Kopf kann man nicht mehr leben. Und auch der Teppich ist hinüber. Diese fußballgroße Blutlache auf dem hellbeigen Bodenbelag ist eindeutig nicht mehr wegzukriegen.

»Dä muss wohl entfernt weärde.«

Auch diese Bemerkung kann sich sowohl auf den Teppich als auch auf den Toten beziehen, aber in Anbetracht der Tatsache, dass sie von einer Putzfrau kommt, ist wohl doch eher der Bodenbelag gemeint. Tolle Einrichtung hier. So sieht also eines der Häuser auf der Hüttenallee von innen aus. Bisher habe ich sie nur voller Ehrfurcht vom Parkplatz am Stadtwald aus bewundert. Hier tropft das Geld förmlich aus allen Wänden. Aber gucken kann ich später noch, jetzt muss ich erst einmal meine üblichen Fragen stellen.

»Wann haben sie die Leiche entdeckt?«

Wie oft habe ich diesen Satz schon gesagt, wie oft die Antwort aufgeschrieben? Keine Ahnung. Die Aussage wird uns sowieso nicht weiterhelfen, da bin ich sicher. Wie es Sabine jetzt wohl geht? Jetzt arbeiten wir gerade mal zwei Monate zusammen und es ist schon ihre zweite Leiche. Ist sie wirklich so abgebrüht, wie es scheint?

»Klarer Fall von Selbstmord!«

Jung ist sie. Abgebrüht ist sie. Aber auch unerfahren und

mit den Grundregeln der Polizeiarbeit noch nicht vertraut. Ich sage einem Arzt nie meine Meinung über den Tathergang. Er untersucht dann vielleicht gerade das nicht mehr, worauf es ankommt.

»Kann ech dann jooehn?«

Die Mischung aus Krieewelsch Platt und Hochdeutsch gefällt mir und ich würde das kleine Verhör gerne noch weiterführen. Ich hätte gerne noch eine Ausrede, mich nicht mit der Ehefrau des Toten unterhalten zu müssen.

»Niemals werde ich glauben, dass es Selbstmord war!«

Ich habe schon viele Leichen gesehen und keine Angst davor, ihnen zu begegnen. Mit den Angehörigen ist es etwas anderes. Man weiß nie, wie sie reagieren werden. Sind sie in Tränen aufgelöst oder erleichtert? Sind sie hysterisch oder eiskalt? Am schlimmsten sind die, die nichts sagen. Die, die ihren Kummer und ihr Entsetzen in sich hineinfressen. Diese Frau ist selbstsicher. Stark. Überzeugend. Sie ist wohl eine Persönlichkeit, die weiß, was sie will. Keine leichte Nuss, die da zu knacken ist, wäre sie die Mörderin.

»Ich bin ganz ihrer Meinung.«

Offensichtlich ist diese kühle, selbstsichere Frau nicht so leicht aus der Ruhe zu bringen. Sie sieht mich fragend an. Meine Erklärung nimmt sie ohne Regung zur Kenntnis. Es jagt sich nun mal keiner mit einer Pistole in der rechten Hand eine Kugel in die linke Schläfe. Wahrscheinlich wird Sabine gerade vom Arzt darüber aufgeklärt. So kann ich mir diese Lektion ersparen.

»Wann haben sie ihren Mann das letzte Mal lebend gesehen?«

Wieder so eine Standardfrage. Ihre Antworten kommen ruhig, aber flüssig. Sie spricht nicht wie eine Frau, die sich mühsam eine Geschichte zurechtlegt. Schade für sie, dass sie kein Alibi hat. Richard Gere ist kein guter Zeuge, wenn er nur auf der Mattscheibe zu Gast ist.

»Danke für ihre Mithilfe!«

Schon wieder eine Phrase. Woher weiß ich denn, ob sie mir wirklich geholfen und nicht das Blaue vom Himmel gelogen hat? War der Hinweis auf den Geschäftspartner ihres Mannes nur der Versuch, die Aufmerksamkeit von sich selber wegzulenken? Oder der entscheidende Tipp?

»Karin, was ist passiert?«

Es gibt Menschen, die sind einem schon auf den ersten Blick unsympathisch. Der zum Beispiel. Aalglatt und einfach widerlich. Man sieht sofort, dass er mehr als ein Geschäftspartner des Opfers war. Die Art, wie er mit der Witwe spricht, lässt ihn als Vertrauten erkennen. Wie vertraut, werde ich noch herausbekommen.

»Haben sie schon eine Fahndung eingeleitet?«

Wenn ich etwas nicht ausstehen kann, dann sind das Klugscheißer, die meinen, mehr Ahnung von Polizeiarbeit zu haben, als die Polizei. Vielleicht verhöre ich den Mann deshalb etwas unfreundlicher. Ich bekomme alle Informationen, die ich haben will. Aber natürlich nur so, wie die Lottozahlen. Ohne Gewähr.

»Wir wären dann soweit.«

Ich liebe diese Worte. Tatorte sind immer ungemütlich. Büros auch, aber da gibt es wenigstens Kaffee. Aber vorher muss ich noch mit Sabine reden.

(Sabine Herrmann, Kommissarin)

»Den kriejen se nich mehr hin!«

Oh, Gott! Jetzt bleib bloß ruhig. Millionen von Frauen haben Jahrhunderte gekämpft, damit es fast normal ist, dass eine Frau wie du Polizistin werden kann. Du kannst dich jetzt nicht in die Ecke hocken und anfangen zu flennen, auch wenn du nichts lieber tätest als das. Cool bleiben!

»Dä muss wohl entfernt weärde.«

Okay, es hilft nichts, du musst da durch. Sieh dir alles genau an, kotzen kannst du später. Du musst nicht nur cool bleiben, du musst auch noch gut sein! Du willst schließlich ernst genommen werden. Gut, dass der Fall so eindeutig ist. Kein gewaltsames Eindringen, kein Kampf. Die Waffe hält der Tote noch in der Hand und die Schusswunde sieht aus, wie eine Schusswunde eben aussehen muss, wenn das Eisen beim Schuss an die Schläfe gehalten wurde. Alles klar.

»Wann haben sie die Leiche entdeckt?«

Sieh dir den Chef an. Der ist cool! Liegt das an der Routine? Vielleicht hat er sich bei seiner ersten Leiche auch erst einmal in die Hose gemacht. Ich glaub nicht, dass Männer soviel abgebrühter sind als Frauen, ich glaub es einfach nicht! Okay, Sabine, den Toten nicht anfassen. Das macht die Spurensicherung. Ein gepflegter Mann. Managertyp. Adrett frisiert, gut angezogen. Aber warum hat er seine Fingernägel nur an der rechten Hand geschnitten? Die an der linken sind viel länger. Aber was hat das schon zu bedeuten? Für mich ist das alles eindeutig.

»Klarer Fall von Selbstmord.«

Auch den Arzt scheint der Anblick der Leiche nicht aus der Bahn zu werfen. Klar, warum auch? Ich hoffe nur, dass wir sie bald wegschaffen lassen können, ich halte das nicht mehr länger aus. Und es ist hier noch so viel zu tun. Die Papiere sind durchzusehen, der PC. Vielleicht gibt es einen Abschiedsbrief, möglicherweise auf der Festplatte. Vieles spricht für den PC, warum sollte er sonst noch an sein?

»Kann ech dann jooehn?«

Warum sieht mich der Arzt so an, als wenn ich ein Kleinkind wäre? Er sieht so schulmeisterlich aus. Scheiße, natürlich, warum sehe ich es jetzt erst, ich blöde Kuh? Die Waffe ist in der rechten Hand und die Wunde ist links. So ein blöder Fehler. Jetzt bin ich wieder der Lacherfolg der Woche!

»Tut mir leid, aber so klar ist der Fall wohl doch nicht.«

Der Arzt grinst mich mit einem typischen Machogesicht an. Ich bin blamiert. Kein Selbstmord, also Mord. Irgendjemand, den der Tote vermutlich kannte, kommt herein, hält ihm die Pistole an den Kopf und drückt ab. Danach versucht er, es nach Selbstmord aussehen zu lassen, legt der Leiche die Waffe in die Hand und achtet nicht darauf, dass er in die falsche Schläfe geschossen hat.

»Morgen früh haben sie meinen Bericht.«

Der Arzt ist fertig, endlich. Jetzt ist der PC dran, damit kenne ich mich wenigstens aus. Kein Passwort, das ist gut. Bingo! Manchmal ist das Leben doch einfach. Da ist ein Abschiedsbrief, wahrscheinlich gefälscht. Ein Klick und schon ist er gedruckt. Was ist denn? Statt zu drucken, öffnet sich ein Pull-down-Menü. Die Maus ist wohl kaputt. Nee, es sind nur die linke und rechte Maustaste vertauscht. Wer macht denn so was? Ich drucke schnell aus und dann nichts wie weg von hier. Ich könnte einen Kaffee gebrauchen.

»Wir wären dann soweit.«

Hoffentlich kann ich den Fehler mit dem Selbstmord schnell wieder ausbügeln, sonst wird man mir nie wieder was glauben. Zuerst werde ich dem Chef alles haarklein berichten, sogar das mit den nicht geschnittenen Fingernägeln.

(Dr. med. Stefan Klose, Arzt)

»Klarer Fall von Selbstmord.«

Na ja, das habe ich schon zu oft gehört, als dass ich daran noch glaube. Hoffentlich finde ich nichts, was darauf hindeutet, dass der Tod nicht durch den Kopfschuss hervorgerufen wurde. Ich habe heute keine Zeit für stundenlange Obduktionen, der Martinszug fängt um 18.00 Uhr an und ich muss vorher noch die Weckmänner kaufen gehen.

»Kann ech dann jooehn?«

Der alte Bruns, der gefällt mir, er bleibt immer ruhig und besonnen. Seine junge Kollegin scheint mir dagegen, etwas zu voreilig zu sein. Sie hat übersehen, dass der Tote die Waffe in der rechten Hand hat, das Loch aber auf der linken Seite des Kopfes ist. Also wohl doch kein Selbstmord.

»Tut mir leid, aber so klar ist der Fall wohl doch nicht.«

So ist das. Wenn man noch jung und dynamisch ist, dann fehlt einem die Erfahrung. Und wenn man die hat, dann hat einem der Alltag jegliche Dynamik genommen. So war es beim Bruns, so ist es bei mir, so wird es bei ihr sein. Da macht keiner eine Ausnahme.

»Morgen früh haben Sie meinen Bericht.«

Für mich ist die Sache klar. Ich denke, ich werde rechtzeitig zum Martinszug an der Schule sein.

(Karin Scheibler, Ehefrau des Toten)

»Niemals werde ich glauben, dass es Selbstmord war!«

Es ist schon erstaunlich, wie kalt mich sein Tod lässt. Und es ist mir auch völlig egal, ob er ermordet wurde oder selbst Schluss gemacht hat. Ich habe ihn nur wegen des Geldes geheiratet. Ich wollte mehr sein als meine Mutter. Da kam mir sein Antrag gerade recht. Es war eine Zweckehe. Punkt. Ich wollte Geld, er eine Frau, mit der er repräsentieren konnte. Irgendwie habe ich mich zwar an ihn gewöhnt, aber jetzt wo er tot ist, ist er mir egal. Er ist gegangen, aber das Wichtigste ist noch da – sein Geld.

»Ich bin ganz ihrer Meinung.«

Oh, ein Beamter, der denken kann! Selten genug in diesem Land. Aber sein Blick gefällt mir nicht. Er sieht mich an, als wollte er in meine Gedanken hineinkriechen. Soll er ruhig, er wird nichts finden. Ich habe Karl nicht umgebracht. Dass ich meinen Mann nicht inniglich geliebt habe, hat er wohl schon gemerkt. Aber wer kann sich schon Liebe leisten? Die Reichen und Mächtigen jedenfalls nicht.

»Wann haben sie ihren Mann das letzte Mal lebend gesehen?«

Ich würde so ein Leben hassen. Immer die gleiche Arbeit, immer wieder die gleichen Fragen. Es muss schrecklich langweilig sein, einen Mord aufzuklären. Das wäre nichts für mich. Für mich muss es krachen. Ich brauche Abwechslung, hasse Alltag.

»Danke für ihre Mithilfe!«

Na, das wäre geschafft. Jetzt muss ich erst einmal in Ruhe darüber nachdenken, was ich in den nächsten Tagen zu tun habe. Natürlich muss ich angemessen trauern, sonst komme ich noch ins Gerede und das wäre das Letzte, was ich jetzt wollte. Sicher wird man mich mit einer Menge Mitleid bedenken. Ich muss das ausnutzen. Ich muss zeigen, dass ich nicht nur schön bin, sondern auch eine Persönlichkeit.

»Karin, was ist passiert?«

Tim. Das wäre eine Möglichkeit. Er als der Mörder? Warum nicht? Vielleicht wollte er die Firma. Oder mich. Er könnte eine Sicherheit für mich sein. Wenn ich es allein nicht schaffe, anerkannt zu werden, dann könnte er mir die Türen öffnen. Nach einer angemessenen Wartezeit wird sich sicher keiner darüber aufregen, wenn ich ihn heirate. Und im Bett ist er schließlich auch nicht übel.

»Haben sie schon eine Fahndung eingeleitet?«

Ich verstehe nicht, dass Tim ein erfolgreicher Geschäftsmann ist. Kaum steht er jemandem gegenüber, der sich von seiner forschen Art nicht gleich einschüchtern lässt, fängt er an zu schwitzen. Ich werde keine Probleme mit ihm haben. Mörder oder zukünftiger Ehemann. Er ist für beide Rollen geeignet.

»Wir wären dann soweit.«

Endlich! Jetzt werde ich erst einmal ein paar Leute anrufen und herbestellen. Mich mit Menschen umgeben, die mir den nötigen Respekt entgegen bringen. Ich bin schließlich wer!

(Tim Beck, Geschäftspartner des Toten)

»Klarer Fall von Selbstmord.«

Verdammt, verdammt, verdammt! Wieso glaubt sie, dass es Selbstmord war? Sieht sie denn nicht, dass die Waffe in der rechten Hand ist, das Loch im Kopf aber links? Eindeutiger kann es doch nicht sein.

»Kann ech dann jooehn?«

Ich habe doch nun wirklich alles getan, damit es nicht wie ein Selbstmord aussieht, sondern wie ein Mord, bei dem der Mörder versucht hat, es nach Selbstmord aussehen zu lassen. Aber vielleicht ist das doch zu kompliziert.

»Tut mir leid, aber so klar ist der Fall wohl doch nicht.«

Gott sei Dank! Es besteht also noch Hoffnung. Da war meine schnelle Reaktion doch nicht umsonst. Ich hoffe, dass ich an alles gedacht habe. Die Waffe in die andere Hand gelegt. Den Abschiedsbrief umgeschrieben. Die Tastatur abgewischt. Jetzt muss ich nur dafür sorgen, dass nicht herauskommt, dass Karl Linkshänder war. Dann glaubt keiner mehr an Selbstmord.

»Morgen früh haben sie meinen Bericht.«

Vielleicht hätte ich versuchen sollen, einen Einbruch vorzutäuschen und die Waffe verschwinden zu lassen. Aber ich hatte doch keine Zeit zum Überlegen, die Putze war schon auf dem Weg. Jetzt muss ich noch Karin auf meine Seite holen. Und sie möglichst dazu bringen, zu bestätigen, dass Karl Rechtshänder war. Bitte lieber Gott, mach, dass sie noch nichts Falsches gesagt hat!

»Danke für ihre Mithilfe!«

Da sitzt sie, schön und kalt wie immer. Sie glaubt wahrscheinlich noch, dass sie Geld wie Heu besitzt. Karl hat es ihr einfach nicht beichten wollen, dass er Millionen in den Sand gesetzt hat. Karl, der lieber auf der Gitarre rumgeklimpert hat, als die Börsennachrichten zu lesen. Sogar die Fingernägel hat er nur an einer Hand geschnitten, damit er besser zupfen konnte. Igitt, wie peinlich!

»Karin, was ist passiert?«

Ich muss sie zurückhalten. Das Kommando übernehmen. Wenigstens solange wie die Polizei hier ist. Bei Frauen ist man nie sicher. Und bei Karin schon gar nicht!

»Haben sie schon eine Fahndung eingeleitet?«

Laut muss man sein, ablenken. Erst einmal alle auf Trab bringen. Und wenn der Kommissar mir dann nervtötende Fragen stellt, was soll's? Gut ist das. Je mehr er fragt, desto mehr kann ich erzählen, ihn in die falsche Richtung schicken, täuschen. Alles ins Lot bringen.

»Wir wären dann soweit.«

Wie konnte er nur? Wie konnte Karl uns das nur antun? Bei Selbstmord zahlt die Versicherung doch nicht. Und ohne das Geld sind wir pleite. Bankrott! Bei Mord ist das anders. Es muss unbedingt für einen Mord gehalten werden. Die Polizei darf nie erfahren, dass es Selbstmord war! Aber was will dieser nervige Polizist denn jetzt noch von uns? Kommt noch einmal ins Zimmer wie der Columbo. Bin ich hier im Film?

»Ach, entschuldigen Sie, ich hätte da noch eine Frage zu den Fingernägeln des Opfers. Reine Routine.«

Kulturförderung

Liebe Hiltrud,

nun habe ich endlich die Zeit, um dir in Ruhe von den Ereignissen der letzten Monate zu berichten.

Du erinnerst dich, dass sich die freie Künstlerszene Krefeld getroffen hat, weil wir die Aktivitäten des laufenden Jahres besprechen wollten. Aber wie immer wurde erst einmal diskutiert.

»Wir müssen die Presse auf uns aufmerksam machen«, sagte ein Typ, der aussah wie Prinz Eisenherz.

»Wer ist das denn?«, flüsterte ich Jan-Hendrik zu.

»Der ist vom Mandolinen-Zupfchor.«

»Die Stadt muss uns unterstützen«, meinte jemand vom ‚Grünen Kunstraum'. »Die haben doch Geld.«

Alle wandten sich zu Frau Münsterland vom Kulturbüro der Stadt. Sie räusperte sich und hielt uns dann einen langen Vortrag, dass die Gelder schon seit Jahren immer mehr gekürzt würden und nichts mehr da sei.

»Das ist ja nichts Neues, das erzählt sie ja jedes Mal«, sagte mir Jan-Hendrik leise.

»Liebe Freunde und Kulturschaffende«, sagte er dann laut. »Wir müssen uns organisieren. Mit einer Stimme sprechen als Verband!«

»Wir sind aber doch freie Künstler«, wandte Gitti ein. »Ich zum Beispiel habe das ‚Freie Theater im Badezimmer'. Das ist eine ganz eigene Kunstform. Wie soll ich denn in einen Verband passen?«

»Wir könnten einen Arbeitskreis gründen. Mit Untergruppen und Unter-Untergruppen. Die Künstler an sich, dann die Musiker, darunter dann Chöre . . .«

Ich kannte den Mann nicht, der das sagte. Er trug einen silbernen Schal wie einen Turban.

»Wir müssen mit einer Stimme sprechen. Politisch engagiert gegen die Politiker vorgehen«, unterbrach Jan-Hendrik den Mann.

»Ich dachte, wir planen heute das Sommerfest?«, fragte ich. »Wer welchen Salat macht und so.«

Gesa Dinkellage-Heiermännchen sah mich strafend an. Du weißt doch, wer das ist. Sie nimmt experimentelle Wortschöpfungen auf Tonband auf und möchte sie extrem langsam in Kirchenräumen abspielen. Bisher hat sie noch keine Gemeinde gefunden, die das mitmacht.

»Die freien Künstler«, belehrte sie mich nun, »die freien Künstler schaffen Kunst und Kultur. Das sollte staatlich unterstützt werden. Diese Diskussion ist ja wohl wichtiger als ein Nudelsalat.«

»Wir müssen uns organisieren, mit einer Stimme . . .«

»Vergiss es, Jan-Hendrik«, wisperte ich. »Künstler zu organisieren ist genauso unmöglich wie einen Sack Flöhe zu hüten.«

»Der Bund, was ist eigentlich mit dem Bund? Hat der keine Gelder?«

»Ich weiß es, du weißt es auch: Vom Staat kann man keine Unterstützung erwarten.«

Dann wurde darüber diskutiert, dass man die Bürger wachrütteln sollte. Ein kulturfreies Wochenende solle man veranstalten, beziehungsweise nicht veranstalten. Keine freie Kunst, keine Kultur, kein Event, keine Ausstellung, keine Musik und so weiter. Stattdessen eine angemeldete Demonstration auf dem Rathausplatz. Na klar, dachte ich, es ist Kulturboykott und keiner geht hin.

»Wollten wir nicht über das Sommerfest sprechen?«, fragte ich noch mal, aber niemand antwortete.

»Es ist unfair«, jammerte Gesa Dinkellage-Heiermännchen. »Das Werkhaus bekommt Geld, die freien Theater bekommen Geld, aber meine Toninstallation wird nicht unterstützt. Dabei habe ich ein vierseitiges Konzept erarbeitet und dem Ausschuss vorgelegt. Sogar an den Staatssekretär habe ich mich gewandt. Er hat mir geantwortet, dass etwas mit meinem Aufnahmegerät nicht funktionieren würde, er hätte nur langgezogene, schiefe Töne abspielen können. Das zeigt doch, dass die Politik gar kein Gefühl mehr für wahre Kunst hat.«

»Ja, bei mir war das noch schlimmer. Ich habe die Anträge für eine Förderung ausgefüllt und auch bewilligt bekommen. Nur das Geld ist bis heute noch nicht eingegangen. Ich wollte den Ponzelar aus einem Eisblock schnitzen und anschließend ein Feuer darunter anzünden. Nun ist es März und ich kann bis zum nächsten Winter warten.«

»Das hört sich ja toll an«, meinte Gesa Dinkellage-Heiermännchen. »Warum kann in solchen Fällen nicht die Sparkasse einen Vorschuss auszahlen?«

»Das bringt alles nichts«, flüsterte Jan-Hendrik mir zu. »Lass uns gehen.«

»Und dann?«

»Dann überlegen wir, wie wir die Sache selbst in die Hand nehmen.«

»Aber wir wollten doch das Sommerfest planen«, warf ich ein.

»Das machen wir auch. Wenn wir Kohle haben. Ich habe da einen Plan.«

Aha, dachte ich und stand auf. Das Schicksal nahm seinen Lauf, liebe Hiltrud.

»Weißt du«, erklärte Jan-Hendrik und strich seine langen Locken aus dem Gesicht, »weißt du, es ist so: Wenn man ein Projekt hat, muss man es zur Hälfte selbst finanzieren und kann dann Landesmittel beantragen. Ich habe versucht, einen Kredit zu bekommen, aber die Sparkasse war nicht kooperativ.«

Schon meine Eltern hatten mich immer gewarnt: Kunst sei brotlos. Ich solle mir einen ordentlichen Beruf suchen und könne mich in meiner Freizeit selbst verwirklichen. Ich habe dann eine Banklehre gemacht. Eigentlich mag ich den Beruf.

Auf verschiedenen Wochenendseminaren habe ich alle Kunstrichtungen ausprobiert. Malen, musizieren, bildhauern, schauspielern und so weiter. Du weißt ja, ich mache von allem ein bisschen, aber meine wahre Berufung hatte ich damals noch nicht gefunden. Das ist jetzt, liebe Hiltrud, anders. Ich bin Künstlerin und werde sogar vom Staat gefördert und unterstützt. Und das verdanke ich Jan-Hendrik.

»Du bist doch bei der Sparkasse«, sagte er an jenem Abend zu mir. Ich nickte stumm. »Dann sitzt du an der Quelle.«

»Wieso?«

»Die Künste brauchen Unterstützung. Ohne Kunst verarmt unser Kulturlandschaft. Der Staat hat kein Geld, aber die Wirtschaft boomt. Wir brauchen also einen Sponsor.«

Die Idee war wirklich nicht dumm und ich war gleich Feuer und Flamme. »Und wie bekommen wir den?«

»Tja, da liegt der Hund begraben. Ich war schon bei allen großen Firmen in Krefeld. Bei den Autohäusern, bei Bayer, Degussa und wie sie alle heißen. Auch die mittelständischen Unternehmen habe ich abgeklappert, aber niemand wollte mich unterstützen.«

»Das versteh ich aber nicht. Mit deiner Installation führst du doch dem Bürger die Verrohung der Gesellschaft vor Augen. Ein lebendiges, quiekendes Schwein mit Elektroschockern an den Brustwarzen vor einem brennenden Auto, auf denen Hühner in Käfighaltung lustlos gackern, und davor das kopulierende Paar in Lederkleidung ... ich seh' das so drastisch vor meinen Augen. Gigantisch.« Er hatte mir die Pläne gezeigt und ich war sofort Feuer und Flamme. Besonders genial fand ich die Idee, den Wagen des Oberbürgermeisters als zentrales Kunstobjekt zu benutzen.

Dieser sah das allerdings anders. Jan-Hendrik hatte ihn

angeschrieben, doch statt einer Zustimmung bekam Jan-Hendrik eine Anzeige und eine richterliche Verfügung, sich dem Wagen nicht zu nähern.

Politiker haben anscheinend wenig Verständnis für wahre Kunst.

»Und nun?« Ich strich ihm beruhigend über die langen, violett-grünen Locken und beneidete ihn. Meine Haare durfte ich nicht färben, mein Chef wollte das nicht. Auch so ein Kleingeist. »Ich glaube kaum, dass die Sparkasse dich unterstützen wird, wenn alle anderen schon abgelehnt haben. Aber versuchen kann ich es. Ich lass mir einen Termin geben.«

»Nein, Gerlinde, so meinte ich das nicht. Wir Künstler müssen unorthodoxe Wege gehen, wir dürfen uns nicht von gesellschaftlichen Zwängen fesseln lassen.«

Ich nahm ihn dann mit in meine Wohnung und er offenbarte mir, dass ich die Frau in seiner Installation sein sollte. Das erste Mal würde ich ein Teil eines riesigen Kunstobjektes sein. Ich. Die kleine Gerlinde Müller. Gigantisch.

Die Bank um kleinere Summen dafür zu betrügen, erschien mir nicht schlimm. Die Banken hatten ja genug Geld.

Also buchte ich hier mal zehn Euro mehr, rechnete dort zwanzig dazu. Es fiel am Anfang gar nicht auf.

Doch der Frühling verging und es wurde Sommer. Jan-Hendrik übte stetig mit mir meine Aufstellung in seinem Kunstwerk. Erst bei mir zu Hause im Bett, dann am Elfrather See und schließlich im Botanischen Garten. Die zwei Tage Haft nahm ich gerne in Kauf. Allerdings war mein Chef nicht so angetan davon. Ich bekam eine Abmahnung. Eine Bankangestellte dürfe sich nicht strafbar machen. Ein Kleingeist ohne Ahnung von Kultur und Kunst.

Die zweite Abmahnung bekam ich, nachdem wir versucht hatten, ein Schwein für unsere Installation zu bekommen. Es zu kaufen war kein Problem, aber der Tierschutzbund fand, dass die Haltung in meiner Garage nicht artgerecht war.

Nun drängte die Zeit. Die Summe, die ich beisammen hatte, reichte einfach nicht. Eine weitere Abmahnung und ich würde meinen Job an der Quelle verlieren. Außerdem wurde es Herbst. Im Frühjahr oder Sommer nackt auf dem Rathausplatz zu erscheinen, konnte ich mir vorstellen. Im Winter nicht, ich friere doch immer so schnell.

Dann kündigte mir meine Vermieterin, weil sie die lauten Geräusche aus meiner Wohnung nicht mehr ertrug. Dabei waren das nur die Tonbandaufnahmen von Gesa Dinkellage-Heiermännchen, die Jan-Hendrik in eine andere Tonlage bringen wollte, weil er fand, dass das die Atmosphäre seines Kunstwerkes unterstrich.

Für ein paar Tage konnten wir beim ‚Grünen Kunstraum' unterkommen. Aber das war nichts auf Dauer. Jan-Hendrik wurde immer unzufriedener, weil noch nicht genug Geld da war.

Also ließ ich mich eines Abends in der Sparkasse einschließen. Ich sagte allen »tschüss« und versteckte mich dann auf dem Klo. Keiner hat es gemerkt. Dem kleingeistigen Filialleiter hatte ich den Generalschlüssel entwendet. Damit kam ich dann in den Tresorraum und räumte die Kassen leer. Es war wie ein Rausch. Tausende von Geldbündeln. Für einen winzigen Moment überlegte ich, auf den Aussichtsturm am Hülser Berg zu steigen und das ganze Geld hinabrieseln zu lassen. Meine erste eigene Kreation. Ein Ausdruck von Freiheit und Vergänglichkeit. Doch es regnete und deshalb verschob ich den Gedanken.

Unbemerkt konnte ich die Bank verlassen. Nun ja, nicht ganz, wie die Videoaufnahmen später zeigten.

Ich fuhr zum Stadtwaldhaus, denn dort war eine Parteiversammlung, wie ich in der Zeitung gelesen hatte. Ich hatte so richtig Glück. Einen Moment passte der Fahrer vom Oberbürgermeister nicht auf. Ich stieg in den Wagen und brauste davon. Leider verfolgte mich bald darauf die

Polizei und verhaftete mich, noch bevor ich Jan-Hendrik das Geld geben konnte.

Liebe Hiltrud, mit dem Richter hatte ich dann aber wieder Glück. Er zeigte Verständnis für meine Erklärungen.

»Kunst und Kultur«, murmelte er immer wieder. »Instalation. So, so.« Dabei lächelte er so freundlich, dass ich wusste, er verstand mein Opfer für die Kunst.

Sein Gesicht wurde strenger, als es um den Wagen des Stadtoberhauptes ging. Der Wagen hatte nämlich einen Totalschaden erlitten. Männer und Autos, das ist ein ganz anderes Thema als Kultur.

Der Richter überlegte eine Weile und fand dann eine Lösung, die erstaunlich ist.

Ich bekam zwei Jahre staatliche Förderung der besonderen Art. Ich darf mietfrei wohnen und muss mir keinen Gedanken um meinen Broterwerb machen, denn drei Mahlzeiten pro Tag sind inklusive.

Liebe Hiltrud, bitte gib doch diese Informationen an die freie Kunstszene weiter. Warum sollte nur ich diese Förderung in Anspruch nehmen? Hier kann man ganz ungestört arbeiten, man hat Zeit und Ruhe.

Die Besuchzeiten in der Vollzugsanstalt sind immer donnerstags und sonntags von 17:00 Uhr bis 20:00 Uhr. Gerne kannst du mich besuchen. Vielleicht können wir ja auch ein Treffen der Kulturszene hier abhalten?

Im Übrigen weiß ich jetzt, was meine wahre Berufung ist. Ich bin Schriftstellerin und werde hier schreiben. Mir schwebt eine Reihe um einen Zauberlehrling vor. Danach hab ich dann sicherlich auch finanziell ausgesorgt.

Ganz herzliche Grüße,
Gerlinde

Alexandra Guggenheim

Das Mädchen mit der Puppe

»Du hast aber eine schöne Puppe. Wie heißt sie denn?«

»Agnes.«

»Und wie heißt du?«

»Gisa.«

»Wie alt bist du?«

»Sieben«. Gisa senkt den Kopf und drückt die Puppe fest an sich. Auf einmal hatte dieser Mann hinter ihr gestanden. Groß ist er und dick. Er trägt einen Anzug und einen Hut. Sein schwarzer Schnauzbart bedeckt fast den ganzen Mund. Du sollst nicht mit fremden Leuten reden, hört sie die Mutter sagen. Ob der Mann böse ist? Seine Fragen machen ihr Angst.

»Es ist schon halb acht. Kinder in deinem Alter gehören so spät nicht mehr auf die Straße! Das sollten deine Eltern eigentlich wissen.«

Gisa erschrickt. Wieder einmal hat sie die Zeit vergessen, nicht auf die Kirchenglocken geachtet. Sie schlüpft durch das Gartentor, läuft, ohne sich noch einmal umzudrehen, über den schmalen Kiesweg ins Haus. In der Küche riecht es nach Bratkartoffeln und Speck.

»Wann solltest du zu Hause sein, Gisa?«

Scharf und schneidend kommt die Frage. Die Mutter hantiert in ihrer geblümten Kittelschürze am Herd, dreht sich nicht einmal um.

»Ich . . . um sieben. Aber Agnes hat die große silberne Murmel verloren. Sie hat gesagt, ich soll ihr suchen helfen.«

»Lass die dummen Ausreden! Rumgetrödelt hast du! Wasch dir die Hände und setz dich hin!«

Gisa legt Agnes vorsichtig auf den Tisch, schlängelt sich an der Mutter vorbei zur Spüle. Sie steigt auf ein Fußbänkchen und lässt einen Strahl eiskalten Wassers über ihre Handrücken fließen, trocknet sie an dem grau karierten Handtuch ab. Es ist feucht und riecht muffig. Gisa klettert auf die Sitzbank und murmelt ein Tischgebet.

Am Kopfende sitzt der Vater, breitbeinig, die Hosenträger nachlässig über das Unterhemd gezogen. Er streckt die Hand nach dem Salzstreuer aus, und die Puppe rutscht vom Tisch. »Na? Und warum sagt sie denn jetzt nichts, deine Agnes?«, fragt der Vater und kneift die Augen zusammen.

Gisa beißt sich auf die Lippen und schickt einen besorgten Blick Richtung Küchenfliesen. Sie weiß, sie darf nicht aufstehen, bevor das Essen beendet ist. Geräuschvoll schlingt der Vater die gräuliche Masse auf seinem Teller in sich hinein, greift nach der Bierflasche. Aus den Augenwinkeln sieht Gisa die schwarzen Ränder unter seinen Fingernägeln, den schmierigen, dunklen Streifen am Unterarm. Das kommt von dem Koks, den er von den Güterwaggons abladen muss. Der Vater arbeitet bei Krupp auf der Hütte. Wie fast alle Männer in der Siedlung.

Ein lauter Rülpser, und er schiebt seinen leeren Teller über die Tischplatte. Das ist für Gisa das ersehnte Zeichen.

Mit einem erleichterten »Gute Nacht, Vater, gute Nacht, Mutter«, springt sie auf, nimmt ihre Puppe und flüchtet ins Bad. Das Zähneputzen dauert nur Sekunden. Hauptsache, die Bürste ist nass, denn die kontrollieren die Eltern jeden Abend.

Sie steigt die Treppe hinauf ins Schlafzimmer. In einer Wandnische neben dem Ehebett steht ihr eigenes schmales Gitterbett. Feuchte Kälte durchzieht den Raum. Der einzige Kohleofen im Haus befindet sich unten, in der Küche. Zähneklappernd verkriecht Gisa sich unter das viel zu schwere Federbett, deckt Agnes mit einem Wollschal zu und drückt ihr einen Gute-Nacht-Kuss auf die Stirn.

Als ihr etwas wärmer wird, muss sie plötzlich an Erich denken und dass er ihr ein Stückchen Lakritz geschenkt hat. Vor ein paar Tagen war das, als sie mit ihrem Puppenwagen in die Schillerstraße einbiegen wollte und er sie beinahe umgerannt hätte. Erich mit den blonden Locken und den braunen Augen. Gelächelt hat er. Und sich sogar bei ihr entschuldigt. Erich ist lieb. Dann schläft sie ein.

Wie jeden Freitag begleitet Gisa die Mutter zum Einkaufen auf den Markt. Ihr Lieblingsstand ist der vom einarmigen Kalle aus Hohenbudberg. Sie steckt ihren Zeigefinger durch den Maschendraht und krault das seidige Fell des Tieres. Manchmal träumt sie von einem eigenen Kaninchen. Ein Kaninchen kann man auf den Arm nehmen, es streicheln und ihm alles erzählen.

Irgendwann hatte sie sich ein Herz gefasst und den Vater gefragt. Noch Stunden später konnte sie im Spiegel den roten Abdruck seiner Finger auf ihrer Backe sehen. An diesem Tag war sie nicht mehr auf die Straße gegangen. Auf keinen Fall wollte sie den anderen Kindern begegnen. Die ärgerten sie sowieso fortwährend, weil sie klein und schmächtig ist und erst im nächsten Frühjahr in die Schule kommt. Das Kind sei körperlich noch sehr unreif, hatte der Schularzt den Eltern gesagt. Besser, es würde noch ein Jahr länger zu Hause bleiben.

Am Nachmittag spielt Gisa mit Agnes im Garten und setzt sich auf die Schaukel. Sie schaut in den wolkenlosen Junihimmel, der trotz des Sonnenscheins fahl ist vom Rauch der Schlote.

Ob Erich heute kommt? Vielleicht schenkt er ihr ja wieder ein Stückchen Lakritz. Erich ist schon groß. Er lernt als Koch im Gasthaus »Rheingold«, gegenüber dem Werkstor III. Einmal in der Woche kommt er zum Kupferweg und bringt seiner Tante Lisbeth etwas zu essen mit. Manchmal macht er auch Besorgungen für sie. Die alte Frau sieht und hört schlecht. Nur noch selten verlässt sie das Haus. Ihr Garten grenzt an den von Gisas Eltern.

Zu Pfingsten hatte Gisa zufällig ein Loch im Maschendraht entdeckt, direkt hinter dem dicken Rhododendronbusch. Sie war hindurchgeklettert und hatte sich an den Holzschuppen herangepirscht. Die Tür war nur angelehnt. Drinnen roch es nach feuchter Erde. Gisa musste an den Friedhof denken und an Totensonntag, wenn sie ein Licht auf das Grab der Großeltern stellten. In einer Zinkwanne stapelten sich lehmverkrustete Rechen, Spaten und Leitern. Sie zog einen alten Vorhang zur Seite und entdeckte darunter einen Ledersessel, auf dem es sich wunderbar sitzen und träumen ließ.

Von nun an kam sie jeden Nachmittag hierher. Wenn sie zum Abendessen gerufen wurde, schlüpfte sie schnell zurück durch den Zaun. Hätte jemand sie gefragt, so hätte sie geantwortet, dass sie die ganze Zeit mit ihrer Puppe Verstecken gespielt hatte. Aber niemanden interessierte es, womit sie sich die Zeit vertrieb.

Wo bleibt Erich denn nur? Ganz hoch fliegt Gisa auf ihrer Schaukel, bis in die Baumkrone, riecht den Duft der Fliederblüten. Behält den Kupferweg fest im Blick. Dann endlich taucht er auf. Mit einem eleganten Sprung hechtet Erich über den Gartenzaun und verschwindet im Haus der alten Lisbeth.

Nach einer Weile kommt er wieder heraus. Doch er geht nicht zur Straße zurück, sondern läuft direkt auf den Schuppen zu. Gisa hält die Schaukel an. Ob jemand sie in ihrem Versteck beobachtet und Erich davon erzählt hat? Sie kriecht bis zur Hütte, stellt sich auf die Zehenspitzen und späht durch das Fenster.

Drinnen ist noch jemand! Blitzschnell geht Gisa in die Hocke, richtet sich langsam wieder auf. Sie presst ihre Wange gegen die Fensterlaibung, schließt für einen Moment die Augen und reißt sie weit wieder auf. Zwei Körper schmiegen sich aneinander, bewegen sich, als würden sie tanzen. Sie will fortlaufen, doch irgendetwas hält sie fest. Gebannt starrt sie durch das matte Fensterglas, hört ihr Herz hämmern, fühlt Schauer über den Rücken rieseln. Da sind Hände, die durch blonde Locken und durch schwarze glatte Haare fahren, über Schultern und Arme gleiten, Münder, die einander suchen und finden. Sanft, zärtlich, behutsam. Verwirrt presst Gisa ihre Puppe an sich, reckt sich noch ein bisschen höher. Sie wagt kaum zu atmen aus Angst, dass sie diesen Anblick zunichte machen könnte.

Ein Schuss zerreißt die Stille. Wahrscheinlich hat jemand in der Nachbarschaft auf Krähen gezielt. Sofort lassen die beiden voneinander ab. Vorsichtig öffnet Erich die Tür, hält ringsum Ausschau. Dann gibt er sich einen Ruck. Geht mit hoch erhobenem Kopf zum Gartentor und biegt nach links in den Kupferweg ein. Nach einer Weile öffnet sich die Tür erneut. Gisa lugt um die Ecke. Jemand tritt aus dem Schuppen, schlank und ein wenig kleiner als Erich. Er trägt ein kariertes Hemd und eine dieser ausgewaschenen blauen Hosen, die ihr Vater als ‚verflixte Ami-Hose' bezeichnet und am liebsten verbieten würde. Geschmeidig wie eine Katze gleitet er in geduckter Haltung an der Ligusterhecke vorbei und läuft nach rechts Richtung Schillerstraße.

Seither lässt Gisa, wenn sie auf ihrem Sessel hockt und träumt, die Tür im Schuppen einen Spalt weit offen und behält das Gartentor im Blick. Doch es kommt niemand. Einmal sieht sie den Mann mit dem Schnauzbart durch die Siedlung fahren. In einem dieser Autos, die man vorne aufklappen kann. Er steigt aus und schaut sich um, als ob er etwas suchen würde. Ein paar Kinder spielen auf der Straße mit einer Blechdose Fußball. Der Dicke jagt sie davon.

Am nächsten Freitag kann Gisa gar nicht schnell genug mit dem Mittagessen fertig werden. Hastig löffelt sie die

Graupensuppe, vor der sie sich sonst immer ekelt, besonders vor den Fettaugen, die obenauf schwimmen. Sie hockt sich neben den Rhododendron und belauert das Nachbargrundstück. Tatsächlich taucht der junge Mann mit der blauen Hose auf, schlendert zum Schuppen. Gisa macht sich klein, sieht eine Haarsträhne, die in die Stirn fällt, ein Lächeln, bei dem sich Grübchen auf den Wangen bilden. In diesem Moment erkennt sie den jungen Gärtner vom Friedhof. Sie erinnert sich sogar an seinen Namen: Johannes. Wäre ihre Puppe ein Junge, dann würde sie auch so heißen.

Kurz darauf kommt Erich. Gisa bezieht Position am Fenster. Hart hämmert ihr Herz gegen den starren Puppenkörper. Aber sie kann nichts erkennen, nur etwas hören. Erst ein Flüstern und dann das Geräusch von Küssen. Sie duckt sich und schlüpft auf die andere Seite des Fensters. Jetzt sieht sie Arme, die einander umschlingen, Wangen, die aneinander reiben. Ganz tief saugt sie dieses verwirrende Bild in sich auf, das schmerzt und gleichzeitig tröstet, und sie spürt: alles, alles ist gut.

Am Freitag darauf regnet es, und Gisa darf nicht nach draußen. »Dann spielst du eben in der Waschküche«, entscheidet die Mutter, holt ein Glas und die Flasche mit dem Wacholderschnaps aus dem Schrank und sieht zu, wie die Regentropfen am Küchenfenster herunterrinnen.

Gisa geht in den Keller und hockt sich neben den hölzernen Waschbottich. »Wir wollen niemals auseinandergeh'n, wir wollen immer zueinandersteh'n ...« Ganz leise singt sie das Lied, das sie im Radio gehört hat, und kämmt andächtig das weiche Puppenhaar.

Die Tage können nicht schnell genug vergehen. Als sie endlich da ist, die Stunde, auf die Gisa schon sehnsüchtig gewartet hat, kriecht sie zur Hütte und presst ihr Ohr fest gegen die morschen Holzlatten.

»Wir müssen vorsichtig sein. Was ist, wenn uns jemand entdeckt? Sie werden uns ins Gefängnis werfen. Lass uns von hier weggehen, ganz weit weg. Wo uns niemand kennt.« Das ist die Stimme von Johannes.

Erichs Antwort klingt gequält. »Aber ... das geht nicht. Ich muss zuerst meine Lehre fertig machen. Und außerdem ... wir haben doch gar kein Geld.«

»Das kriegen wir schon irgendwie zusammen. Was hältst du von England? Oder Amerika? Stell dir vor, New York! Wir könnten ein Restaurant aufmachen. Oder einen Blumenladen.«

»Du bist ja verrückt. Völlig verrückt ...«

Der Rest ist ein unverständliches Murmeln und gedämpftes Lachen. Gisa überlegt, wie weit es wohl bis nach Amerika ist. Sicher noch weiter als bis zu dem hohen Förderturm, der hinter den großen Rübenfeldern liegt. Mit dem Fuß zieht sie einen bröckeligen Ziegelstein zu sich heran, stellt sich darauf und macht den Hals lang. Die beiden lösen sich aus ihrer Umarmung, nesteln an den Hemdknöpfen. Gisa hält das kühle Puppengesicht gegen ihre glühenden Wangen. In den Ohren hört sie ein Rauschen, in das sich der gleichförmige Klang der Kirchenglocken mischt. Sie zuckt zusammen und stolpert zurück ins Haus.

Auch beim nächsten Mal ist Johannes wieder als Erster in der Hütte. Gisa beobachtet, wie jemand den Kupferweg entlang kommt. Es ist der dicke Mann mit dem Schnauzbart. Er öffnet das Gartentor. Aber, was will er ausgerechnet hier? Entschlossen durchquert er den Garten und marschiert geradewegs auf den Schuppen zu. Johannes! Sie muss ihn warnen! Aufgeregt hebt Gisa ein paar Steinchen vom Boden und wirft sie gegen das Fenster. Doch da reißt der Dicke schon mit einem kräftigen Ruck die Tür auf.

»Das dachte ich mir ... euch habe ich schon eine ganze Zeit lang auf dem Kieker. Dich und deinen sauberen Freund!«

Ohne nachzudenken, gleitet Gisa durch den Zaun, linst durch das Fenster. Sieht, wie der Mann Johannes am Kragen packt und ihn hin und her schüttelt. »Dir werd ich's zeigen. Das hier ist ein anständiges Dorf!« Seine Hände legen sich um Johannes Hals, drücken fest zu.

Das darf der Mann nicht tun! Aufhören! Sofort aufhören! Doch niemand hört ihren stummen Schrei. Mit aller Kraft stemmt Johannes sich gegen den Dicken, versucht verzweifelt, sich aus der Umklammerung zu lösen. Dann schlägt der Mann Johannes Kopf gegen die Wand, immer und immer wieder. Nein! Nicht! Er hat doch nichts getan!

Der Dicke keucht, sein Gesicht wird zur Fratze. »Du Schwein, du elendes Schwein . . .«

Johannes sinkt zu Boden. Ein dumpfer Aufprall, dann ist drinnen alles still. Der Dicke tritt ins Freie, klopft seine Kleider aus. Mit beiden Händen rückt er den Hut zurecht und schreitet seelenruhig davon.

Auf allen vieren hockt Gisa neben der Hütte und würgt. Plötzlich schnellt sie hoch, rennt ins Haus und kauert sich in die hinterste Ecke der Waschküche. Sie zittert und schluchzt, und ihre Verzweiflung findet kein Ende.

Ein Mondstrahl fällt auf das Kopfkissen. Sie ist schweißgebadet, die Zunge klebt am Gaumen. Es war nur ein Traum. Nichts ist geschehen. Gar nichts. Alles ist in Ordnung, nicht wahr, Agnes? Erich und Johannes wollten doch weggehen. Zusammen weggehen. Die beiden sind bestimmt schon in Amerika. Ganz sicher sind sie das! Warum träumt sie nur so schlimme Sachen? . . . Johannes! Es ahnt doch keiner, was geschehen ist! Sie muss vorsichtig sein, darf sich nicht verraten. Nur eine Spur legen . . .

»Na, meine Kleine. Hast du Kummer? Ist etwas mit deiner Puppe?« Die Frau schaut Gisa mitleidig an.

»Der Ball, ich habe meinen Ball verloren.«

»Wo ist er denn? Ich sehe keinen Ball.«

»Da hinten.«

»Und warum holst du ihn dir nicht?«

»Ich darf nicht zu anderen Leuten aufs Grundstück gehen.«

Die Frau nickt und geht durch den Garten der alten Lisbeth bis fast ans Ende. Sie bückt sich nach dem Ball – und schreit im selben Moment auf.

Gisa bindet Agnes eine Schleife ins Haar und sie machen einen Spaziergang durch die Siedlung. Fast die gesamte Nachbarschaft hat sich vor dem Haus der alten Lisbeth versammelt. Eine Frau mit einem Säugling auf dem Arm weint. Ein junger Schutzmann fragt die aufgeregten Leute, ob jemandem etwas Verdächtiges in der Siedlung aufgefallen ist. Ob vielleicht irgendwer eine fremde Person auf dem Grundstück gesehen hat. Allgemeines Kopfschütteln. Nein, nur Erich, der Neffe der alten Lisbeth, der ist ab und zu mal vorbei gekommen. Sonst keiner. Ein Junge weiß zu berichten, dass Erich seit gestern verschwunden ist. Seine Mutter will nachher zur Wache gehen und eine Vermisstenmeldung aufgeben. Es folgt ein allgemeiner Aufschrei, die Diskussion ist hitzig und laut. Schnell wird klar, dass Erich den Gärtner umgebracht haben muss. Warum wäre er denn sonst weggelaufen? Der Erich, der war schon von klein auf irgendwie anders, das kann jeder hier bestätigen. Hoffentlich wird der Kerl bald geschnappt. So einer verdient kein Mitleid. Rübe ab! Fertig! Aus!

»Nein, das stimmt nicht! Es war nicht Erich!«

Überrascht hört Gisa ihre eigene Stimme. Um sie herum wird es schlagartig still. Der Polizist beugt sich zu ihr hinunter. »Und woher willst du das wissen?«

»Kinder, die lügen, kommen ins Gefängnis«, raunt eine alte Frau und droht mit dem Krückstock.

Der Schutzmann legt Gisa die Hand auf die Schulter, lächelt. »Du musst keine Angst haben. Also, was hast du gesehen?«

«Ich ... ich habe gar nichts gesehen. Aber Agnes. Agnes weiß alles.«

»Das ist ja interessant. Und wer ist diese Agnes?«

»Meine Puppe. Agnes hat gesehen, wie er in den Schuppen gegangen ist. Und wie er ihn am Hals gepackt hat ... und dann hat er seinen Kopf gegen die Wand gehauen.«

»So, so. Kann deine Puppe den Mann denn auch beschreiben?«

»Die Polizei wird doch wahl net op dat vorlaute Blag hüere. Dat hät doch mar domm Zeug en dä Kopp«, schimpft ein zahnloser alter Mann und tippt sich gegen die Stirn. Die Umstehenden pflichten ihm bei.

»Ruhe jetzt! Ich will wissen, was das Kind zu sagen hat. Sprich weiter.«

»Groß war er. Ja, groß und dick. Und er trug einen Hut.«

Der Polizist kratzt sich am Kinn. »Das ist eine wichtige Beobachtung. Allerdings trifft diese Beschreibung auf viele Männer hier im Ort zu. Ist deiner Agnes sonst noch etwas aufgefallen? Vielleicht irgendein besonderes Merkmal?«

Erich hat nichts getan! Niemand darf ihm wehtun, niemand!, schreit es in ihr. Gisa tritt von einem Fuß auf den anderen, holt tief Luft. »Agnes sagt ... dass er einen schwarzen Bart hatte. Hier, an dieser Stelle.«

Sie hebt den Zeigefinger, führt ihn an die Oberlippe. In diesem Moment bemerkt sie einen Schatten über sich, und die Puppe entschwindet aus ihren Händen. Alle starren den großen, dicken Mann an.

»Das ist ja wirklich unglaublich«, dröhnt der Dicke. Er packt Agnes an einem Bein und schwenkt sie über seinen Kopf, »eine Puppe, die sehen und sogar sprechen kann!«

»Nicht!« Gisa schreit auf und reckt die Arme hoch. »Du tust ihr weh! Ich will meine Agnes wiederhaben! Sie weint ja schon.«

»Tatsächlich? Aber ich sehe überhaupt keine Tränen ... Und warum sagt sie eigentlich gar nichts, deine Agnes?«

»Weil, weil . . .« Gisa schluckt, und wischt sich die Nase am Ärmel ab, »die Puppe kann gar nicht sprechen.«

Der Dicke schaut triumphierend in die Runde. »Dann hast du also gelogen?«

»Ja! Gisa ist böse! Gib mir meine Puppe zurück!«

»Nicht so hastig«. Der Mann blickt Gisa durchdringend an. »Sag mal, wenn deine Puppe nicht sprechen kann – dann kann sie vielleicht auch gar nicht sehen?«

»Nein! Agnes kann nicht sehen! Gisa hat gelogen.«

»Nun geben Sie dem Mädchen die Puppe zurück«, herrscht der Polizist den Dicken an. »Sie machen dem Kind ja Angst!«

Der Mann schleudert die Puppe in die Luft und lacht. Gisa macht einen Satz, reißt Agnes an sich und rennt davon. Die Leute blicken ihr kopfschüttelnd hinterher. Nur der junge Polizist schaut nachdenklich.

»Agnes, liebe Agnes, hat der Mann dir wehgetan? Niemand darf dir wehtun.« Und sie bedeckt das Puppengesicht mit Küssen, das salzig schmeckt von ihren Tränen. »Weißt du was? Wenn ich groß bin, gehen wir beide weg von hier. Ganz weit weg.«

Gelöschte Spuren

Vorsichtig zog er die massive Holztür ins Schloss und drehte den Schlüssel zweimal um. Dann griff er nach der alten Hundedecke, die er zuvor auf den steinernen Eingangsstufen des Hauses abgelegt hatte. Mit der Fernbedienung entsicherte er die Zentralverriegelung seines Wagens, den er mit wenigen Schritten erreichte. Er öffnete die Fahrertür und warf die Decke in den Fußraum vor dem Beifahrersitz. Während er sich die Einmalhandschuhe abstreifte, suchten seine Augen systematisch die Straße ab. Doch außer ihm war hier um diese nachtschlafende Zeit niemand mehr unterwegs.

Auch das war also erledigt, dachte er, als er schließlich den Motor anließ. Einen Augenblick lang hatte er tatsächlich befürchtet, dass sich die Situation seiner Kontrolle entziehen könnte. Aber das musste eine Art Schockreaktion gewesen sein. Selbst in Extremsituationen wie dieser hatte ein Gewinnertyp wie er eben immer einen Trumpf in der Hinterhand. Nicht umsonst lautete sein Lebensmotto: Es gibt keine Probleme, nur Lösungen. Eigentlich fast schon schade, dass er niemandem davon würde erzählen dürfen. Aber dann hätte er ja auch gleich die Polizei rufen können.

»Jetzt die A 52, Roermond, Richtung Düsseldorf: Zwei Kilometer zäh fließender Verkehr zwischen Mönchengladbach-Neuwerk und dem Kreuz Neersen.« Der WDR-Moderator betonte den Namen des nordöstlichen Vororts der Vitusstadt auf der ersten Silbe. Doch so betont war Neuwerk eine zu Hamburg gehörende Insel in der Elbmündung, auf der einmal ein ‚Tatort' mit Manfred Krug und Charles Brauer gespielt hatte. Eines jener sonntäglichen Polizeimärchen, wie sie nur wenig mit dem realen Kripoalltag zu tun hatten. Trotzdem war sie auch gestern Abend nach der ‚Tagesschau' wieder vor der Glotze hocken geblieben.

Jule Herbst hing im allmorgendlichen Stop-and-go-Verkehr fest und hoffte, dass sie es bei der nächsten Grünphase endlich über die Kreuzung schaffen würde. Nervös trommelten ihre Finger auf dem Lenkrad ihres nachtblauen Ford Ka. Ein Blick auf die Uhr zeigte ihr, dass sie eigentlich schon seit gut zehn Minuten hätte im Präsidium sein müssen.

»Bet you didn't think I knew how to rock'n'roll«, kam es plötzlich aus den Autolautsprechern. Eric Clapton, Blues Power. Hastig griff sie nach dem Lautstärkeknopf und drehte das Autoradio lauter. »Wetten, hättste nit jedaach, isch kann der Rogg'n'Roll«, übersetzte sie gleichzeitig die Textzeile in Gedanken in den Dialekt ihrer Kindheit, die sie in der Kölner Südstadt verbracht hatte. Erst nach einem abgebrochenen Jurastudium hatte es sie aus beruflichen Gründen an den Niederrhein verschlagen.

Als Clapton die Textzeile erneut anstimmte, sang Jule Herbst ihre kölsche Version laut mit. Zugegebenermaßen etwas holprig, aber vom Rhythmus her absolut okay. Niedecken war mit so etwas berühmt geworden. Und außerdem stimmte es. Von einer deutschen Kriminalhauptkommissarin in den besten Jahren erwartete man nun wirklich nicht unbedingt, dass sie eine ausgeprägte Affinität zur Rockmusik und deren schwarzen Vorläufern hatte.

Fast hätte sie den dezenten Klingelton in ihrer großvolumigen Umhängetasche auf dem Beifahrersitz überhört.

»Herbst«, meldete sie sich. Sie hasste es, wenn Leute einfach nur ein ‚Ja' in ihr Mobiltelefon blafften.

»Wo bist du?«, fragte ihr Kollege Bernd Mackenroth. Auch

diese Standardfrage aller Handy-Benutzer ging Jule Herbst inzwischen verschärft auf die Nerven.

Ein Blick auf die Designeruhr an der Wand des Esszimmers bestätigte ihm, dass es jetzt nicht mehr allzu lange dauern konnte. Das Haus in der Schillerstraße war das erste, dessen Abriss an diesem Morgen anstand. Selbstzufrieden ließ er sich von der Haushaltshilfe Kaffee nachgießen. Bis Margret zurückkam, würde sie die Betten längst frisch bezogen haben. Dann wären auch im Haus die letzten Spuren beseitigt.

Am Bahnhofsvorplatz setzte Jule Herbst den Blinker und zog den Ka über den Radweg auf die Parkbucht vor dem städtischen Verwaltungsgebäude ‚Haus Westland'. Als sie die Fahrertür ins Schloss fallen ließ, lief das, was sie ihr Diensthirn nannte, bereits auf Autopilot.

Die unbekleidete Frauenleiche war in einem der Patrizierhäuser des sogenannten Gründerzeitviertels Ost gefunden worden, dessen Straßen nach deutschen Dichterfürsten und Denkern wie Goethe oder Humboldt benannt waren und in dem man gerade dabei war, eine Bresche für eine vierspurige Straße in gewachsene Strukturen zu schlagen.

Während man in anderen Städten historische Bausubstanz mit einigem Aufwand zu erhalten suchte, opferte man hier eines der wenigen verbliebenen Altbauviertel für ein anachronistisches Verkehrskonzept, das allein auf das Fortbewegungsmittel Auto setzte.

Das Resultat der ersten Abrissarbeiten ließ Jule Herbst an die zerstörten Landschaften in den Gedichten eines Rolf Dieter Brinkmann denken. Oder an Fernsehbilder von Bombeneinschlägen in sogenannten Krisengebieten. Doch für derlei müßige Assoziationen war jetzt absolut nicht die Zeit.

Schräg gegenüber dem ehemals alternativen Buchladen

hatten die uniformierten Kollegen den Zugang zu einem Abbruchhaus mit Flatterband abgesperrt. Jule Herbst schwenkte ihren Dienstausweis und tauchte unter der Absperrung hindurch. Im Hausflur traf sie auf Mackenroth, der ihr zur Begrüßung ein Paar Plastiküberschuhe hinhielt.

»Sie liegt im zweiten Stock«, sagte Mackenroth, während seine Kollegin sich die unförmigen Plastikteile über die Pumps streifte. »Die Jungs von der Spurensicherung sind schon zugange. Und der Doc wird wohl auch gleich eintreffen.«

Trotz der harten Gesichtszüge und des verschmierten Make-ups war unübersehbar, dass sie eine schöne Frau gewesen sein musste, dachte die Kommissarin, als sie niederkniete, um die Tote besser in Augenschein nehmen zu können. Jedenfalls nach den Standards der einschlägigen Modejournale. Dem ersten Anschein nach deutete nichts auf ein Gewaltverbrechen hin. Aber das musste nichts heißen, wie Jule Herbst aus Erfahrung wusste. Sie würden also den Befund des Gerichtsmediziners abwarten müssen. Blieb nur zu hoffen, dass Dr. Berger sich nicht wieder alle Zeit der Welt ließ.

Alles wäre absolut glatt über die Bühne gegangen, wenn dieser Schwachkopf von Vorarbeiter nicht die Schnapsidee gehabt hätte, das Haus vor Einsatz der Abrissbirne noch einmal abzugehen. Es hätten immer wieder Obdachlose in den Häusern logiert, hatte es dazu in der Lokalpresse geheißen. Dabei musste der Mann die Haustür doch selbst abgeschlossen haben. Wie hätte dann also einer von diesen Pennern ins Haus gelangen sollen? War man eigentlich auf dieser Welt nur noch von Idioten umgeben?

Die Fenster mit den wuchtigen weißen Kunststoffrahmen standen den alten Backsteingebäuden wirklich nicht gut zu Gesicht, dachte Jule Herbst, als sie von der viel befahrenen vierspurigen Magistrale zwischen den beiden ehedem eigenständigen Stadtkernen auf den Hof des Polizeipräsidiums einbog. Die notorischen ersten achtundvierzig Stunden, in denen die Chance am höchsten war, ein Verbrechen aufzuklären, waren jetzt ziemlich auf die Minute genau vorbei. Und sie hatten immer noch keine Spur. Wussten nicht einmal, wer das Opfer war. Aber wenigstens hatte der Pathologe für heute das Ergebnis der Obduktion zugesagt.

Das Haus, in dem die Tote gefunden worden war, hatte noch am selben Tag dem Erdboden gleichgemacht werden sollen. Hätte der Vorarbeiter des Abrissunternehmens nicht noch einen letzten Kontrollgang gemacht, läge die Leiche jetzt mit einiger Wahrscheinlichkeit schon auf der Deponie. Doch zu vermissen schien die tote Frau überhaupt niemand. Auf das digital aufgehübschte Foto, das am Vortag in beiden Lokalzeitungen erschienen war, hatte sich bis jetzt keiner gemeldet.

»Herbst«, meldete sie sich etwas außer Atem, nachdem sie das Telefon in ihrem Büro bereits auf dem Flur hatte läuten hören.

»Dr. Berger. Ich grüße Sie«, ertönte die sonore Stimme des Pathologen in ihrer typischen Mischung aus Jovialität und Arroganz. Ohne Umschweife kam der viel beschäftigte Mediziner zur Sache. »Ihre Tote aus der Schillerstraße ist definitiv nicht Opfer äußerer Gewalteinwirkung geworden. Todesursache war vielmehr ein letaler Cocktail aus Betablockern, Hochprozentigem und ein paar Nasen Koks, den ihr Herz-Kreislauf-System in dieser Konstellation nicht verkraftet hat. Jedenfalls nicht bei gleichzeitiger körperlicher Anstrengung. Und die Dame hatte nun mal kurz vor ihrem Tod definitiv noch Geschlechtsverkehr. Der wiederum wurde allerdings nicht am Fundort vollzogen. Vielmehr muss sie jemand dorthin transportiert haben. Wohlgemerkt, nachdem sie bereits tot war. Von Interesse sind in diesem Zusammenhang diverse Spuren von Hundehaaren und Wollfasern, die wir auf ihrer Haut entdeckt haben. So weit die Kurzfassung, Details entnehmen Sie bitte meinem schriftlichen Bericht. Zu klären bleibt, wo sie zu Tode gekommen ist und ob man ihr nicht vielleicht noch hätte helfen können. Aber das ist jetzt natürlich Ihr Job, Gnädigste.«

Noch bevor Jule Herbst hätte nachfragen können, hatte Berger schon wieder aufgelegt. Manchmal wünschte sie sich, die nonchalante Selbstsicherheit eines Mannes wie Berger zu besitzen. Definitiv kein Mord also, dachte sie spöttisch. Aber wieso hatte dann jemand ein Interesse daran gehabt, die Leiche der Frau in einem Abbruchhaus zu platzieren?

Warum hatte die verdammte Nutte auch ausgerechnet in seinem Bett abkacken müssen? Natürlich hätte er die Polizei rufen können. Oder auch den Notarzt. Aber wer hätte ihm denn garantieren können, dass davon nichts in die Öffentlichkeit dringen würde? Margret wäre noch das geringste Problem gewesen. Mit ihr hatte er sich schon lange arrangiert. Aber geschäftlich wäre das Ganze einem Harakiri gefährlich nahe gekommen. Zu nahe jedenfalls, um das Risiko auch nur ansatzweise in Erwägung zu ziehen.

Am Donnerstagvormittag kam endlich Bewegung in die Sache. Gleich zwei Zeugen meldeten sich kurz hintereinander telefonisch im Präsidium und konnten mit der Identität der Toten aufwarten, die offenbar auf eigene Rechnung als so genannte ‚Escort-Lady' gearbeitet hatte. Beide hatten ganz offensichtlich Zeit gebraucht, bis sie sich zur Kontaktaufnahme mit der Polizei hatten durchringen können. Zeugin Nummer eins war eine Kollegin, die Mona Fabry von früher her kannte; der zweite Zeuge gab sich verschämt als Klient zu erkennen, der ein paar Mal die Dienste der Toten in Anspruch genommen hatte. Freier wäre wohl der angemessenere Begriff, dachte Jule Herbst, als sie den Telefonhörer zurücklegte.

Umgehend hatten sie damit begonnen, die Wohnung der Fabry auf den Kopf zu stellen, ein gepflegtes Neubauapartment am Stadtrand mit Blick auf den Hardter Wald, das von bescheidenem Wohlstand zeugte. Und noch während die Kollegen von der Spurensicherung mit dem Einsacken potenzieller Beweismittel beschäftigt waren, hatte das Handy in Jule Herbsts Jackentasche angeschlagen.

Sie kamen mit den Ermittlungen anscheinend nicht richtig weiter, dachte er und legte den Lokalteil der ‚Rheinischen Post' beiseite. Oder sie hielten Informationen gezielt zurück. In der Presse hatte es jedenfalls an diesem Morgen nichts Neues in Sachen Mona Fabry gegeben. Nicht, dass ihn das irgendwie beunruhigt hätte. Aber wenn er an Peters dachte, kam ihm trotzdem die Galle hoch.

»Peters mein Name. Spreche ich mit der Frau Kommissarin Herbst?« Jule Herbst konnte sich noch gut an den schwerfälligen Mann erinnern, der die Leiche in der Schillerstraße gefunden hatte. Er hatte damals unter einem ziemlichen Schock gestanden, sodass Berger ihm erst einmal eine Beruhigungsspritze gesetzt hatte.

»Mir ist da noch etwas eingefallen, was sie vielleicht interessieren könnte«, fuhr Peters umständlich fort, nachdem Jule Herbst seine Frage bejaht hatte. »Als ich das Haus am Montagmorgen kontrollieren wollte, war die Haustür ordnungsgemäß abgeschlossen. Das hatte ich vor dem Wochenende ja selbst noch erledigt. Aber wie ist die Tote dann ins Haus gekommen?«

Einen Moment lang war die Kommissarin perplex. Sie war die ganze Zeit über davon ausgegangen, dass die Haustür offen gestanden haben musste. Was war schließlich aus einem leer geräumten Abbruchhaus schon groß herauszuholen? Im Prinzip logisch, aber unter den gegebenen

Umständen natürlich verdammt unprofessionell, musste sie sich jetzt selbstkritisch eingestehen.

»Und wer hatte einen Schlüssel zu dem Haus?«, stellte sie schließlich die naheliegendste Frage.

»Der Schlüssel war wie alle anderen auch in einem einbruchssicheren Stahlkasten in unserem Büro deponiert. Da habe ich ihn ja selbst am Morgen noch holen müssen.«

»Und an diesen Kasten kann jeder heran?« Vor Jule Herbsts innerem Auge tat sich eine lange Liste potenziell verdächtiger Angestellter auf, die es zu verhören galt.

»Nein, nein«, erwiderte Peters und zögerte einen Moment, als ob ihm die Antwort schwer fiele. »Nur ich«, sagte er dann und machte erneut eine Pause. »Das heißt, ich – und natürlich der Chef.«

»Herbst«, stellte sich die Kommissarin vor und hielt ihren Dienstausweis hoch. »Wir hatten telefoniert.«

Rolf Grundmann war ein durchaus attraktiver Mann, dem auch seine grauen Schläfen gut standen. Und er war ein einflussreicher Mann. Hatte faktisch das Baugeschäft in der Stadt unter seinen Fittichen und verfügte über beste Beziehungen zur jeweils herrschenden Ratsmehrheit. Der Jagdhund an seiner Seite passte zu einem wie ihm. Genauso wie das Lächeln auf seinem Gesicht, das alles andere als echt war.

»Bitte«, sagte Grundmann und forderte sie mit einer galanten Geste auf, einzutreten.

Das Haus war Protz pur. In ihren Gedanken nannte Jule Herbst die Gegend um die innerstädtische grüne Lunge schon einmal gerne ironisch das Asozialenviertel. Sie hatte in ihrer Sturm-und-Drang-Phase eine Zeit lang mit den Jusos geliebäugelt, war auch zu ein paar Versammlungen gegangen, doch dann hatte sie gemerkt, dass es den meisten ihrer Mitstreiter gar nicht um politische Inhalte, sondern allein um den Einstieg in professionelle Politikerkarrieren gegangen war. Bezeichnenderweise war ein gewisser Gerhard Schröder damals gerade Bundesvorsitzender der SPD-Nachwuchsorganisation geworden.

»Frau Herbst«, hob Grundmann an, nachdem sie ihm das Schlüssel-Problem geschildert und ihn nach Mona Fabry und seinem Alibi für den Abend ihres Todes gefragt hatte; sein Dauerlächeln kam ihr auf einmal wie festgefroren vor. »Was Ihre, gelinde gesagt, völlig substanzlosen Unterstellungen angeht, so erwarten Sie doch bitte nicht im Ernst von mir, dass ich dafür die kostbare Zeit meines Anwalts in Anspruch nehmen soll?«

Arroganter Kotzbrocken, dachte Jule Herbst auf der Rückfahrt ins Präsidium. So war sie selten abgekanzelt worden. Dabei hatte der Typ nicht einmal ein Alibi für den besagten Abend. Jetzt hatte sie endlich eine Spur und kam trotzdem nicht voran. Und das, obwohl ihre Intuition eine klare Sprache sprach. Wenn es so etwas wie ein Messgerät für die Intensität von Intuitionen gäbe, würde dessen Pegel ziemlich eindeutig zu Ungunsten von Rolf Grundmann ausschlagen.

Und ihre Gefühle hatten sie noch selten getrogen. Ein Fiesling wie aus dem Bilderbuch. Aber all das würde natürlich für einen richterlichen Beschluss nicht einmal ansatzweise ausreichen.

,If it wasn't for bad luck, I wouldn't have no luck at all', kam ihr plötzlich der Refrain eines Songs von Albert King in den Sinn. Mit Sicherheit die genialste Textzeile, die der Blues hervorgebracht hatte. Und sie passte einmal mehr auf ihre Situation wie die sprichwörtliche Faust aufs Auge.

Manchmal hasste sie ihren Beruf einfach.

Mackenroth grinste über sein ganzes Gesicht, als er ohne anzuklopfen das Zimmer seiner Kollegin betrat und sie aus ihren Grübeleien riss. Normalerweise ein Zeichen dafür, dass er auf irgendetwas gestoßen sein musste.

»Während du weg warst, habe ich mir mal den Laptop

der Dame vorgenommen und mir ihre gelöschten E-Mails angesehen.«

»Gelöschte E-Mails angesehen?«, fragte Jule Herbst und kam sich im selben Moment wie eine informationstechnologische Ignorantin erster Güte vor.

»Also«, verfiel Mackenroth auch sofort reflexartig in die herablassende Rolle dessen, der den Unwissenden die Welt zu erklären weiß, »wenn du eine E-Mail löschst, verschiebst du sie nur in einen anderen Ordner auf deiner Festplatte. Willst du sie endgültig von deinem Rechner runterhaben, musst du den Löschvorgang noch mal wiederholen.«

Jule Herbst beließ es diesmal bei einem schlichten: »Aha«.

»Ist ja auch egal«, kam Mackenroth schließlich zum Thema. »Jedenfalls war da eine Mail mit einer Terminbestätigung für den Abend, an dem Mona Fabry gestorben ist.«

»Nun mach's bitte nicht so spannend, Bernd, ja«, drängte Jule Herbst ihren Kollegen, der mitunter zu etwas langatmigen Ausführungen neigte.

»Na ja«, antwortete Mackenroth und seine Stimme klang auf einmal fast ein wenig kleinlaut. »Jetzt müssen wir halt noch rauskriegen, wem die Mail-Adresse gehört.«

Diese Bullentussi hatte doch wirklich geglaubt, ihn auf dem falschen Fuß erwischen zu können. Und einen Moment lang hatte er sogar gedacht, sie hätte tatsächlich etwas gegen ihn in der Hand. Aber die hatte nur mal vorfühlen wollen, das war ihm schnell klar geworden. Er hatte es richtig genossen, wie er sie hatte abblitzen lassen. Und ihr Gesicht hatte Bände gesprochen. Die würde so schnell nicht wiederkommen, da war er sich ganz sicher. Sein Plan hatte eben doch funktioniert. Es gab keine Spuren. Trotz Peters.

»Was werfen wir ihm eigentlich konkret vor?«, wollte Mackenroth wissen, nachdem sie die A 61 an der Anschlussstelle Güdderath wieder verlassen hatten.

Der Internetprovider, bei dem Mona Fabry Kundin gewesen war, hatte sich als überraschend kooperativ erwiesen. Fast schon zu kooperativ für Jule Herbsts Geschmack. Immerhin gab es in puncto Datenschutz ja noch so etwas wie das höchstrichterlich verbriefte Grundrecht auf informationelle Selbstbestimmung.

Ihr Mann sei in der Firma, hatte Margret Grundmann sie wissen lassen. Warum die Kriminalpolizei ihren Mann sprechen wollte, schien sie überhaupt nicht zu interessieren. Im Gegenteil: Man hätte fast schon den Eindruck gewinnen können, dass sie ihrem Mann den Besuch der Staatsgewalt durchaus gönnte. Und wenn das zutraf, was Jule Herbst dem zuständigen Richter vorgetragen hatte, wäre ihr das wohl auch kaum zu verdenken.

»Lass das mal die Sorge der Staatsanwaltschaft sein«, erwiderte Jule Herbst. Fast zeitgleich mit den Kollegen von der Spurensicherung lenkte sie den Ka auf den markierten Kundenparkplatz. »Aber egal, wie es ausgeht«, fuhr sie dann fort, »wird Grundmann sich jetzt auf jeden Fall Gedanken über ein neues Motto machen müssen.«

Als Mackenroth sie verständnislos ansah, zeigte sie mit der Hand auf das weithin sichtbare Logo an der Seitenwand des Firmengebäudes. Grundmann, stand da in fetten roten Lettern. Und darunter, kaum weniger groß: Wir kennen keine Probleme, nur Lösungen.

Ingrid Glomp

Ein Tag in Duisburg

7.00 Uhr bis 8.00 Uhr

Piep - piep - piep - piep. Jakob Bauer tastete blind nach seinem Wecker. Sieben Uhr. Mist. Er hatte dem Chef versprochen, heute vollen Einsatz zu zeigen. Immerhin waren zwei Leute krank. Trotzdem: Noch ein Viertelstündchen. Da riss ihn das Telefon aus seinem Dämmerzustand. Das konnte doch nicht wahr sein. Schon der erste Auftrag? Schlaftrunken nahm Jakob den Hörer ab.

»Onkel Vito? Du musst uns helfen. Mama und ich . . .«

»Hier wohnt kein Vito,« blaffte er. Erst dann realisierte er, wie verzweifelt die Stimme am anderen Ende klang.

Ein Schluchzen. »Perdoni.« Klick. Aufgelegt.

Das Display zeigte die Nummer der Anruferin an. Er notierte sie sich gerade, da klingelte das Telefon wieder.

»Tut mir leid, dass ich gerade so unfreundlich . . .« Der Chef schnitt ihm das Wort ab. Um acht sollte Jakob beim Dentallabor Müller sein. Es war wie immer dringend.

Also schnell Zähneputzen, dann rein in die Arbeitskleidung. Das Wichtigste war die gepolsterte Hose, eine Spezialanfertigung. Schnelligkeit war nicht der einzige Grund, weshalb er oft stehend in die Pedale trat. Obwohl sich dann seine Knie beschwerten.

Jakob war Fahrradkurier, und zwar der Beste von ganz Duisburg. Er zog ein atmungsaktives Hemd über den Kopf. Das reichte, denn es versprach, ein sonniger Maitag zu werden. Dann griff er sich den Helm, seine Kuriertasche aus signalrotem Kunststoff und sein Handy. Nach kurzem Zögern steckte er auch den Zettel mit der Telefonnummer ein. Schließlich nahm er das Fahrrad von der Wand, hängte es sich über die Schulter und lief die Treppe hinunter. In einer Bäckerei kaufte er zwei Salzbrezeln und eine Flasche stilles Wasser. Während er wartete, dass er an die Reihe kam, rief er bei der Zentrale an.

Eine Frauenstimme meldete sich: »24. Wir erledigen Ihre Lieferungen rund um die Uhr. Wie kann ich Ihnen helfen?«

Jakob atmete auf. »Zoe. Gut, dass du es bist.«

»Wer soll es sonst sein? Meinst du, der Chef hat Lust, seinen blöden Text hundertmal in der Stunde zu sprechen?«

Jakob gab ihr schnell die Nummer der Anruferin durch und bat sie, die Adresse für ihn rauszufinden.

8.00 Uhr bis 9.00 Uhr

Paola Müller, die Zahntechnikerin, öffnete selbst die Tür. Vor ihr stand ein Mann von etwa dreißig Jahren. Er hatte blaue Augen, kurzes, dunkelblondes Haar und war knapp einsachtzig groß und sehr durchtrainiert.

Sie lächelte ihn an. »Prima, dass du es bist. Da weiß ich, dass alles rechtzeitig ankommt.« Sie gab Jakob die Päckchen für drei Zahnarztpraxen und außerdem noch ein gutes Trinkgeld.

Als er vor der zweiten Praxis hielt, rief Zoe an. Sie gab ihm Namen und Adresse der verzweifelten Anruferin.

9.00 Uhr bis 10.00 Uhr

In einer Nebenstraße in der Innenstadt entdeckte Jakob das gesuchte Mietshaus und klingelte bei Santini. Zwei Frauen öffneten ihm. Die jüngere war so um die zwanzig und hieß Sophia. Später erfuhr Jakob, dass ihr Vater ein großer Fan von Sophia Loren war. Tatsächlich sah Isabella, die Mutter, der Loren ein wenig ähnlich. Mit noch üppigeren Formen, wie der großzügige Ausschnitt ihres Kleides verriet. Jakob fühlte, wie ihn angesichts des gewaltigen Dekolletés ein Sog erfasste, und ihm wurde schwindelig. Er richtete seinen Blick auf Sophia. Sie hatte kurze, dunkle Haare, große braune Augen, die ganz verweint waren, und eine sportliche Figur.

»Ich wollte nur fragen, wie es Ihnen geht. Und ob ich vielleicht etwas tun kann.«

Ein Mann trat hinzu.

»Onkel Vito,« stellte Sophia vor. Jakob hatte ihn sich älter vorgestellt. Dieser Mann sah fit und jugendlich aus und sein Anzug war nicht billig. Die drei sprachen leise auf Italienisch.

»Es ist nur«, sprudelte es aus Sophia heraus, »mein Vater ist heute Nacht entführt worden. Als wir aus unserer Pizzeria kamen . . .«

». . . so um ein Uhr nachts,« ergänzte die Mutter,

»Da haben ihn zwei Typen in einen schwarzen BMW gezerrt. Ein paar Stunden später haben sie angerufen. Sie wollen fünfzigtausend Euro Lösegeld. Um siebzehn Uhr rufen sie wieder an.«

»Ist das eine normale Entführung? Oder geht es um Schutzgeld?«, wollte Jakob wissen.

Onkel Vito wiegte den Kopf: »Vielleicht.«

Aber Sophia und Isabella wehrten heftig ab: »Nein, auf keinen Fall.«

»Und wir sollen nicht mit der Polizei sprechen«, warf die Mutter ein.

Aber das hätten sie sowieso nicht getan. In Italien handhabte man das schließlich auch anders. Man zahlte, dann war gut.

»Das waren keine Italiener«, erklärte Sophia. »Sie sprachen wie Erkan und Stefan. Und sahen auch so aus. Aber es sind keine Türken.«

»Ich weiß, das sind nur Schauspieler aus Ulm oder so.« Jakob hatte mal ein Interview mit den beiden gesehen.

»Woher kennen Sie die denn?«

»Aus dem Fernsehen.«

»Die Entführer waren im Fernsehen?«

Nachdem sie das Missverständnis geklärt hatten, machten sie einen Plan. Mutter und Tochter Santini würden versuchen, das Geld aufzutreiben – für alle Fälle.

Jakob wollte versuchen, mehr herauszufinden. Er notierte, was Sophia sich von dem Autokennzeichen hatte merken können: DU, dann irgendetwas mit Z und in der Zahl kam eine 2 vor.

»Als Fahrradkurier hat man eine Menge Kontakte.« Okay, wenn er ehrlich war, baute er auf eine bestimmte Person, aber das sagte er nicht.

10.00 Uhr bis 11.00 Uhr

Kaum war er wieder auf der Straße, rief er Zoe an. Er bat sie, andere Fahrradkuriere zu kontaktieren, damit sie die Augen nach dem schwarzen BMW offen hielten.

Sie notierte sich die Angaben und atmete dann genervt aus: »Ist das für dich oder ist das eine deiner Hilfsmissionen? Spielst du mal wieder den edlen Ritter?«

»Was ist falsch daran, anderen zu helfen? Hast was gut bei mir.«

»Das ist heute schon das zweite Mal. Beim dritten Mal lädst du mich zum Essen ein.« Sie nannte ihm ein sündhaft teures Lokal in Düsseldorf.

Jakob grunzte zustimmend (nochmal brauchte er Zoes Hilfe sicher nicht).

»Grunz nicht so.« Der Chef war am Telefon. Jakob sollte als nächstes Unterlagen von einer Rechtsanwaltskanzlei zum Finanzamt bringen.

Danach erledigte Jakob noch drei Fahrten. Es lief gut.

11.00 Uhr bis 12.00 Uhr

Zeit für einen leichten Imbiss. Er steuerte ein Café an und setzte sich in den Schatten eines Baumes.

Während er zwei Stücke Erdbeerkuchen mit reichlich

Sahne aß und Mineralwasser und einen Orangensaft trank, erinnerte er sich an die Schwangere. Da vorn an der Laterne hatte sie sich fest gehalten und sich vor Schmerzen gekrümmt. Ein Jahr war das her. Klar, dass Jakob sie in den erstbesten Wagen bugsierte und dem verdutzten Fahrer befohlen hatte, das nächste Krankenhaus anzusteuern. Die Gute hatte sich gesträubt, weil sie anscheinend niemandem zur Last fallen wollte. Als Jakob zurückkam, um sein Fahrrad zu holen, entdeckte er den wahren Grund. Ein Mann lief verzweifelt die Straße auf und ab auf der Suche nach seiner schwangeren Freundin. Er hatte doch nur schnell das Auto geholt.

12.00 Uhr bis 13.00 Uhr

Kaum hatte Jakob aufgegessen, da hatte der Chef wieder Arbeit für ihn. Es galt, einen Pullover umzutauschen. Nicht einmal, sondern dreimal fuhr er zwischen der Wohnung einer älteren und offensichtlich wohlhabenden Dame und einem kleinen, feinen Geschäft in der Innenstadt hin und her. Als er gerade zum dritten Mal zurückfuhr, rief Zoe an.

Ein Taxifahrer hatte einen Wagen gesehen, auf den die Beschreibung passte. In einer kleinen Straße hinter dem Zoo. Diese Zoe. Es gab nichts, was sie nicht schaffte, und sie kannte einfach jeden in Duisburg. Als die ältere Dame dann - endlich - mit dem Pullover zufrieden war, atmete Jakob erleichtert auf.

Um einen Gefangenen zu befreien, brauchte er ein Auto. Also auf zur Zentrale. Dort lieh er sich den alten, grünen 2CV von Zoe.

13.00 Uhr bis 14.00 Uhr

Der schwarze BMW stand genau dort, wo der Taxifahrer gesagt hatte - vor einem verwilderten Grundstück mit einem kleinen Haus, eigentlich eher einer Hütte. Er dachte nach. Dann nahm er sein Taschenmesser und zerstach alle vier Reifen. Leise pirschte er sich an das Haus heran. Die Geräusche, die durch die angelehnte Tür nach draußen drangen, waren eindeutig: Die Kerle spielten ein Videospiel. Vorsichtig spähte Jakob in den Raum.

»Ey, Kevin, isch schwör, gleich mach ich dich alle.«

Der das sagte, trug einen Trainingsanzug in Grau und Neonpink, dazu ein Basecap.

»Ey, Mike, gibt mir mal dem Cola«, entgegnete ein Typ in einer Jeans, die ihm drei Nummern zu groß war, und mit einer runden, blauen Strickmütze auf dem Kopf. Die beiden wandten Jakob den Rücken zu. Auf Zehenspitzen schlich Jakob hinter ihnen vorbei in den Nebenraum. Schweigend schnitt er die Fesseln des Mannes durch, der dort saß. Und schweigend schlichen sie an den Videospielern vorbei zur Tür. Doch dann knickte der Mann um, fiel beinahe. Das Geräusch ließ die beiden Junggangster herumfahren. Jakob nahm den Mann bei der Hand und so schnell es ging, liefen sie auf die grüne Ente zu. Beim Einsteigen sah Jakob, wie der Typ mit der Jeans, Kevin, stürzte, weil ihm die Hose auf die Füße gerutscht war, und wie sein Kumpel auf ihn drauf fiel. So lagen sie in einem fluchenden Knäuel auf halbem Weg zwischen Schuppen und Straße.

Kaum hatte Jakob Gas gegeben, ging das Handy: Eilauftrag. Eine CD mit einer Übersetzung musste zu einem Fachverlag.

»Ich muss leider einen kleinen Umweg machen. Aber dann bringe ich Sie sofort nach Hause – versprochen.« Regel Nummer eins für einen Fahrradkurier: Jeder Auftrag musste sofort und zuverlässig erledigt werden.

14.00 Uhr bis 15.00 Uhr

Also lieferte Jakob erst die Übersetzung beim Verlag und dann den Vater, er hieß Paolo, bei Frau und Tochter ab. Ihre überschwänglichen Dankesbezeugungen wurden von Jakobs Handy unterbrochen. Der Chef hatte Hilferufe von mehreren Anwälten erhalten. Anscheinend hatte ein großer Internet-Provider Probleme. E-Mail-mäßig ging nichts mehr. Schnell schrieb Jakob Sophia seine Handynummer auf und schon war er weg.

15.00 Uhr bis 16.00 Uhr

Er brachte Zoe den 2CV zurück und schwang sich mit einer Liste von Aufträgen aufs Rad. Als die erledigt waren, musste er noch Proben von zwei Krankenhäusern zur Uniklinik transportieren. Er dachte an den Tag, als er zwei Finger dorthin gebracht hatte, in einer Plastiktüte mit Eis. Ein Mann hatte sie sich abgesägt. Als die Kollegen die Finger fanden, war der Krankenwagen schon weg. Und im Berufsverkehr war Jakob schneller als jedes Auto.

16.00 Uhr bis 17.00 Uhr

Gott, war er hungrig. Er fuhr seinen Lieblingsimbiss an und bestellte zwei Portionen Currywurst und zweimal Pommes rot-weiß. Dazu reichlich Apfelsaftschorle. Sein Handy meldete sich. Erst wollte er nicht dran gehen. Dann erkannte er die Nummer. Es war Sophia. Die Santinis wollten ihn am Abend zum Essen einladen. Essen klang immer gut.

17.00 Uhr bis 18.00 Uhr

Mit Fahrten von Zahnarztpraxen zu Dentallabors, von Agenturen zu Druckereien verging die Zeit wie im Flug.

18.00 Uhr bis 19.00 Uhr

Gemächlich radelte Jakob von seinem letzten Auftrag durch den Stadtwald zurück. Ihm blieb noch genug Zeit, sich vor dem Essen umzuziehen. Doch er hatte die Rechnung ohne den Chef gemacht.

19.00 Uhr bis 20.00 Uhr

Also fuhr Jakob zum Set einer kleinen Filmfirma. Dort gab man ihm ein Drehbuch mit Anmerkungen des Regisseurs, das er dem Drehbuchautor bringen sollte. Der war so sauer, dass er den Empfang erst nicht quittieren wollte. Doch dann lud er Jakob in die nächste Kneipe ein.

20.00 Uhr bis 21.00 Uhr

Der Drehbuchautor – »Nenn mich Rudi …« – brannte darauf, Geschichten aus dem Leben eines Fahrradkuriers zu hören.

21.00 Uhr bis 22.00 Uhr

Sophia lächelte ihn an. Sie beugte sich vor, um ihn zu küssen, als plötzlich Isabella an seiner Schulter rüttelte. Ihr Stimme klang erstaunlich tief.

»Komm, Jack. Ich muss zurück und die dämlichen Änderungen ins Drehbuch einbauen.«

Jakob war einen Moment desorientiert. Dann erinnerte er sich: die Kneipe, der Autor. Mist: die Santinis warteten sicher schon.

22.00 Uhr bis 23.00 Uhr

Es war Ruhetag, sie hatten das Lokal für sich alleine. »Was möchtest du?,« fragte Vater Santini. »Spaghetti Bolognese? Penne Napoli? Tortellini alla Panna?«

»Ja.«

»Was, ja?«

»Alles. Radfahren macht hungrig«, ergänzte Jakob entschuldigend.

23.00 Uhr bis 24.00 Uhr

Die Santinis hatten fasziniert zugesehen, wie Jakob die Pasta methodisch vertilgte. Auch zwei Portionen Dessert hatten noch Platz. Jetzt saßen sie gemütlich beim Espresso.

»Geh doch mal nach hinten, Sophia, und hol von dem

guten Grappa.« Sekunden später war Sophia wieder da, schreckensbleich. »Que?«, fragte Paolo, »kein Grappa mehr da?«

»D-d-da ist eine Bombe. Mit Zahlen, ich meine, mit einer Uhr.«

Tatsächlich. In dem Raum hinter der Küche, der als Lager diente, lag eine Bombe und eine Anzeige zählte sekundenweise rückwärts: 12:32, 12:31, 12:30.

24.00 bis 1.00 Uhr

»Wohnen hier noch andere Leute?,« wollte Jakob wissen.

»Nein. Wir renovieren die Wohnungen gerade und wollen sie dann vermieten.«

»Dann nichts wie raus hier.«

»Das geht nicht. Unser ganzes Geld steckt in dieser Pizzeria«, wehrte sich der Vater.

»Das nützt Ihnen nichts, wenn Sie tot sind.«

Die Spezialisten von der Polizei kämen zu spät. Das war klar.

»Okay. Vielleicht geht es so. Isabella und Sophia, ihr geht raus.« Im Laufschritt holte Jakob seine Kuriertasche. Er nahm sein Handy, drückte die Zwei. Gott sei Dank für Kurzwahl. Mit der anderen Hand fischte er nach seinem Taschenmesser. Endlich hörte er eine verschlafene Stimme.

»Hör zu Zoe. Ich stehe hier vor einer Bombe, die mit einer Digitalanzeige verbunden ist.«

Zoe zeigte sich der Lage gewachsen. »Eine Zeitbombe. Was zeigt sie an?«

»8:54, 8:53.«

»Scheiße. Renn weg.«

»Geht nicht. Hier meine Frage: Welchen Draht schneide ich durch? Den roten? Den blauen? Den gelben? Den schwarzen?«

»Okay. Beschreib mir das Ding. Mal sehen, was ich im Internet finde.«

»Es ist eine Rohrbombe und über die Drähte mit der

Digitalanzeige verbunden.«

»Gib mir ein paar Minuten.«

»Zoe. Ich habe keine paar Minuten. Tu, was du kannst.«

»Okay. Der Computer ist hochgefahren. Zeitbombe, Zeitbombe . . .«

Paolo starrte abwechselnd auf ihn, dann auf die Zeitbombe. 3:30, 3:29, 3:28.

Jakob betrachtete die Drähte. »Ach was, ich kappe sie einfach alle, einer muss ja der richtige sein.«

1.00 Uhr bis 2.00 Uhr

»Alles Roger,« gab Jakob Zoe durch. »Ich habe mich immer schon gefragt, warum man unbedingt zwischen dem roten und dem blauen Draht wählen muss.« Vorsichtig löste er die Arme von Paolo, der ihm um den Hals gefallen war. »Ist ja gut, Mann. Jetzt müsst ihr aber doch die Bullen rufen. Schon um das Ding hier zu entsorgen.« Er zeigte auf die Bombe, deren Anzeige bei 2:24 stehen geblieben war.

Zum Dank hatte jetzt nicht nur Jakob freies Essen auf Lebenszeit, sondern, auf seine Bitte hin, auch Zoe. Das würde ihr gefallen. Wieder ein Problem gelöst.

Jakob gähnte ungeniert und riss seinen Mund bis zum Anschlag auf. »Tut mir leid. Aber ich muss mich jetzt echt aufs Ohr hauen.« Er schwang sich auf sein Rad und weg war er.

2.00 Uhr bis 3.00 Uhr

Jakob murmelte: »Der rote Draht, Sophia, es ist der rote Draht.« Dann drehte er sich auf die andere Seite und schlief weiter.

3.00 Uhr bis 4.00 Uhr

Das verdammte Telefon.

»Och, nee, ne«, jammerte Jakob.

»He, das gibt ordentlich Kohle und vielleicht kriegste

auch noch Trinkgeld.« Der Chef wusste, wie man ihn motivieren konnte.

Also machte er sich auf den Weg. Die Gattin eines stadtbekannten Juweliers wartete schon auf ihn und drückt ihm einen hellbraunen Umschlag voll mit Geldscheinen in die Hand. »Und sagen Sie meinem Mann, morgen ... «, sie schaute auf die Uhr und korrigierte sich, » ... gleich heute Morgen rufe ich den Scheidungsanwalt an.«

Jakob nahm Kurs auf das CityPalais, den neuen Gebäudekomplex mit der Mercatorhalle, einer Shopping-Mall und mit dem Spielcasino. Draußen auf der Straße wartete ein elegant gekleideter Mann. Nach den Kippen auf dem Bürgersteig zu urteilen stand er schon eine kleine Ewigkeit dort. Ein erleichtertes Lächeln erhellte das Gesicht des Spielers. Er griff in den Umschlag und drückte Jakob ein paar Scheine in die Hand. »Hier. Mein Glück wird sich gleich wenden, das spüre ich. Da sollen Sie nicht leer ausgehen.«

4.00 Uhr bis 5.00 Uhr

Als Jakob sich auf sein Rad schwingen wollte, hörte er aus einer Seitenstraße eine Stimme, die er kannte. Es war Onkel Vito, der Kevin und Mike Vorhaltungen machte. »Wir könnten schon längst die fünfzigtausend Euro Lösegeld teilen, wenn ihr Idioten das nicht vergeigt hättet.«

»Ey, Mann«, jammerte Kevin, »woher sollten wir denn wissen, dass dem Fahrradcowboy dem Opa befreit.«

»Und die krassen Reifen vom Batmobil aufschlitzt?«, ergänzte Mike.

Vor Schreck stieß Jakob gegen eine Mülltonne. Die drei starrten ihn entgeistert an.

»Scheiße, da ist ja der Kerl.« Vito griff in seine Jacke.

Den Griff kannte Jakob aus dem Fernsehen. Nicht gut. Er machte, dass er wegkam, hörte aber noch, wie Kevin rief: »Ey, das is dem Hirni, der dem Opa geholfen hat. Hol dem Batmobil.«

Jakob musste sein gesamtes Wissen nutzen, damit ihn der BMW der Gangster und der Alfa Spider des Onkels nicht einholten. Die Straßen waren fast leer. Das war Pech. Aber dafür kannte er alle Schleichwege. Er umfuhr Schranken, raste durch Fußgängerzonen und durch Gassen, die zu schmal waren für die Autos.

Aber immer wenn er dachte, er hatte sie abgeschüttelt, tauchte einer der Wagen wieder auf. Er traute sich nicht, anzuhalten oder auch nur langsamer zu fahren und sein Handy zu benutzen. So ging das nicht weiter.

5.00 Uhr bis 6.00 Uhr

Irgendwie war er beim Innenhafen gelandet, dem ehemaligen Industriegelände, das nach den Visionen des Stararchitekten Norman Foster umgestaltet worden war. Jakob raste über die Fußgängerbrücke, die sich über das Hafenbecken spannte. Es wurde langsam hell. Auf der anderen Seite glänzte silbern das Bürogebäude Five Boats (sollte wohl fünf Schiffen ähneln. Na ja).

Da erschien vor ihm der rote Alfa von Onkel Vito. Sofort machte er kehrt, ließ das Rad samt Kuriertasche am Fuß der Fußgängerbrücke fallen, schnappte sein Handy und sprintete los. Keiner zu sehen. Gut.

Er kletterte leise auf die alte Stadtmauer, die man bei den Umbauarbeiten freigelegt hatte, und legte sich so flach wie möglich hin. Sein Herz raste. Am liebsten wäre er ewig so liegen geblieben. Aber schon hörte er die Gangster näher kommen. Wieder einmal betätigte er die Kurzwahl des Handys.

»Zoe«, flüsterte er, noch immer außer Atem, »du musst dir was einfallen lassen.« Dann beschrieb er ihr, was passiert war und wo er sich befand.

Kaum hatte Zoe aufgelegt, klingelte sein Handy laut und vernehmlich. Der automatische Blick aufs Display zeigte: Es war der Chef. Jakob drückte den Aus-Knopf, doch es war zu spät: Die drei Gangster hatten ihn entdeckt. Vito zog seine Pistole und fuchtelte damit herum. »Los, runter da.«

Auf der Grünfläche vor der Mauer standen sie sich gegenüber. Er musste Vito beschäftigen - Gangster, die reden, schießen nicht - und hoffen, dass Zoe das Richtige tat. »Sie haben also die Bombe gelegt.«

»Wegen der Versicherung. Mir gehört ein Teil des Ladens. Es hat sich leider gezeigt, dass Paolo Recht hat.«

»Womit?«

»Seit Jahren predigt er mit: ,Wenn du willst, dass etwas klappt, such dir gute Mitarbeiter'.« Vito blickte Kevin und Mike giftig an. »Oder mach es selbst. So, und jetzt komm langsam hier rüber.«

»Wieso? Ich meine: Wieso haben Sie das getan?«

»Spielschulden. Na los.« Vito zeigte mit der Pistole auf einen Punkt vor der Mauer.

Jakob dachte fieberhaft nach, aber es wollte ihm nichts mehr einfallen. Da hörte er Sirenen und plötzlich wimmelte es von Streifenwagen. Ein Riesentumult brach los. Kevin floh hierhin, Mike dahin. Vito wedelte ziellos mit der Pistole herum. Dann ließ er sie sinken.

6.00 Uhr bis 7.00 Uhr

Ein freundlicher Polizist brachte Jakob nach Hause. Ein letztes Mal betätigte Jakob die Kurzwahl seines Handys und bedankte sich bei Zoe.

»Auf die Idee, die Polizei zu rufen, hättest du auch selbst kommen können.«

»Wenn ich noch geradeaus denken könnte, vielleicht. Ich muss erst mal schlafen. Oh, und ich habe eine Überraschung für dich. Du isst doch gerne italienisch.«

Zoe wollte noch fragen, welchen der Edelitaliener in Düsseldorf er meinte, da hatte Jakob schon sein Handy ausgeschaltet. Als nächstes ging er zum Telefon und legte den Hörer neben den Apparat. Und dann, endlich, ließ er sich so, wie er war, aufs Bett fallen. Er schlief schon, ehe sein Körper die Matratze berührte.

Scharf

Scharf! Rattenscharf!

Ich stieß meiner Freundin und Gastgeberin vorsichtig den Ellbogen in die Seite und nickte rüber ans andere Ende der Küche.

»Wo hast du denn dieses süße Sahneteilchen aufgesammelt?«

Sie grinste mich an. »Heute Morgen in der Waschanlage.«

»In der Waschanlage?«

»Ich hab mein Auto waschen lassen. Da stand er plötzlich mit seinem Wagen in der Schlange direkt hinter mir. Und da hab ich ihn angesprochen.«

»Cool.«

Ich strich mir eine blonde Locke hinters Ohr. Susi, seit mehreren Jahren fest mit Michael liiert, überraschte mich immer wieder. Selten allerdings so angenehm wie heute.

»Ich hab ihn gefragt, ob er heute Abend was vorhat. Hatte er nicht und da hab ich ihn eingeladen. Bin selbst erstaunt, dass er tatsächlich hier erschienen ist. Ist doch eine Bereicherung, oder?«

»Eindeutig.«

Ich musterte den Traum meiner schlaflosen Singlenächte, der sich drei Meter von mir entfernt ein paar Cracker mit Lachs vom Büffet angelte: einsfünfundachtzig groß, schlank, aber kräftig, lange schwarze Haare – gepflegte Erscheinung. Blaue Augen, soweit ich das von hier aus erkennen konnte. Er trug einen dunklen, engen Rollkragenpulli und eine enge, bestickte Bluejeans, in der er einen knackigen Hintern versteckt hielt. Ebenfalls: so weit ich das von hier aus erkennen konnte ...

»Endlich mal ein neues Gesicht.«

Das war hier auf den Feten am Niederrhein, wo jeder mit jedem die Schulbank gedrückt hatte und man auf den Partys immer über die gleichen Leute stolperte, eher selten der Fall.

»Na ja«, stichelte Susi, »da ist es ja eigentlich schade, dass du schon in männlicher Begleitung gekommen bist.«

Ich warf ihr einen warnenden Blick zu. »Keine falschen Fehler jetzt! Jürgen ...« Ich nickte rüber ins Wohnzimmer, in dem Jürgen, meine eben erwähnte männliche Begleitung, an einem Stehtisch heftig mit einer Kegelschwester flirtete. »Jürgen ist ein Arbeitskollege. Dichte uns nichts an! Wir stecken bis zum Hals in Arbeit, haben heute bis sieben gemacht und ich hab ihn gefragt, ob er Lust hat, mit auf deine Party zu kommen. Ein Arbeitskollege, mehr nicht!«

»Och, eigentlich schade, er sieht doch auch ganz nett aus.«

Ich nippte am Cocktail. »Ist er auch! Sonst hätte ich ihn ja nicht mitgebracht. Aber denk dran, du bist in festen Händen. Ich dagegen suche noch welche. Vielleicht . . .«, ich nickte noch mal rüber ans Büffet, ». . . habe ich für heute Abend ja ein schönes, festes Paar gefunden! Das würde mir fürs Erste reichen.«

»Fürs Erste, aha. Na, dann wünsche ich dir viel Erfolg. Lohnt sich übrigens. Zum Traumtyp gehört auch noch ein gelber Porsche.«

Mir fiel fast das Glas aus der Hand. Ein gelber Porsche.

»Na, na, wer kriegt denn da plötzlich glänzende Augen? Ein profaner gelber Porsche kann dich beeindrucken? So kenne ich dich ja gar nicht.«

Ich sammelte mich schnell. Eine ganze Menge schoss mir rasend schnell durch den Kopf. Geil aussehender Dressman mit gelbem Porsche unterm knackigen Hintern. Hm. Da darf man sich als Single von zwanzig Something doch sicher mal kurz bemerkbar machen. Oder etwa nicht?

Das müsste klappen! Immerhin hatte ich lange, blonde Haare!

Susi legte mir ihre Hand auf den Arm. »Ich muss mich ein bisschen um Michael kümmern. Der hängt beim DJ rum und versucht ihn zu überreden, mehr Beatles zu spielen. Das muss ich verhindern, wenn die Party was werden soll. Viel Erfolg beim schönen Unbekannten«, zischte Susi, kniff mir verschwörerisch ein Auge und huschte davon.

Appetit hatte ich zwar keinen, zumal ich seit einem Monat auf Der-Sommer-kann-kommen-Diät war, aber aus taktisch naheliegenden Gründen schien es geboten, am Büffet ein paar Trauben einzuschieben. Und die lagen direkt neben den Lachscrackern.

»Hoppla.«

Ich rempelte ihn an.

»Nix passiert«, strahlte er zurück und brachte seinen wackelnden Cracker wieder ins Gleichgewicht.

»Am Büffet herrschen raue Sitten«, grinste ich.

»Fast wie auf hoher See.«

»Aha: ein Seemann!«

Er lachte und zeigte ein strahlendes Gebiss, womit er bei mir optisch die letzte Hürde nahm. Nur eine Reihe dunkler Grabsteine in seinem Mund hätte mich jetzt noch von ihm fernhalten können. Wenn überhaupt.

»Nee, kein Seemann. Immobilienmakler aus Düsseldorf, den die Suche nach ein paar kleinen, einsamen Katstellen im niederländischen Grenzgebiet an den schönen Niederrhein getrieben hat.«

»Und ein dreckiges Auto.«

Er schob ein dichtes Paar Augenbrauen fragend nach oben. Ich fischte eine Traube vom Büffet.

»Die Waschanlage. Susi hat mir erzählt, wie ihr euch kennen gelernt habt. Ich bin ihre Freundin. Vicky.«

Er lachte, trat einen halben Schritt zurück und hielt mir die Hand hin. »Ach ja, wir sind auf dem Land, da spricht sich offensichtlich alles sehr schnell rum. Dann stelle ich mich mal besser vor, bevor es ein anderer tut. Ich bin Sven.«

Ich schnappte mir seine Hand und genoss seinen kräftigen Händedruck. »Hallo Sven. Ein nordischer Name, vielleicht doch ein Seefahrer? Oder ein Wikinger? Auf jeden Fall ein neues Gesicht.«

»Na ja, so neu ist das Gesicht auch nicht mehr.«

Ich blinzelte ihn frech an. »Och, bestimmt nicht älter als mein Hintern.«

Er legte den Kopf schief, beugte sich zur Seite und schielte meinen Rücken herab. Ich war froh, die enge Jeans einem Schlabberrock vorgezogen zu haben.

»Das müsste ich natürlich genauer überprüfen«, stellte er fest.

»Ich habe keinen Ausweis dabei, der das exakte Baujahr nachweisen könnte.«

Sein Blick verschwand vorne in meiner Bluse. Ich checkte im Geiste hastig meine Unterwäsche. Es hatte vor der Party alles ziemlich schnell gehen müssen. Hm, okay, was kleines Blaues, das ging in Ordnung.

Sein Blick kroch langsam wieder heraus. »Wo sollte der Ausweis auch versteckt sein . . .«, erklärte er.

Ich pflückte noch eine Traube vom Büffet und war mit unserer kleinen, scharfen Partykonversation sehr zufrieden.

Michael hatte es offensichtlich nicht geschafft, den DJ von der Partytauglichkeit seiner alten Beatlesscheiben zu überzeugen, denn die kleine Tanzfläche im Wohnzimmer hatte sich zu alten Discorhythmen der Achtziger prima gefüllt.

Es lief was von ‚Chic' und er legte seinen Arm um meine Hüfte. »Sollen wir tanzen?«

Tanzen konnte er auch noch! Der Typ wurde immer interessanter. »Gerne.«

Susi warf mir auf der Tanzfläche heimlich einen aufgereckten Daumen zu. Der Fisch zappelte am Haken. Hm, und es war ein Prachtexemplar, das sich da vor mir geschmeidig im Rhythmus der Gitarre aalte. Unsere Augen trafen sich. Wir berührten uns. Klasse!

Jürgen, meinen Arbeitskollegen, hatte ich zugegebenermaßen ein wenig vernachlässigt; aber der, so schien es, als ich ihn bei einer schwülwarmen Klammerbluesnummer im Vorbeitanzen leicht anstubste, war auch sehr gut und erfolgreich beschäftigt.

Das hatten wir uns aber auch verdient. Nach all dem Ärger und den Überstunden in den letzten Wochen.

»Noch einen Drink, Vic?«

»Einen kleinen vielleicht noch. Und du?«

»Ich nehme ein Mineralwasser, ja.«

»Musst du noch fahren?«

»Klar.«

Ich schmiegte mich eng an ihn und drückte meine Brust an seine. »Ich müsste noch gefahren werden.«

Seine Hand rutschte mir auf den Hintern. Sanft zog er mich an sich. »Ich bin ein sehr vorsichtiger Fahrer.«

Ich drückte ihm zärtlich einen Kuss ans Ohrläppchen und flüsterte: »Hoffentlich nicht zuuu vorsichtig.«

Er grinste mich an. »Ich möchte allerdings nicht mehr allzu lange bleiben.«

»Ich auch nicht.«

Er presste ein wenig stärker. »Dann lass uns gehen.«

»Okay.« Ich küsste ihn flüchtig auf die Lippen. »Ich sag nur kurz meinem Kollegen Bescheid, dass er nicht auf mich zu warten braucht. Du kannst schon mal meine Jacke holen. Die hängt im Flur an der Garderobe, eine kleine, rote aus Leder.«

Er verschwand nach nebenan in den Flur. Ich kämpfte mich durch schummriges Discolicht und ineinander verknotete Tanzpaare, entdeckte Jürgen und erklärte ihm schnell, was erklärt werden musste. Dann verabschiedete ich mich von Susi, die mir mit einem frechen Augenaufschlag viel Spaß wünschte.

Oh, den würde ich haben.

Drei Minuten später saß ich in einem gelben 911er Porsche. Draußen war es aprilfrisch, aber mir war heiß. War die Klimaanlage des Wagens an? Egal. Ich knöpfte meine Bluse einen Knopf weiter auf. Der prächtige Fisch sollte mir schließlich so knapp vorm Ziel nicht mehr vom Haken rutschen!

»Dein Arbeitskollege war nicht begeistert, dass du dich von einem fremden Mann nach Hause bringen lässt.«

Er hatte uns beobachtet.

»Männer . . .«, lachte ich ihn an. »Wenn es um hübsche, junge Frauen geht - wie ich es ja ohne Zweifel eine bin - dann entwickeln sie eine fast zärtliche Fürsorglichkeit, von der ich mir manchmal mehr wünschen würde. Nämlich dann, wenn es bei uns im Büro darum geht, die Arbeit gleichmäßig zu verteilen.«

Er warf mir einen schnellen Seitenblick zu. »Was macht ihr denn beruflich?«

»Wir arbeiten in Düsseldorf. Viel Bürokram, ein bisschen Außendienst, oft langweilig und selten so spannend wie heute.«

Er fragte nicht nach. Besonders interessiert war er augenscheinlich nicht. Musste er auch nicht sein; ich erwartete ganz andere Dinge von ihm.

Statt dessen drückte er am Armaturenbrett ein paar Knöpfe. Leise legte sich angenehme, klassische Musik über das gleichmäßige Summen des Motors. Ich reckte mir die Anspannung ein wenig aus den Knochen und ließ mich tief in den weichen Ledersitz sinken.

Er war ein guter Fahrer. Und ließ sich Zeit. Er fuhr nicht zu schnell. Angenehm. Er hatte mich noch gar nicht gefragt, wo ich wohne. Mein geliebtes Walbeck hatten wir lange hinter uns gelassen. Deshalb sagte ich ins Streichquartett hinein: »Ich wohne nicht in Holland.«

»Hm?«

»Holland. Das da eben war die holländische Grenze. Ich wohne aber nicht in Holland.«

Er lachte. »Du möchtest - wirklich - nach Hause?«

Ich grinste zurück. »Wenn du wüsstest, was ich wirklich möchte . . .«

Er senkte die Geschwindigkeit und bog nach rechts in eine kleine Seitenstraße ab.

»Ich hab da schon so eine Ahnung, Vic.«

»Ach ja?«

Der Wagen holperte über den kleinen Waldweg, der an ein großes, dunkel vor sich hingähnendes Baggerloch grenzte. Es hatte in der vergangenen Woche geregnet.

»Dein Auto wird dreckig. Du wirst es wieder waschen lassen müssen.«

»Oh, das Geld für die Waschanlage war sehr, sehr gut investiert.«

Er legte eine Hand auf meinen Oberschenkel und löste ein gefährliches, intensives Kribbeln bei mir aus. Dann fuhr er rechts ran und löschte das Licht des Wagens.

Vielleicht war er ja wirklich nur ein gutaussehender, angenehm riechender Typ mit gelbem Porsche. Ich seufzte. Auch das sollte mir recht sein, dachte ich, als er sich zu mir rüberbeugte und sich unsere Lippen fanden.

Von der Straße näherte sich das Brummen eines herannahenden Fahrzeugs. Es fuhr an der Einfahrt unseres Waldweges vorbei und das Motorgeräusch erstarb langsam in der Ferne.

Seine Hand glitt in meine Bluse. Das war angenehm. So verflixt angenehm. Ich versuchte halbwegs, meine Sinne beieinander zu halten. Höchste Zeit, dass ich ihm nicht komplett die Initiative überließ.

Ich drückte ihn vorsichtig nach hinten, beugte mich zu ihm rüber, schob seinen Pulli hoch und streichelte seine breite, rasierte Brust. Hm, er benutzte ein herbes, männliches Parfüm, das mir gleich den nächsten Schauer über den Rücken jagte.

Ich liebe es, wenn Männer gut riechen.

Zärtlich küsste ich seine Brust, kniff ihn vorsichtig mit

den Zähnen. Er stöhnte. Oh, ja, ich machte meine Sache gut.

»Weißt du«, flüsterte er plötzlich und strich durch meine langen, blonden Haare, »du bist mir auf der Party sofort aufgefallen. Ich stehe auf Frauen mit langen, blonden Haaren.« Er schob seine rechte Hand unter meinen Po. »Und auf schöne, kleine, stramme Hintern.«

Ich grinste ihn an: »Hab ich beides.«

Sein Blick glitt über mich hinweg nach draußen in die Dunkelheit. »Ich hätte wetten können, dass du mich ansprichst«, fuhr er fort.

Ich verkniff mir eine freche Bemerkung und biss ihm statt dessen frech in die Seite.

Er stöhnte. »Ja, hätte ich drauf wetten können. Eigentlich war ich fürs Erste hier am Niederrhein fertig, aber ...«

Ich krabbelte an ihm hoch. »Aber was?«

Er schob mich sanft ein wenig nach hinten. Ich spürte das Lederlenkrad im Rücken.

»Du bist schon einen kleinen Nachschlag wert.«

»Das will ich doch hoffen«, flüsterte ich.

Er starrte immer noch an mir vorbei nach draußen. Durch die getönte Windschutzscheibe seines Porsches. Über den stillen, tiefen, dunklen See, auf die andere Seite, wo eine mächtige Baumreihe das Licht der nächsten Ortschaft dimmte. Und plötzlich wurde mir klar, dass diese – nächste – Ortschaft mehrere Kilometer weit entfernt und die Wahrscheinlichkeit, dass sich Anfang April ein zweites Liebespärchen an dieses einsame Baggerloch verirrt hatte, sehr gering war.

Ich wollte mich aufrichten, aber er legte seinen rechten Arm vor meinen Bauch und drückte mich gegen das Lenkrad. Ich versuchte, mich wegzudrehen, aber ich konnte mich überhaupt nicht mehr bewegen. Er hatte mich eingeklemmt.

»Autsch«, protestierte ich.

Er grinste mich an. Von oben herab. Diabolisch. Lüstern.

Seine Linke verschwand blitzschnell unterm Fahrersitz. »Dann mache ich mich jetzt mal an den Nachschlag«, flüsterte er tonlos und als seine Linke wieder auftauchte, blitzte eine Messerklinge im grünen Schimmerlicht des CD-Players.

Er grinste mich schief an.

Ich wollte schreien.

Plötzlich wurde die Fahrertür aufgerissen. Ein kräftiger Unterarm legte sich um Svens Hals und zog ihn mit einer heftigen, ruckartigen Bewegung nach hinten. Ich brachte eine Hand nach vorne, packte sein Armgelenk und schlug ihm das Messer aus den Fingern.

»Raus!«, schrie Jürgen.

Das Messer flog an ihm vorbei nach draußen und klatschte in den Matsch. Ein zweites Paar Hände packte Sven und gemeinsam gelang es den beiden, ihn nach draußen zu ziehen. Ich krabbelte aus dem Wagen und rappelte mich auf. Sie hatten ihn auf den Bauch gedreht. Jürgen zog seine Brieftasche hinten aus der Hosentasche, holte tief Luft, aber ich unterbrach ihn:

»Lass mich!«

Ich beugte mich runter, packte Svens Gesicht, drehte es zur Seite und sah ihm in die Augen.

»Ich verhafte dich wegen dreifachen Mordes und versuchtem Mord! Wo wir uns doch so nett über meinen Hintern unterhalten haben: Deiner gehört jetzt mir! Mein Kollege und ich sind Polizisten, zurzeit in der Soko Gelb. Wir schieben seit Wochen Überstunden, um den Typen festzunageln, der im deutsch-niederländischen Grenzgebiet drei junge, blonde, langhaarige Mädchen in seinen gelben Sportwagen gelockt, sie vergewaltigt und ihnen dann die Kehle durchgeschnitten hat. Dass wir dich ausgerechnet auf Susis Geburtstagsparty kriegen, ist allerdings ein Hammer! Warum mein Kollege eben auf der Party so sparsam geguckt hat, als ich mich von ihm verabschiedet habe? Na ja, ich hab mich ja gar nicht von ihm verabschiedet, sondern ihm kurz das taktische Vorgehen erläutert. Er hatte Bedenken . . .«

Jürgen beugte sich ebenfalls zu ihm runter. »Lockvogel, Falle stellen und so. Ich bin ein bisschen vorsichtig und arbeite eher konventionell.« Er hob das Messer auf und strich vorsichtig mit dem Finger über die blanke Klinge. »Scharf, Vicky, echt scharf.«

Ich blickte meinen vorsichtigen, konventionellen Kollegen an und nickte in Richtung DJ. Er war derjenige, der zusammen mit Jürgen zugepackt und Sven aus seinem Porsche gezerrt hatte. Nun hing er sichtlich erregt mit weit aufgerissenen Augen an unseren Lippen.

»Was macht denn der hier?«

»War der einzig Nüchterne unter den Partygästen«, erklärte Jürgen, »und ich dachte mir, dass ich so kurzfristig vielleicht ein wenig Unterstützung brauchen könnte.«

»Genau«, sagte der DJ.

»Aha«, sagte ich. »Dann wird Michael zurzeit wohl die Platten auflegen. Das heißt Yellow Submarine und Yesterday! Schade um die Fete. Das wird Susi nicht toll finden.« Ich tippte Jürgen auf die Brust. »Sie wird dich nie mehr einladen.« Ich blickte auf das schweigsame Bündel Sven zu meinen Füßen. »Dich auch nicht!«

Abend am Niederrhein

Die Leute am Niederrhein seien misstrauisch, stoisch, unbeholfen und weltscheu, habe sie gelesen, plapperte Susanna und hielt Rudolf an der Hand, so fest, als wolle sie ihn nicht mehr loslassen. Rudolf, der sich mit seinen zweiunddreißig Jahren manches Mal noch wie ein Kind verhielt. Den sie sich während ihres Urlaubes in der Dorfkneipe ausgesucht hatte, weil er sie da mit einem glücklichen, fast debilen Grinsen im Gesicht anstrahlte. Von dem sie wusste, dass er einer der reichsten Erben hier in der Gegend war und der sie so liebte, wie man ein unverhofftes Geschenk liebt, das man zu Weihnachten erhalten hat. Mit dem sie machen konnte, was sie wollte.

»So, so«, sagte Karl und seine Finger umklammerten die Teetasse.

Ja. Das käme daher, dass hier auf dem Land alles so kahl sei, nur verkrüppelte Weidenbäume und der kalte Rhein, der oft aus seinem geschlängelten Bett trete, alles überschwemme und nichts dazu beitrage, die Menschen hier weltoffener zu machen, obwohl er sich viele Kilometer später mit der Nordsee vereinige und mehr sähe, als jemand von hier jemals in seinem ganzen Leben.

»So, so«, sagte Karl wieder und blickte zu seinem Sohn Rudolf, der sich auf das Sofa setzte und Susanna auf seinen Schoß zog. Sie küsste ihn auf die Nasenspitze, er lachte und Karl drehte seinen Kopf zur Seite, hin zum Fenster, betrachtete weit in der Ferne den Schornstein des Schnellen Brüters, der entgegen seiner ursprünglichen Funktion nun als Vergnügungspark ‚Wunderland Kalkar' diente.

»Die Neue ist nichts für unseren Bub«, erklärte er Margit später in der Küche, als sie allein waren. Die Hände seiner Frau verschwanden fast im Teig für das Brot, das sie jeden Freitag buk, seit fast vierzig Jahren schon. Sie sah ihn mit zusammengekniffenen Augen im rotangelaufenen Gesicht an, formte einen Laib, legte ihn auf das Backblech und deckte ein Leinentuch darüber.

»Die ist wie die vom Josef vom Nachbarhof damals«, fuhr er fort und sie nickte. »Die war auch so eine. Hat dem Jungen den Kopf verdreht, konnte nichts, hatte nichts und zum Schluss war alles weg, sein ganzes Geld, das Haus und der Josef nahm sich einen Strick. Weißt du noch?«

»Ja, ja, der Josef«, seufzte sie. »Wie könnt ich das vergessen! Nicht mal sein Grab hat sie die ganzen Jahre besucht, geschweige denn gepflegt. Ja, ja, der Josef. «

Karl, der sich im Laufe seines Lebens der Landschaft des Niederrheins angepasst hatte - ihrer Stille - der nicht viel sprach und wenn, dann in wenigen Worten das ausdrückte, wozu Menschen anderen Orts viele Sätze benötigten, stemmte den Kopf in die Hände und blieb so lange sitzen, bis Dunkelheit die Fenster blind machte. Dann stand er auf, streckte den Rücken gerade in die Höhe, obwohl er sonst immer ein wenig gebückt lief. Er ging nach draußen, sog die Abendluft ein, blickte hin zu den Feldern, spürte die Kühle auf seiner Haut, die ihn nicht störte.

Im Gegenteil.

Als Rudolf seinen dreiunddreißigsten Geburtstag feierte, kam die ganze Verwandtschaft. Sie feierten immer zusammen. Alle Feste.

Karl, der den Mund sonst fast nie aufmachte, redete dann so viel wie nie in den Monaten zuvor oder den Monaten danach.

An diesem Tag jedoch nicht.

Er saß am Kopfende des Tisches, schaute grimmig und beteiligte sich nicht an den Gesprächen, obwohl sich alle bemühten, ihn mit einzubeziehen. Er beobachtete nur

Rudolf, der tapsig über Susannas Haar strich, an ihren Lippen hing, wenn sie etwas sagte. Auch dann noch, als die anderen sich längst abgewandt hatten, sich ihr dummes Geschwätz, dass sie Landwirtschaft hasse, obwohl Rudolf Landwirt sei, nicht mehr anhören wollten. Zum Glück könne man ja Leute einstellen, die die Arbeit für einen erledigten, Geld genug habe er, fuhr sie fort und plapperte und plapperte.

Das Kaffeetrinken ging in das Abendessen über.

Keinen Finger rührte Susanna. Sie saß da, Gast unter Gästen, und als es irgendwann mal ruhig war, als nur noch die Messer und Gabeln klapperten, stand sie plötzlich auf.

Sie klopfte an ihr Glas und rief: »Wir haben eine Überraschung.« Dann zog sie Rudolf am Arm in die Höhe. »Sag du es!«, befahl sie und er grinste sie an, kindlich glücklich, streckte seine linke Hand über den Tisch. Jeder konnte ihn sehen, den goldenen Ring, der seinen dicken Finger kürzer erscheinen ließ, als er schon war.

»Wir haben uns verlobt . . . heute«, strahlte er und sie schaute triumphierend in die Runde, sah einen nach dem anderen an, bis ihre Blicke die von Karl trafen. Da wandte sie sich ab.

Karl und Margit räumten stillschweigend den Tisch ab, weit nach Mitternacht. Sie schwiegen auch noch, als sie in ihr Schlafzimmer gingen. Erst hier jammerte Margit, es sei ihr nicht recht, wenn die Susanna auf den Hof käme. Sie wolle nicht, dass ihr Bub so ende wie der Josef vom Nachbarn. Und wie es ihnen beiden ginge, wenn die hier einziehe und das Regiment übernehme, daran wolle sie gar nicht erst denken.

Karl antwortete nicht. Doch es dauerte lange, bis er schlief.

Dann kam der Herbst.

Die Dahlien waren im Vorgarten verblüht, die Felder

umgepflügt. Nebel nahm von der Landschaft am Niederrhein Besitz, löschte die Geräusche, die man sonst vernahm.

Am Morgen des zwölften November befahl Karl seinem Sohn, nach Düsseldorf zu fahren. Zum Paten, dem es nicht gut gehe. Er brauche ein paar Tage lang Rudolfs Hilfe.

»Ich komme mit«, sagte Susanna, die Karl wie selbstverständlich seit der Bekanntgabe ihrer Verlobung duzte. Doch als er: »Dort gibt es nur eine Schlafgelegenheit und der Rudolf muss arbeiten«, knurrte, schwieg sie.

In der folgenden Nacht verschwand Susanna.

Als sie nicht zum Frühstück erschien und auch nicht zum Mittagessen, suchte Margit nach ihr. In Rudolfs Zimmer, im Haus, draußen. Vergebens.

»Bestimmt ist sie doch nach Düsseldorf gefahren«, sagte sie zu Karl. Er brummte etwas Unverständliches und sie ließ ihn in Ruhe. Telefonierte. Nein, hier sei er nicht, nur Rudolf, gab der Pate Auskunft.

»Wenn ihr nur nichts zugestoßen ist«, sagte sie und sah hinaus in den Nebel, der wie ein bleiches Tuch alles einhüllte und die Sicht in die Ferne versperrte.

Karl antwortete wieder nicht. Auf einmal stand er auf, ging hinaus in den Schuppen und schloss die Tür hinter sich. Dann griff er nach dem Spaten in der Ecke, holte ein Tuch und polierte ihn so lange, bis nichts mehr von den Blutspuren und der Erde daran zu sehen war.

Endlich Ruhe

»Hey, Sie!« Es klopfte wild gegen die Seitenscheibe meines Autos. »Alles OK, Mann?«, fragte ein besorgt dreinblickender Teenager mit blühender Akne ums Kinn.

Ich setzte mich mit einem Ruck auf. »Klar, alles prima, danke. Habe nur ein kleines Nickerchen gemacht.« Ich lächelte und hoffte, dass er verschwinden würde.

»Sie schlafen mit dem Kopf auf dem Lenkrad? Haben Sie denn kein Zuhause? Na, mir soll's egal sein. Wenn Ihnen nichts fehlt, werde ich mich dann also mal wieder auf die Socken machen. Ciao.«

Ohne auf meine Erwiderung zu warten, sprang er auf sein Skateboard, stieß sich mit dem Fuß kräftig ab und rollte den Berg herunter.

Seufzend betrachtete ich mich im Rückspiegel und stellte verärgert fest, dass das Lenkrad eine rote, leicht gebogene Vertiefung auf meiner Stirn hinterlassen hatte. Ich rieb kräftig darüber. Jetzt bin ich schon mit fünfunddreißig Jahren so alt, dass meiner Haut jegliche Spannkraft fehlt, dachte ich.

Nur fünf Minuten Schonfrist hatte ich mir selbst gestattet, bevor ich mich in die Höhle des Löwen wagen wollte. Eigentlich, dachte ich, soll ein Mann gerne nach Hause kommen. Geschafft und müde vom stressigen Job im Architekturbüro, voller Vorfreude auf ein kühles Blondes.

Ha! Ich lachte bitter. Ja, kühl und blond hatte ich zu Hause – meine Frau. Miriam war keine klassische Schönheit, aber sie hatte eine schlanke Figur, einen graziösen Gang, feine Gesichtszüge, die von sehr hellem Haar lockig umspielt wurden und eine schmale Aristokratennase. Um ihre Zierlichkeit zu kaschieren, trug sie stets Schuhe mit hohen Absätzen, die ihre Beine perfekt zur Geltung kommen ließen. Sie war nett anzusehen und andere Kerle schubsten sich in die Rippen, wenn sie sie sahen. Aber sie war kalt wie ein Eisblock. So war sie nicht immer gewesen, nein, ganz im Gegenteil, aber nachdem meine Mutter vor einigen Monaten zu uns gezogen war, wurde Miriam mir gegenüber immer zickiger.

Seufzend öffnete ich die Fahrertür, schnappte meine Aktentasche und stieg aus dem BMW. Da ich direkt vor unserem Einfamilienhaus in einer grünen Anliegerstraße im Krefelder Musikerviertel geparkt hatte, führten mich die nächsten Schritte bereits direkt vor die Haustür. Noch bevor ich den Schlüssel ins Schloss stecken konnte, wurde die Tür von innen aufgerissen.

»Na, der Herr Sohn! Endlich, wird ja Zeit. Lass mich bitte nicht immer so ewig mit deiner Frau alleine. Sie raubt mir den letzten Nerv!« Drall und voller Leben vibrierend stand meine Mutter vor mir und hielt mir ihren gespitzten Mund zum Kuss hin. »Du sollst doch sowieso nicht immer so lange arbeiten«, sagte sie tadelnd, schälte mich mit geübtem Griff aus meinem Trenchcoat und nahm mir die Aktentasche ab.

Miriam und ich saßen vor dem Fernseher und sahen uns eine Wiederholung von ‚Monk' an.

»Weißt du, was sie nun schon wieder getan hat?«, fragte meine Frau. Interesse heuchelnd - aber innerlich laut aufseufzend - drehte ich mich zu ihr um und fragte: „Na, was war? Sag nur, ihr seid wieder aneinandergeraten, Schatz."

»Ts!«, empörte sie sich. »Was glaubst du denn? Dass man mit dieser Person etwa friedlich unter einem Dach leben kann? Wohl kaum! Weißt du, Lars, ich wundere mich in der Zwischenzeit gar nicht mehr, wieso du einen solch soften Kern hast. Als Sohn dieser Person aufzuwachsen, muss die Hölle gewesen sein und einen einfach mürbe machen!«

»Nenn sie nicht immer ‚diese Person', sie ist meine Mutter und was heißt hier ...«, setzte ich verteidigend an, wurde jedoch rüde unterbrochen.

»Und genau hier liegt ja das Problem: Wenn sie nicht deine Mutter wäre, müsste ich mich nicht tagein tagaus mit ihr herumschlagen! Ich hätte sie schon achtkantig hinausgeworfen, sie und ihren dämlichen Vogel.«

»Mutti liebt Andrea«, erwiderte ich lahm. Weil ihr Kanarienvogel so schön sang, hatte sie ihn nach Andrea Berg benannt, der in Krefeld geborenen Sängerin. »Also, was hat sie heute getan, dass dich so aufregt?«

Alleine bei der Erinnerung grub sich eine steile Falte zwischen Miriams Augenbrauen und sie krallte ihre manikürten Nägel in meinen Cashmerepullover.

»Sie hat«, sagte sie empört, »ein neues und übelst hässliches Adressbuch gekauft, meine Daten aus unserem Buch dort hinein übertragen, mit IHREN gemischt und unser Buch weggeworfen! Zack! Zum Altpapier!«

»Aber unser Buch war doch sehr hübsch und auch aktuell; wieso hat sie das getan?«, fragte ich erstaunt darüber, dass sich jemand freiwillig eine solch lästige Aufgabe aufhalsen sollte.

»Das fragst du noch?« Überrascht von so viel Dummheit stöhnte sie auf. »Das ist doch wohl klar! Sie vermischt die Grenzen.«

Mit den Händen wild gestikulierend, unterstrich sie ihre Ausführungen. »Nein, sie will nicht mehr nur als Gast hier sein, sondern würgt mir auf ihre spezielle Art gleich richtig rein, dass sie nun nie wieder geht. Noch so ein Beispiel: Sie war wohl mal wieder der Meinung, sie dürfte uns ihren unverwechselbar schlechten Geschmack nicht vorenthalten, denn erst letzte Woche hat sie hier ihre grauenhaften Seidendeckchen überall auf den Sesseln und der Couch drapiert. Als Kopfteilschoner. Sie muss Hunderte davon haben!« Sie schnaubte entrüstet.

»Die habe ich gar nicht gesehen«, antwortete ich, den Blick nicht vom Bildschirm wendend, wo Monk gerade an einer Socke schnupperte, »dann können sie also nicht so hässlich gewesen sein.«

Mit erhobener Stimme fuhr Miriam fort: »Du glaubst doch nicht im Ernst, dass ich sie hier schalten und walten lasse, wie sie will. So ja nun nicht! Immerhin ist das mein, also unser Haus, und daran wird sich auch nichts ändern. Nur über meine Leiche!« Sie stieß einen Finger in die Luft. »So schnell, wie diese Lappen hier lagen, so schnell habe ich sie auch wieder entsorgt. Es wird wirklich höchste Zeit, dass du ein Machtwort sprichst, Lars!«, verlangte sie streng und schlug mir mit der flachen Hand auf den Oberschenkel, wie, um dem Gesagten noch mehr Nachdruck zu verleihen. »Sie muss endlich kapieren, dass sie hier im besten Falle geduldet ist, nichts zu melden hat und froh sein kann, dass du und ich so nette Menschen sind. Andere Kinder schieben die Alten ab ins Heim, da haben sie es gar nicht schlecht. Ich habe mir schon mal einen Prospekt von der Seniorenresidenz Hanseanum in der Neusser Straße besorgt und . . .«.

Weiter kam sie nicht, denn nun ging sie entschieden zu weit. »Jetzt mal stopp, Miriam!«, rief ich entrüstet. »Wir haben lange darüber gesprochen, dass Mutti hier wohnen kann, nachdem Papa mit Frau Walther durchgebrannt ist.«

»Kein Wunder«, höhnte Miriam. »Ich mag deinen Vater. Klasse Typ.«

»Nur weil es dir ein bisschen unangenehm ist, dass Mutti sich hier auch heimisch fühlen will, schieben wir sie noch lange nicht ab. Was würdest du denn an ihrer Stelle machen? Im Zimmer sitzen und Sudokus lösen? Versuch doch mal, dich in ihre Situation hinein zu versetzen. In jeder Familie gibt es Konflikte, das ist normal – und jetzt will ich nichts mehr von diesem Kinderkram hören!«

„Schatz, versteh' das jetzt nicht falsch, aber du benimmst dich wirklich wie ein Weichei. Setz dich durch. Wir sind ein Ehepaar.« Sie unterstrich die Aussage, indem sie jeweils Daumen und Zeigefinger beider Hände ringförmig ineinander hakte. »Ich denke doch, dass du dich hinter mich stellen solltest. Mutter-Sohn-Trallala hin oder her. Ich will nicht immer als die nörgelnde Schwiegertochter dastehen. Rede endlich mit ihr, sonst springe ich ihr irgendwann an den Hals und löse das Problem durch Strangulation.«

»Du bist Rechtsanwältin, da darf man keine Leute killen.«

»Ha! Das denkst aber nur du! Gerade ich kenne doch alle Verteidigungstricks. Gerade ich habe die besten Voraussetzungen, um den perfekten Mord zu begehen.«

Ich gähnte herzhaft, um ihr zu zeigen, dass mich ihr Geschwätz herzlich wenig beeindruckte. »Ja, schon klar. Du killst meine Mutter, weil sie die Besteckschublade umgeräumt hat oder sonst etwas Verwerfliches in dieser Richtung getan hat. Aber pass auf!« Ich hob die Arme drohend und zitterte mit den Händen. »Huuuuuuu! Vielleicht schubst sie dich vorher beim Fensterputzen von der Leiter, weil du meine Socken wegschmeißt, statt sie zu stopfen. Wer würde 'ne olle Frau verdächtigen, hm? Das wäre auch ein perfekter Plan.«

Miriam seufzte resigniert und schaltete auf einen anderen Fernsehersender um.

Ich brütete über einem kniffligen Plan für den Bau eines Kinderheimes, als Mutter mich im Büro anrief.

»Stell dir vor – deine Frau ist unmöglich!«, schnaubte sie entrüstet in mein Ohr.

»Nein, Mutti, das will ich mir jetzt gar nicht vorstellen, ich habe wirklich zu tun. Wir reden nachher, wenn ich nach Hause komme.«

»Nein, nachher bin ich mit Frau Gerlach beim Fabrikverkauf bei Ultitex Blue-Jeans in der Gladbacher Straße.

Ich will mal nach was Hübschem für die Küche gucken. Wusstest du, dass sie auch Plisseejalousien haben?«

»Nein, Mutti, das wusste ich nicht. Ich weiß nicht mal, was Plisseejalousien sind. Hör mal, ich will dich nicht abwürgen, aber ich habe zu tun. Warum hast du denn angerufen?«

Verschwörerisch senkte sie ihre Stimme: »Also eines will ich dir sagen, mein Junge. Hör dir das ruhig mal an. Deine Frau«, sie schnaufte verächtlich in die Hörermuschel, »hat doch tatsächlich die Stirn und will MIR sagen, wie man einen Möhreneintopf kocht. MIR!«

Ihre Entrüstung war fast greifbar und ich sah sie regelrecht vor mit. Stramm vor Zorn, die stämmig-kurzen Beine, die im Alter zunehmend Wasser einlagerten, in soliden grauen Bio-Schuhen, das dezent gemusterte Kleid, aus dessen linkem Ärmel ein zusammengeknülltes Taschentuch hervorlugte und die allzeit präsente Handtasche. Meine Mutter war nun achtundsiebzig Jahre alt und noch sehr auf ihr Äußeres bedacht. So trug sie ihr dauergewelltes Haar in einem naturidentischen Mahagoniton und hatte stets einen Hauch Gloss auf den schmalen, eingefallenen Lippen. Auch wenn sie auf den ersten Blick eine alte Frau war, so loderte doch in ihrem Inneren noch immer ein erstaunliches Feuer und ihr Geist war keineswegs verstaubt. Miriam schwor darauf, dass meine Mutter ‚zäh wie Leder' war, nur, um ihr das Leben noch zu erschweren.

»Möhreneintopf«, echote ich.

»Jawohl. Nun sag doch mal, Lars, war an meinem Möhreneintopf jemals etwas auszusetzen? Wohl kaum. Sieh doch mal, was du für ein stattlicher Mann geworden bist. Er sei zu fett, meint deine Frau. Da mache man heute keinen Bauchspeck mehr dran! Hat man so was schon gehört? Also, ich will mich nicht in deine Ehe einmischen, nichts läge mir ferner, das weißt du. Aber als deine Mutter denke ich doch, dass ich das Recht habe, dir zu sagen, dass du mit dieser Frau nicht auf Dauer glücklich werden wirst.

Nein, das wirst du nicht. Erst vorgestern hat Miriam eine halbe Ewigkeit vor dem Vogelkäfig staubgesaugt. Sie weiß genau, dass das für einen solch zarten Organismus wie den eines Vögeleins viel zu laut ist. Andrea war den halben Tag so verstört, dass sie nicht mehr gesungen hat. So geht das nicht, Lars, wirklich nicht! Deine Frau treibt mich in den Waaaaaaahnsinn! Und zunehmend wird sie auch noch frech. Zu mir! Glaubt man das? Zu mir! Also, ich sage dir eines: Wenn das so weiter geht, drehe ich ihr den dürren Hals um. Ein beherzter Griff um diese Hühnerkehle und Knack, schon ist die Sache erledigt.«

»Mutti!«, empörte ich mich, konnte mir jedoch ein Grinsen nicht verkneifen. Prima, meine beiden Lieblingsdamen wollten sich gegenseitig – und sogar auf die fast gleiche Art – aus dem Weg räumen.

»Du musst etwas unternehmen. Hau mit der Faust auf den Tisch und zeige dieser, dieser . . .«, sie suchte nach dem richtigen Begriff, um ihrem Missmut Ausdruck zu verleihen, ». . . Nulliparia, wer hier das Sagen hat. Sei endlich einmal ein Mann, keine Maus! Du warst schon immer viel zu nett, schon als Kind hast du dir immer das Spielzeug von den anderen Bengels wegnehmen lassen.«

Während unseres Gespräches hatte ich mein Handy aus der Schublade geholt, im Menü die Option zum Verstellen des Klingeltons angesteuert und ließ das Gerät nun laut die Titelmelodie von Miss Marple abspielen. »Entschuldige, Mutti, wir reden später, die andere Leitung klingelt. Viel Spaß beim Fabrikverkauf, bis heute Abend!«

Mit einem Tastendruck beendete ich das Gespräch, ohne meiner Mutter die Chance auf einen weiteren Wortschwall zu geben. Genervt seufzend stieß ich mich vom Tisch ab und rutschte auf meinem Ledersessel so weit vor, bis ich halb liegend auf der Kante saß. Womit hatte ich das verdient, bedauerte ich mich selbst. Ich war ein gut aussehender Typ, intelligent, humorvoll, hatte einen super Job und verdiente anständig. Alles könnte so schön sein, wenn sich die beiden Frauen nicht andauernd in die Haare bekämen. Adressbücher, Möhreneintopf und viele, viele weitere Kleinigkeiten, die ich gar nicht zur Kenntnis nehmen würde und die mir auch vollkommen egal waren, gehörten normalerweise nicht zu den Problemen meines Lebens, wenn sie nicht permanent von zwei Seiten dazu gemacht würden. In den letzten paar Wochen hatte ich bemerkt, dass sich die Animositäten zwischen Miriam und meiner Mutter verstärkt hatten. Der Ton zwischen den beiden hatte sich verschärft und die Nerven lagen blanker denn je. Miriam war mir gegenüber zunehmend abweisender und meine Mutter klagte und zeterte mehr, als ich es jemals für möglich gehalten hätte. Ich tat mir selber sehr leid. Etwas musste sich ändern, aber ich wusste nicht, wie ich das bewerkstelligen sollte.

Manuel und ich saßen im ‚Cafe & Bar Celona' und ließen uns ein paar Feierabend-Bierchen und eine Portion Gambas schmecken. Manuel war schon immer ein prima Kumpel gewesen, und zum wiederholten Male hatte er sich heute meine Klagen über Miriam und meine Mutter, beziehungsweise deren ewige Zwistigkeiten, anhören müssen.

Er strich sich mit dem Zeigefinger den Bierschaum aus dem Schnurrbart und sagte, mir gerade in die Augen blickend: »Ich habe dieses Thema leid. Ehrlich, nimm's mir nicht krumm, aber ich kann es nicht mehr hören. Wie lange geht das schon? Über ein dreiviertel Jahr. Und? Hat sich die Situation entspannt? Nein. Du wirst mir doch nicht erzählen wollen, dass man daran nichts ändern kann. Die beiden haben schon Recht, wenn sie an dir rumnörgeln, dass du was unternehmen sollst. Ich hätte wirklich auch nicht gedacht, dass du ein solch dickes Fell hast und das seit einer halben Ewigkeit aussitzt. Benimm dich endlich wie der kompetente Familienvorstand, der du als Mann schließlich bist! Also, es gibt nur eine Lösung.«

»Welche?«, fragte ich hoffnungsvoll und lehnte mich mit dem Oberkörper vor.

»Kauf zwei Tickets und schicke sie für vierzehn Tage auf eine Kreuzfahrt. Stecke sie in ein Doppelzimmer und winke ihnen fröhlich hinterher. Du machst dir endlich mal wieder eine schöne Zeit als Junggeselle und freier Mann! Wenn die zwei Wochen um sind, haben sie sich entweder die Köpfe eingeschlagen und eine zieht freiwillig aus – wenn sie sich nicht gegenseitig über die Reling gekippt haben – oder sie sind, wie Frauen ja manchmal eben so ticken, auf einmal die besten Freundinnen. Was auch immer passieren wird, so, wie es jetzt läuft, ist es dann sicher nicht mehr. Und du hast endlich deine Ruhe.«

Ich war begeistert. Das war doch endlich mal eine Idee! Lautstark rülpsend fühlte ich mich markig, lösungsorientiert und vollkommen als Herr der Lage.

Gesagt, getan. Nach anfänglicher Skepsis und heftiger Ablehnung, mit der jeweils anderen Frau auf so engem Raum zwei Wochen zu verbringen, fuhren Miriam und meine Mutter doch. Das Angebot war letztendlich zu verlockend.

Was dann folgte, waren die besten vierzehn Tage meines Erwachsenenlebens. Ich war frei! Oh, wie ich mein Leben genoss! Als rebellischer Kerl, der ich nun war, gönnte ich mir ein paar Tage Urlaub, ließ mir einen Vollbart stehen, aß Fastfood in Mengen, die sicherlich jeden Ernährungswissenschaftler zum Hyperventilieren gebracht hätten, holte mir ein Pay-TV-Abo und saß vor der Glotze, bis mir die Augen brannten.

Drei Wochen später war ich tot. Miriam und meine Mutter waren vollkommen verändert von der Kreuzfahrt zurückgekommen. Sie hatten sich intensiv ausgesprochen, sich gegenseitig ihr Leid geklagt, was ich denn für ein furchtbar softer Typ ohne Rückgrat war, wie verständnislos für ihre Sorgen und Probleme. Gemeinsam hatten sie festgestellt, dass sie selbst gar nicht so unterschiedlich waren, sondern doch eigentlich nur - wie konnte das passieren? - aneinander vorbei geredet hatten. In einer mir schon fast widerlich anmutenden Art freundschaftlicher Verbundenheit waren plötzlich alle Streitigkeiten vergeben und vergessen und die beiden waren nun so etwas wie Verbündete, denn das eigentliche Übel, das ihnen bitter aufstieß, war ich!

Und so beschlossen sie ganz unsentimental, dass sie ohne mich weitaus besser dran wären. Auf dem Schiff hatten sie während einer etwas ausufernden Party Bekanntschaft mit der Droge GHB gemacht und sich in weiser Voraussicht eine etwas größere Portion mit nach Hause gebracht. In Kombination mit Alkohol kann dieses nahezu geschmack- und vollkommen geruchlose Rauschmittel - wenn man es überdosiert - tödlich wirken. Wie praktisch auch, dass nach zwanzig Stunden keine Rückstände mehr im Körper nachzuweisen sind.

An meinem letzten Abend saßen wir auf der Terrasse und bestaunten den schönen Sonnenuntergang. Ich nahm einen großen Schluck des Cocktails, den Miriam und Mutti mir gemixt hatten, und spürte, wie sich eine bleierne Müdigkeit über mich senkte. Meine Mörderinnen saßen Arm in Arm auf der Hollywoodschaukel und kicherten vergnügt. Und ich hatte endlich Ruhe.

Schwesternliebe

Ich bring sie um; das nahm ich mir ganz fest vor.

Mit meiner Schwester Ulla war ich noch nie wirklich ausgekommen. Ein Herz und eine Seele? Vertraute? Pustekuchen, wir hassten uns.

Dabei konnte ich doch nichts dafür, dass ich drei Jahre nach ihr geboren wurde und sie damit von ihrem Prinzessinentron stieß. Sie hat es nie so richtig verkraftet und das, obwohl ich mir jahrelang Mühe gegeben habe.

Denn früher wollte ich so gerne mit ihr befreundet sein. Ich himmelte sie an, bewunderte sie. Ulla machte sich nie dreckig, ihre Strümpfe zerrissen nicht, immer war sie adrett gekleidet, das Haar ordentlich, die Fingernägel sauber.

Zudem hatte sie eine empfindliche Gesundheit. Ständig musste meine Mutter mit ihr zum Arzt. Sie war hochallergisch und musste genau darauf achten, was sie aß.

Ich war dagegen robust, fast nie krank und ein rechter Wildfang. An mir sei ein Junge verloren gegangen, meinte mein Vater oft.

Unser großer Garten in Krefeld-Verberg und die sanfte Umgebung des Niederrheins kamen meinem Naturell entgegen. Bäume zum Klettern, Tümpel zum Untersuchen, Feldwege zum Radfahren.

Doch immer passierte mir was. Das fing schon im Säuglingsalter an. Ich zog mir regelmäßig die Decke über das Gesicht und wäre bestimmt erstickt, wenn meine Mutter nicht rechtzeitig nach mir geschaut hätte. Zweimal lösten sich die Bremsen des Kinderwagens, und ich sauste in ihm den Abhang hinunter. Mir passierte zum Glück nichts. Nach dem zweiten Mal war allerdings der Kinderwagen schrottreif.

Als ich im Krabbelalter war, muss ich es irgendwie geschafft haben, Kisten und einen Stuhl vor das Fenster zu schieben. Ich kletterte wohl auf die Fensterbank, öffnete das Fenster und . . . fiel hinaus. Ich landete in der aufgespannten Markise, von dort rettete mich meine Mutter.

Ich selbst kann mich natürlich an diese Ereignisse nicht mehr erinnern, meine Mutter berichtete aber immer wieder davon. Die erste Erinnerung, die ich habe, ist die von unserem Kirschbaum. Drei Jahre war ich vermutlich, vielleicht auch vier. Die Leiter stand an den Baum gelehnt, denn die Kirschen waren reif und Mutter wollte ernten. Sie muss wohl ins Haus zurück gegangen sein, denn in meiner Erinnerung war ich mit meiner Schwester alleine.

Ob wir gewettet haben oder was mich dazu trieb, die Leiter empor zu klettern, weiß ich heute nicht mehr. Jedenfalls saß ich irgendwann ganz oben im Baum und kam nicht mehr runter. Die Leiter war verschwunden und Ulla ebenso.

Dummerweise fing es an zu regnen. Es dauert ein paar Stunden, bis meiner Mutter auffiel, dass ich nicht friedlich in meinem Zimmer spielte. Sie fand mich im Baum hockend. Verzweifelt klammerte ich mich an die glatte Rinde der Äste, die vom Wind ordentlich durchgeschüttelt wurden. Außer einer dicken Erkältung trug ich keinen weiteren Schaden davon.

Ein Jahr später landete ich allerdings im Krankenhaus, nachdem das Seil unserer Schaukel gerissen war. Wahrscheinlich ein Materialfehler, denn der Riss war ganz glatt. Ich brach mir den Arm und den Fuß.

Zwei Jahre lang passierte mir dann nichts Schlimmes mehr. Erst in der Schulzeit ging es wieder los. Eigentlich direkt zur Einschulung. In meiner Schultüte waren viele wundersame Dinge. Ein kleiner Plüschlöwe, der mich beschützen sollte, schöne Stifte und bunte Knete. Natürlich auch Süßigkeiten. Und eine Flasche Limonade. Wie die in meine Schultüte gekommen war, konnte sich nachher keiner erklären. Es war nämlich gar keine Limonade, sondern Abflussreiniger. Ich konnte noch nicht lesen, aber seltsam fand ich den etwas beißenden Geruch schon. Nur einen Schluck trank ich und spuckte das eklige Zeugs auch sofort aus. Meine Schleimhäute waren trotzdem verätzt und ich musste für ein paar Tage ins Krankenhaus.

Dort war ich in den nächsten Jahren noch öfter. Die Riemen meiner Rollschuhe rissen, die Bremsen meines Fahrrads versagten, der bissige Nachbarhund musste es auf unerklärliche Weise geschafft haben, seinen Zwinger zu öffnen und über den Zaun zu springen.

Die Narben verblassten zwar, aber sie blieben. Bei einem Jungen wäre das nicht so schlimm gewesen, doch ich war ein Mädchen.

Meiner Schwester passierte nie so etwas. Sie ging hocherhobenen Hauptes durch ihre Kindheit und Jugend. Immer adrett und gepflegt.

Mit vierzehn Jahren startete ich den letzten Versuch, an sie heranzukommen. Ich erzählte ihr, dass ich mich das erste Mal verliebt hätte. Eigentlich hoffte ich, dass sie mir nun auch ihr Herz öffnen, dass wir unsere Geheimnisse teilen würden, Verständnis für Kummer und Sorgen der anderen hätten.

Sie lachte aber nur. »Meine Geheimnisse erzähle ich mir selbst. Nicht dir, Nina.«

Der Junge, an den ich mein Herz verloren hatte, war in ihrer Klasse. Schon kurze Zeit später machte er ihr den Hof. Ein halbes Jahr waren die beiden zusammen.

Dann trennte sich Ulla von ihm. Er wandte sich mir zu, aber inzwischen hatte ich das Interesse verloren. Ich musste schon mein Leben lang abgelegte Kleidung meiner Schwester auftragen, ihre abgelegten Freunde wollte ich nicht.

Die Zeit verging, Ulla begann zu studieren. Medizin, aber nur zwei Semester, dann heiratete sie. Ihr Mann war Ingenieur und auf dem Karrieretrip. Sie bekamen, so wie es sich gehört, zwei Kinder. Einen Jungen und ein Mädchen. Und sie zogen ins Ausland.

Seit ich nicht mehr mit meiner Schwester zusammen wohnte, nahm meine Unfallrate drastisch ab. Es war mir fast schon unheimlich, mehrere Monate hintereinander nicht ins Krankenhaus zu müssen. Schließlich gewöhnte ich mich aber daran.

Ich studierte, machte meinen Abschluss, heiratete einen netten Mann und bekam auch ein Kind.

Alles hätte so gut sein können. Doch dann kam Ulla zurück nach Deutschland. Sie hatte die Einliegerwohnung im Haus meiner Eltern behalten, das war ja so praktisch, wenn sie zu Besuch kam. Doch nun schien sie sich dort dauerhaft einrichten zu wollen.

Karsten, Ullas Mann, reiste für einen großen Konzern durch die Weltgeschichte. Zwei Monate hier, drei dort. Auf Dauer war es ihr zu anstrengend, immer aus dem Koffer zu leben. Die Kinder waren auf einem teuren Internat und Ulla wollte endlich mal etwas für sich tun.

»Was denn?«, fragte ich meine Mutter entgeistert.

»Sie hat einen speziellen Golfkurs in Linn belegt. Außerdem möchte sie an der Fachhochschule Niederrhein Objekt-Design studieren. Einige Semester hat sie wohl schon irgendwo im Ausland absolviert.«

»Und dann? Was will sie damit machen?« Ich konnte es nicht fassen. Objekt-Design, das klang nach praktischer Arbeit, unpassend für Ullas lange, lackierte Fingernägel.

»Sie möchte einen Laden eröffnen. Innenarchitektur, Einrichtung oder so etwas«, erklärte meine Mutter stolz.

Nein, dachte ich, das hörst du dir jetzt nicht an. Immerzu erzählte meine Mutter von meiner Schwester. Auch wenn Ulla im Ausland war, telefonierten die beiden täglich. Ich wohnte ja um die Ecke, in Traar. Wir sahen uns alle paar Tage. Trotzdem schien die Beziehung der beiden inniger zu sein.

In den folgenden Monaten war ich jedoch seltener in meinem Elternhaus. Ulla hockte da wie ein fette Spinne im Netz. Nie konnte ich alleine mit meiner Mutter reden. Nachdem mein Vater vor ein paar Jahren verstorben war, hatte ich meiner Mutter mit dem ganzen rechtlichen Kram geholfen, Versicherungen, Erbschaft, Rente und was noch so anfiel. Ich hatte es immer gerne gemacht, auch wenn es mich viel Zeit kostete. Jetzt aber war ich abgeschrieben.

Ulla saß schon immer im Wohnzimmer, noch bevor ich im Hausflur war. Sie musste ein spezielles Frühwarnsystem haben, das ihr anzeigte, wann ich aufkreuzen würde.

Gerne und ausgiebig erzählte sie von ihrem aufregenden Leben in der Fremde. Allerdings tat sie dies ohne Punkt und Komma und ohne jemanden die Chance zu geben, auch etwas zu sagen. Ein paar Mal hörte ich mir ihre Monologe an, dann gab ich auf.

Ein paar Wochen später traf ich mich mit meiner Mutter im Café Heinemann. Sie sah erschöpft aus.

»Was ist los?«, fragte ich sie.

»Ach, es ist alles so anstrengend. Die Handwerker und der Dreck.«

Ich fiel aus allen Wolken. »Handwerker? Dreck?«

Ulla, so erzählte meine Mutter mir, hätte beschlossen, dass die Einliegerwohnung zu klein für sie wäre. In den Sommerferien sollten ihre Kinder zu Besuch kommen und auch ihr Mann Karsten würde einige Zeit mit der Familie verbringen wollen. Außerdem brauchte meine Schwester ja ein Arbeitszimmer. Das Studium hatte sie verschoben, im Moment brauchte sie ihre ganze Zeit, um die Pläne für den Umbau zu machen.

»Umbau?«, fragte ich ungläubig.

»Ja, Ulla baut das Haus passend für ihre Bedürfnisse um.«

Meine Mutter, so entnahm ich einem kleinen Nebensatz, war in die Einliegerwohnung gezogen.

Das war ja der Gipfel. Ich stürmte nach Hause und heulte mich bei meinem Mann aus.

»Ich weiß gar nicht, was du hast«, sagte er und schenkte mir Rotwein nach. »Ich mag deine Schwester. So eine patente Frau.«

»Du kennst sie doch kaum, Wolfgang!«, warf ich ein.

»Och, ich habe sie in den letzten Wochen gut kennen gelernt. Wir treffen uns oft beim Golfen.«

Ich hatte mich schon gewundert, dass er seinem Hobby inzwischen so viel Zeit widmete. Meine hinterlistige Schwester. Seit unserer Kindheit hatte sie mir immer alles weggenommen oder madig gemacht, was mir lieb und teuer war.

Am nächsten Tag ging ich zu meinem Elternhaus. Ich kochte vor Wut. Sie ließ das Haus umbauen, verbannte unsere Mutter in die kleine Einliegerwohnung und baggerte auch noch meinen Mann an.

Einen Moment blieb ich vor der Haustür stehen, versuchte ruhig zu atmen. Dann holte ich tief Luft und machte einen großen Schritt auf die Tür zu. Das war mein Glück, denn in diesem Moment knallten zwei Ziegelsteine genau dort hin, wo ich gestanden hatte.

Mir wurde einiges klar, denn soviel Pech im Leben, das konnte kein Zufall sein. Da steckte Ulla dahinter.

Statt zu klingeln, schlich ich mich ums Haus. Ich sah sie gerade noch durch das Dachfenster nach innen klettern. Das war mir Beweis genug.

Ich würde mich rächen, bitter rächen. Nur wie?

Außer Golf betrieb Ulla keinen Sport, nichts, wo man zufällig verunglücken konnte. Sie war immer sehr vorsichtig, schon wegen ihrer diversen Allergien. Ha! Das war es.

Ich besorgte mir Obstkuchen, Buttercremetorte und Puddingteilchen und stellte alles auf meinen Terrassentisch. Dann legte ich mich mit mehreren Gläsern auf die

Lauer. Nach und nach fing ich etliche Wespen. Ulla war hochallergisch auf Wespenstiche. Die Insekten tat ich in ein Glas mit Schraubverschluss, das Glas in meine Handtasche und dann besuchte ich meine Mutter.

Ulla begrüßte mich noch nicht einmal, sie redete die ganze Zeit mit meiner Mutter und tat so, ich wäre ich gar nicht da.

Ich stand auf und ging in den Flur. Ich lauschte, ob mir jemand folgte. Da dies nicht der Fall war, schlich ich zu Ullas Zimmer, dem ehemaligen Schlafzimmer meiner Eltern. Ganz anders sah es hier inzwischen aus, alles in Creme und Gold gehalten, die Wände verspiegelt. Mein Geschmack war das ja nicht, aber das war jetzt auch egal.

Ich stellte das Glas auf den Nachtisch, schraubte den Deckel vorsichtig ab und ließ ihn so liegen, dass ein Spalt blieb, aus dem die Wespen herausfliegen konnten. Dann schloss ich die Tür zufrieden hinter mir und ging.

Ich wartete zwei Tage. Meine Mutter rief nicht an. Sie hätte sich doch bestimmt gemeldet, wenn Ulla etwas zugestoßen wäre? Schließlich rief ich sie an. Munter plauderte meine Mutter von ihren Tennisfreundinnen.

»Wie geht es Ulla?«, fragte ich schließlich nervös.

»Ulla? Keine Ahnung. Sie ist vorgestern Abend nach London geflogen, um sich mit Karsten zu treffen.«

Jetzt fiel mir auch das Gepäck ein, dass ich im Flur gesehen hatte. Auch mein Mann war gerade in London, geschäftlich, versteht sich. Ob das Zufall war? Ich wollte es gar nicht wissen.

»Mist!«, fluchte ich.

Eine Woche später bekam ich die nächste Chance. Mutter hatte Geburtstag. Ich bot an, einen Kuchen zu backen.

»Das ist lieb von dir, Nina. Aber denk daran: keine Erdbeeren, Ulla verträgt sie nicht.«

Es war gar nicht so einfach, noch frische Erdbeeren zu bekommen, doch am Großhüttenhof wurde ich fündig. Ich buk liebevoll einen Biskuitteig, den ich noch liebevoller mit Erdbeermus bestrich. Für die Glasur nahm ich Erdbeersaft. Es fiel bei den Pfirsichen gar nicht auf, die den Kuchen bedeckten.

Wolfgang begleitete mich zu der Feier. Schon nach wenigen Minuten war er mit Ulla ins Gespräch vertieft. Ich brachte meiner Schwestern ein Stück von meinem Kuchen.

»Das sieht ja lecker aus«, sagte mein Mann.

»Hier, bitte, lass es dir schmecken«, meinte meine Schwester und reichte ihm den Teller.

Ich hätte meinen Mann umbringen können.

Immer wieder versuchte ich, ihr ein Stück Kuchen anzudrehen. Es wollte mir nicht gelingen. Nach einer Weile ließ ich mich verzweifelt auf das Sofa fallen.

Mein Schwager Karsten, der zufällig für ein paar Tage im Land war, setzte sich neben mich und gab mir ein Glas Sekt. »Die beiden verstehen sich ja ausgezeichnet«, murmelte er und sah zu Wolfgang und Ulla.

Ich nickte trübe.

Ulla überstand die Feier ohne Probleme. Ich bekam langsam Magenschmerzen. Eine andere Lösung musste her. Gift.

Ich kaufte im Raiffeisenmarkt Rattengift. Wie ich ihr das verabreichen würde, wusste ich noch nicht, aber mir würde schon etwas einfallen.

Ein nettes Essen unter Schwestern mit selbstgemachter Sülze? Einen Cocktailabend mit einer Bloody Mary à la Ratte? Marmelade? Pralinen?

Pralinen erschienen mir passend. Ulla hatte eine deutliche Affinität zu Schokolade.

Ich besorgte mir die nötige Ausrüstung und übte mich im Schokoladeschmelzen, Füllungen anrühren und Zucker karamelisieren

Doch bevor ich meinen Plan in die Tat umsetzen konnte, geschah etwas Schreckliches. Meine liebe, gute, nette Schwester Ulla verunglückte tragisch in ihrem kleinen

Sportwagen auf der B 9. Sie wollte wohl einem Rübenlaster ausweichen und irgendwas muss mit der Lenkung gewesen sein. Der Wagen überschlug sich. Sie war sofort tot.

Ich betrauerte sie aufrichtig und versuchte meinen Schwager Karsten auf der Beerdigung zu trösten.

»Ich kann es immer noch nicht fassen. Welch ein Unglück. Mutter sagte, der Wagen wäre gerade in der Inspektion gewesen«, seufzte ich.

Karsten nickte. »Teure Angelegenheit, sag ich dir, sehr teuer.«

Nur zwei Monate später heiratete er seine Sekretärin. Sie hat keine Ambitionen, sich selbst zu verwirklichen und spielt auch nicht Golf.

Ich zog mit meiner Familie in mein Elternhaus. Der Umbau war gerade fertig geworden und das Haus wirkte sehr viel freundlicher und größer. Meine Mutter, so denke ich, hat sich inzwischen auch an die Einliegerwohnung gewöhnt.

Schattenseiten

»Das war der Welle-Niederrhein-Verkehrsservice. Wir wünschen Ihnen weiterhin gute Fahrt. Es ist 6 Uhr 34. Sie hören ‚Hallo Wach' mit Kristian Lach. Und damit wir uns den trübseligen Herbstmorgen etwas aufheitern, spielen wir jetzt Bryan Adams - Summer of '69.«

Weniger gut gelaunt als der Radiomoderator des Krefelder Lokalsenders schaute Kriminalhauptkommissar Rolf Krassek ungläubig auf seine Uhr.

»So ein Mist, ausgerechnet heute«, brummte er mürrisch. Dabei lenkte er seinen Dienstwagen in die Hüttenallee - eine der besseren Adressen Krefelds und direkt am Stadtwald gelegen. »Ja, Tobias, weiße Villa, freistehend. Okay, in zwei Minuten bin ich da.«

Rolf Krassek schaltete seinen Funk etwas leiser. Laute Geräusche waren an diesem Morgen eine Qual für seine Ohren. Er wunderte sich, dass sein neuer Mitarbeiter, Kriminalkommissar Tobias Mertens, schon am Tatort war. Beide hatten erst wenige Stunden zuvor in der renommierten Gaststätte ‚Nordbahnhof' zugkräftig für einen runden Deckel gesorgt. Mertens hatte seinen Einstand gegeben als neues Teammitglied der Mordkommission im Polizeipräsidium am Nordwall.

Als Krassek am Tatort eintraf, war das komplette Programm schon anwesend: Spurensicherung, Gerichtsmedizin, ein Notarztwagen und zwei Streifenwagen-Besatzungen.

Krassek parkte seinen Audi mitten auf der schmalen Straße, die ohnehin für den normalen Verkehr gesperrt war. »Morgen. Was liegt an außer Kopfschmerzen und zu wenig Schlaf?«

Kriminalkommissar Mertens kam seinem Chef entgegen und antwortete ebenfalls mit angeschlagener Stimme: »Morgen, Chef. Meinen ersten Freitag hatte ich mir charmanter vorgestellt. Also, bisher deutet alles auf einen Einbrecher, der vom Hausherrn überrascht wurde. Darauf kurzer, heftiger Kampf, dann erwischt es Doktor Ferdinand von Duhnen, achtunddreißig, alleinstehend und Fachanwalt für Steuerrecht, mit einer Flasche Château d'Arche, Jahrgang 2003, direkt auf die Schläfe.«

Zwischenzeitlich durchschritten beide Kripobeamte die repräsentative Eingangshalle der Villa und erreichten das Wohnzimmer. Krassek ließ sich vom Leiter der Spurensicherung vorsichtig zur Fundstelle der Leiche führen. Er wusste, wie wichtig es war, sich besonders umsichtig am Tatort zu verhalten, damit keine Spuren zunichte gemacht wurden. Ruhig schaute er sich den großzügigen und in hellen Farben gestalteten Raum an. Später würde er sich erinnern, warum ihn das Szenario unterbewusst so irritiert hatte.

»Das sieht ja fürchterlich aus, Kollege Pasch. Das reinste Blutbad!« Selbst nach vielen Berufsjahren war es immer wieder eine grausame Konfrontation mit den dunklen Realitäten des Lebens.

Dieter Pasch, ein langjähriger Weggefährte Krasseks und erfahrener Spezialist auf seinem Gebiet, wirkte in seinem weißen Schutzkittel und seiner Nickelbrille eher wie ein Künstler während einer Vernissage.

»Das stimmt nicht ganz. Ein großer Teil des roten Schlamassels stammt wohl aus der Rotweinflasche, die an seinem Schädel zerschellt ist. Der oder die Täter sind scheinbar durch die hintere Terrassentür eingedrungen, sie wurde mit der klassischen Methode ausgehebelt. Eine Alarmanlage ist nicht vorhanden, und besondere Sicherungsvorrichtungen sind ebenfalls nicht installiert. Ein Kinderspiel also. Den Quetsch- und Splitterspuren am Rahmen nach zu urteilen, scheint es allerdings kein Profi gewesen zu sein, da mehrfach angesetzt wurde. Ansonsten bislang keine auffälligen Spuren.«

»Danke, Dieter.« Krassek wandte sich nun der Kollegin Dr. Christina Langels zu, die vor über einem Jahr von der Frankfurter Gerichtsmedizin an den Niederrhein gewechselt war, der Liebe wegen, wie sie jedem seinerzeit glaubwürdig mit auf den Weg gab.

»Christina, wenigstens ein Lichtschein an diesem vergrausten Morgen. Haben Sie schon erste Erkenntnisse, Tatzeit, Todesursache, Fremdspuren . . . ?«

»Guten Morgen, Rolf. Das sind die Richtigen. Erst mal in Ruhe den Rausch ausschlafen, die Kollegen die Arbeit machen lassen und am besten gleich die perfekte Täterbeschreibung auf einem silbernen Tablett servieren lassen.« An Krasseks Gesichtausdruck sah sie, dass ihre spontane Antwort die gewollte Wirkung erzielt hatte. Etwas gelassener fuhr sie fort: »Als Todesursache deutet alles auf den massiven Schlag mit der Weinflasche, die Schädelplatte wurde zertrümmert, Splitter stecken noch im Wundbereich. Sonstige Fremdspuren wie Kratzer von Fingernägeln oder Würgemerkmale sind nicht ersichtlich. Besonders tragisch ist, dass er langsam verblutet ist und mit letzter Kraft versucht hat, eine Botschaft zu hinterlassen.«

Dr. Langels wies sogleich den Fotografen an, den Teppich neben der linken Hand des Opfers mehrfach abzulichten. Inmitten des roten Belags aus Rotwein und Blut waren mit etwas Phantasie die krakeligen Großbuchstaben B-N-W-G zu entziffern.

»Ferdinand von Duhnen hat uns also eine Spur hinterlassen«, äußerte sich Krassek. »Sehr ungewöhnlich für einen Einbruchsablauf.«

»Die Tatzeit kann ich vor der Obduktion nur grob schätzen, irgendwann zwischen 21 Uhr 30 und Mitternacht«, Christina Langels lächelte dabei Krassek kopfnickend an.

»Ich weiß, kompletter Bericht, in Teamausfertigung zur Frühbesprechung am Wochenende, das diesmal wegen – na, sagen wir – Spätwirkungen eines guten Tropfens ausfällt.«

Krassek schätzte die selbstbewusste und zugleich charmante Verhaltensweise der jungen Medizinerin und konnte sich ein selbstgefälliges Grinsen nicht verkneifen.

»Da haben wir gerade die ‚Grillplatte Nordbahnhof' begossen und mit dem Wirt Viktor Furth ein Schlufflied geträllert.« Kriminalkommissar Mertens konnte es sich nicht verkneifen. »Sicherlich hatten wir mehr Spaß.«

»Jetzt reicht's aber.« Krassek wurde langsam ungeduldig. »Ich will jetzt mit der Haushälterin sprechen, die ihn gefunden hat. Tobias, du leitest die Nachbarbefragung ein. Mögliche Zeugen, wer hat was bemerkt? Dann Tatmusterabgleich mit den Kollegen vom Einbruchs-Dezernat. Vielleicht gibt es Parallelen zu vergleichbaren Brüchen – natürlich mit Ausnahme der Todesfolge. Dann will ich eine exakte Aufstellung, ob und was entwendet wurde. Da er scheinbar allein lebte, brauchst du dabei sicherlich Unterstützung. Über seine Kanzlei – ich denke seine Sekretärin oder persönliche Assistentin – lass das private Umfeld checken. Unsere neue Abteilungssekretärin, Lisa, soll für elf Uhr im Präsidium eine erste Pressekonferenz ansetzen, bevor die uns noch nach und nach die Bude einrennen. Und ... achtet bei allem, was kommen mag, auf die mysteriöse Buchstabenfolge B-N-W-G. Sie muss einen wichtigen Hinweis enthalten. Das ist von Duhnens Vermächtnis.«

Die Befragung der Haushälterin brachte keine neuen Erkenntnisse. Wie jeden Freitag hatte sie bereits um fünf Uhr in der Früh – ausgestattet mit einem eigenen Schlüssel – das Haus betreten, um es noch antiseptischer zu behandeln, als es ohnehin schon war. Seitdem stand die Fünfzigjährige unter Schock und wurde vom Polizeiseelsorger erstversorgt. Völlig zurückgezogen soll von

Duhnen sein komfortables Leben geführt haben, ohne auffällige Merkmale, korrekter und höflicher Umgang, nur ohne persönlichen Austausch, ein distanzierter Mensch.

Jetzt saß Krassek im kleinen Konferenzraum im Polizeipräsidium und leitete das Ende der spontan einberufenen ‚PK' ein. Das Medieninteresse war erwartungsgemäß groß. Neben der lokalen Presse ‚Westdeutsche Zeitung', ‚Rheinische Post', ‚Stadtspiegel', ‚ExtraTipp' und Radio ‚Welle Niederrhein', hatte auch der WDR vom Landesstudio Düsseldorf ein TV-Team geschickt.

Bei der Oberfinanzdirektion der Landeshauptstadt war der Ermordete ein angesehener und geschätzter Fachanwalt für internationales Steuerrecht. Gerüchten nach wäre ein lukrativer Posten im Ministerium in absehbarer Zeit nicht ausgeschlossen gewesen.

»Und, meine Damen und Herren«, Krassek musste sich kurz räuspern, »wichtig ist, dass wir auf die Mithilfe der Bevölkerung angewiesen sind - vor allem, was die bereits erwähnte Buchstabenfolge eventuell zu bedeuten hat. Ich danke Ihnen vorerst.«

Abschließend musste er dem Reporter des Lokalsenders noch einige ‚Original-Töne' ins Mikrofon sprechen, was ihm an diesem Tag nicht unbedingt leicht fiel. Immerhin sollte der Mordfall bereits zum frühen Nachmittag ausführlicher in die Nachrichten. Als alter Fuchs wusste er, wie entscheidend die ersten achtundvierzig Stunden nach der Tat für die weiteren Ermittlungen waren.

Mit Blick auf die Uhr stellte er zufrieden fest, dass bis zur Teambesprechung um siebzehn Uhr noch gut fünf Stunden lagen - Zeit genug, wenigstens einmal kurz unter die Dusche zu springen und in Ruhe bei einer Tasse Kaffee das Abklingen der Kopfschmerzen heraufzubeschwören. Denn eines war ihm bewusst, es würde ein langer Tag und ein sehr kurzes Wochenende werden.

Sören Kalat stand der Schweiß auf der Stirn. Dabei zog er immer wieder hektisch an seiner Zigarette, ohne sie richtig wahrzunehmen. Unzählige Autos rauschten an ihm vorbei. Auch die bemerkte er nicht, zu beschäftigt war er mit seinen Gedanken – Gedanken, die sich um seine Erinnerungen drehten wie ein energischer Strudel aus dem es kein Entrinnen gab. Er hatte seinen Wagen am Seitenstreifen auf der B 509 zwischen Grefrath und Mülhausen geparkt.

»Wenn ich es jetzt nicht mache, wird es am Ende nur schlimmer für mich«, versuchte er sich mit erregter Stimme einzureden. Es war 16 Uhr 45, als er die Zigarette wegwarf, sein Handy aufklappte, tief durchatmete und schließlich mit zittrigem Finger die Nummern wählte.

Inga Krämer, Mitarbeiterin der Nachrichtenredaktion von ‚Welle Niederrhein' hatte den Hörer zwischen Kopf und Nackenbereich eingeklemmt.

Mit der rechten Hand notierte sie Stichpunkte, gestikulierte mit der linken Hand immer wieder Richtung Hörer und zeigte ihrem Kollegen durch den erhobenen Daumen, dass es ein Treffer war. »Jawohl, ich kümmere mich sofort. Okay, in einer Stunde . . .«

Um 17 Uhr 10 betrat Kriminalhauptkommissar Rolf Krassek als Letzter den Besprechungsraum der Mordkommission im Polizeipräsidium und setzte sich ans Kopfende. Bis auf die Gerichtsmedizinerin Dr. Langels waren alle anderen Mitglieder der eigens zusammengestellten zwölfköpfigen Sonderkommission ‚Rotwein' bereits anwesend, einige von ihnen diskutierten angeregt, andere schauten sich interessiert Fotoabzüge vom Tatort an.

Selbst der zuständige Staatsanwalt wartete am Ende des langen Tisches und blickte dabei aus dem Fenster in Richtung Hauptbahnhof.

»Sorry, es geht sofort los«, entschuldigte sich Krassek

sichtlich genervt - immerhin war er für seine penible Pünktlichkeit allerseits bekannt. »Ich musste erst dem Alten persönlich die Sachlage überbringen.«

Es war eher verständnisvolle Einsicht, die er in den Gesichtern abzulesen meinte, schließlich war der ‚Alte' - wie der Polizeipräsident informell tituliert wurde - ihr direkter Dienstherr.

»Fangen wir der Reihe nach mit den konkreten Fakten an. Was haben wir bislang zusammentragen können? Was können wir daraus schlussfolgern? Und schließlich, was fehlt uns noch? Also, die nächsten Schritte. Dieter, was sagt deine alte Schnüffelnase?«

Der Leiter der Spurensicherung goss den letzten Rest Büchsenmilch in seine Kaffeetasse, griff dann zum Ringordner, überflog nochmals rasch die erste Seite. »Nun, keine Dinge, die bei Einzelbetrachtung zunächst einen tieferen Sinn ergeben, zumindest aber recht ungewöhnlich für normale Einbruchdelikte erscheinen. Abgesehen davon, dass bis auf Fingerabdrücke vom Hausherrn nur Abdrücke der Haushälterin zu finden waren, was ohnedies schon außergewöhnlich ist.«

»Weiter, Dieter, spann' uns nicht auf die Folter«, erhöhte Krassek das Tempo.

Pasch fuhr fort, nicht ohne zuvor einen kräftigen Schluck von seinem Kaffee genossen zu haben. »Donnerstag war bekanntlich ein Scheiß-Wetter, es hatte bis zum Nachmittag geregnet. Demnach müssten draußen vor der Terrassentür oder auf dem Teppichboden Matsch- oder zumindest Erdspuren hinterlassen worden sein. Es sei denn, der Täter ist mit Anlauf über das drei Meter breite Beet gesprungen, um an die Tür zu gelangen. Nichts, nicht ein einziger Fußabdruck im fein geharkten Blumenbeet. Weiter, es gab zwar keine Fingerabdrücke, was beim professionellen Bruch auch selten passiert, dafür befanden sich an nahezu allen geöffneten Schränken, Schubladen und Kommoden feinste Reste von Zellulose-Partikeln.«

»Das hieße ja, der mutmaßliche Einbrecher hat anstelle von Handschuhen mit einem Papiertaschentuch versucht – oder besser improvisiert – keine Hand- und Fingerabdrücke beim Öffnen und Durchsuchen zu hinterlassen«, kommentierte Kriminalkommissar Tobias Mertens.

Krassek rieb sich die Augen, die mittlerweile schon leicht rötlich schimmerten. »Willst du damit etwa andeuten, dass . . . ?«

Jetzt unterbrach Pasch seinen Chef. »Bevor du den Satz beendest, lege ich das entscheidende Zünglein auf die Waage. Im Mülleimer vor dem Haus fanden wir unter anderem eine Plastik-Einkaufstüte vom SB-Markt Real, Hafelsstraße, was noch nicht so wirklich spannend ist. Eindeutiger ist der darin befindliche Kassenbon, datiert auf den gestrigen Donnerstag, Uhrzeit 17 Uhr 39, Barzahlung über 39 Euro und 90 Cent. Und wisst Ihr wofür?«

Pasch schaute zu seinem Kollegen Dieling von der Spurensicherung, der auch prompt antwortete. »Zwei Flaschen Château d'Arche, Jahrgang 2003.«

»Moment mal, 17 Uhr 39.« Mertens verglich seine Einträge aus dem Notizbuch von heute Mittag, als er in der Kanzlei von Duhnens war. »Seine Sekretärin hat ausgesagt, dass er um 17 Uhr 30 die Kanzlei verlassen hat. Also kann er unmöglich die Flaschen selbst gekauft haben!«

Ein Raunen ging durch die Runde.

»Das heißt eindeutig, dass . . .«

Bevor er zu Ende sprechen konnte, betrat Dr. Christina Langels den Raum. »Meine Herren, ich unterbreche ungern, aber ich möchte Ihnen einen wichtigen Befund nicht vorenthalten, bevor Samstag der komplette Obduktionsbericht folgt.«

Keiner der Anwesenden hatte etwas dagegen einzuwenden, sogar Krassek war von der erfrischenden Art der attraktiven Gerichtsmedizinerin angetan.

»Herr von Duhnen hat sich unmittelbar vor seinem

Ableben von der Qualität des Inhalts überzeugt, bevor die Flasche auf seinem Kopf zerschellte. Im Magen befand sich nämlich ein guter Kelch vom edlen französischen Tropfen. Da die Flasche sicherlich nicht schon im Auto entkorkt wurde, heißt das sogar für mich als ‚Labortiger' eindeutig, dass . . .«

»Dass die Nummer mit dem überraschten Einbrecher nur vorgeschoben ist, um uns bewusst in die falsche Richtung zu lenken«, hakte Mertens ungeduldig dazwischen.

»Sehr gute Arbeit«, erfreute sich Krassek, der wieder putzmunter sein Team motivierte, »das bringt den Fall gewaltig nach vorne. Wir suchen nämlich keinen fremden Mr. X aus der Einbrecherszene, sondern eine vermutlich vertraute Person aus dem Umfeld des Steueranwalts. Sie hatten sich getroffen, haben sogar gemeinsam Wein getrunken. Wo liegt das Motiv? Können wir sicher davon ausgehen, dass es sich um einen Täter handelt? Kommt nicht jetzt auch eine Täterin in Frage?«

»Aufgrund der Größe und Deutlichkeit der Hämatome an Oberarmen und Schultern, die auf Griffdruck während des Kampfes entstanden sein müssen, schließe ich eine Frau eher aus«, bekräftigte Langels ihre These.

»Gut, dann erstellt eine umfassende Personenliste, alle Kontakte, geschäftliche und private, bis hin zum Briefträger. Setzt als ersten Filter die vier Buchstaben B-N-W-G an. Vielleicht steckt dahinter ein Firmenkürzel oder Ähnliches. Und überprüft jeden Einzelnen.« Krassek war mittlerweile aufgestanden und stützte sich auf der Tischplatte mit den Handballen ab, sah zu, wie Mertens dabei war, das Team organisatorisch einzuteilen.

»Ich habe es doch gleich gespürt, dass das Wohnzimmer nicht nach Einbruch aussah. Es wirkte zu künstlich. Fast wie ein inszeniertes Bühnenbild.«

Als das rote Telefon läutete, war sofort Ruhe. Jeder wusste, dass bei Besprechungen nur Anrufe von äußerster

Dringlichkeit durchgelassen wurden. Lisa Schürmanns reichte den Hörer gleich weiter an ihren Chef. »Für Sie, der Chefredakteur der Welle Niederrhein.«

Der Kriminalhauptkommissar nahm den Hörer gespannt entgegen. »Krassek, Leiter Mordkommission. Ich grüße Sie, Herr Wöhrl. Was gibt's so Dringendes.«

»Ich komme gleich auf den Punkt, denn die Zeit drängt. Eine Redakteurin erhielt vor wenigen Minuten einen Anruf von einem Mann. Er behauptet, er kann im Mordfall von Duhnen die Bedeutung der vier Buchstaben erklären. Er klang sehr aufgeregt, hätte aber nichts mit dem Ganzen zu tun und will absolut anonym bleiben. Daher hat er sich zunächst an den Sender gewandt, damit der Anruf nicht zurückverfolgt werden kann«, erläuterte der Chefredakteur Markus Wöhrl.

»Okay, und wie soll es weiter gehen?«

»Nun, er wollte innerhalb der nächsten Stunde nochmals anrufen. Wenn er die verbindliche Zusage der Anonymität erhält, und nur dann, wird er Samstag früh im Präsidium eine Aussage machen.«

»Okay, auch auf das Risiko, dass es sich mal wieder um einen Spinner handelt, geben Sie grünes Licht, sollte er tatsächlich noch mal anrufen. Wir dürfen diese Chance nicht ausschlagen. Und ... Sie werden verstehen, dass diese Vertraulichkeit damit ebenso wenig live auf die Antenne gehört - zumindest jetzt noch nicht.«

Als Polizeimeister Dostert am Samstagmorgen am Empfang des Präsidiums einen gewissen Sören Kalat ankündigte, wusste Krassek sogleich, dass es sich nicht um einen Spinner handelte.

»Gut, Dostert, das geht klar, schicken Sie ihn rauf.«

Nach zwei Zigaretten und einer Tasse Kaffee taute Kalat auf. Langsam begann er seine Ausführungen.

»B-N-W-G. Wir hatten sogar T-Shirts damit bedruckt ‚Bonn-Wohngemeinschaft', jeweils mit persönlichem Vornamen und Adresse in der Südstadt. Verrückte Zeiten, wir waren alle Studenten der Rechts- und Wirtschaftswissenschaften. Das Ganze liegt jetzt rund zwölf Jahre zurück. Damals hatten wir vier uns bei einer dieser berüchtigten Karnevalsfeten in der Mensa academica kennengelernt. Eine Woche später lebten oder besser ... hausten und feierten wir in unserer WG wenige Straßenzüge entfernt vom Juridicum.«

Krassek hörte aufmerksam zu, während Mertens frischen Kaffee einschüttete.

»Es hielt gerade mal sechs Monate, dann hatten wir uns quasi auseinander gelebt, der übliche Stress. Thomas wechselte zur Sorbonne nach Paris. Nur Ferdinand von Duhnen und Ulf, Ulf Barrowski, blieben zusammen ... weiter ein Paar.«

»Moment«, hakte Krassek ein, »Sie wollen damit sagen, dass Ferdinand, dass Dr. von Duhnen, eine homosexuelle Beziehung mit seinem Kommilitonen Ulf Barrowski hatte?«

»Fast richtig«, antwortete Kalat. »Wir alle hatten eine solche Beziehung, nur die beiden blieben zusammen – wohl bis heute, wie ich vermute und nur etwas anonymer.«

Krassek und Mertens schauten sich für einen Moment an.

Kalat fuhr fort. »Sie müssen verstehen, als renommierte Anwälte oder in meinem Fall als Unternehmensberater, sind die gesellschaftlichen Toleranzgrenzen immer noch recht begrenzt gesteckt. Selbst heute noch.«

Sichtlich erleichtert verließ Sören Kalat schließlich das Gebäude am Nordwall.

Um 13 Uhr 25 hatte das Sonder-Einsatz-Kommando die Positionen rund um das mondäne Haus nördlich der Krefelder Galopprennbahn auf dem Heyenfeldweg in Verberg eingenommen. Ulf Barrowski musste im Haus sein. Sein Mercedes parkte vor der Tür. Krassek hatte einen Testanruf durchgeführt. Am anderen Ende wurde abgenommen und sofort wieder aufgelegt. Endlich traf auch Mertens ein mit einer Videokassette in der Hand.

»Wir können jetzt nicht länger warten«, Krassek schaute nervös auf die Uhr und dann zum SEK-Einsatzleiter, »Zugriff!«

Als die Beamten die Haustür überwunden hatten, drangen sie sehr schnell weiter ins Hausinnere vor.

Barrowski hatte es gerade noch geschafft, die Leiter umzustoßen. Wie ein Pendel hing er mit dem Hals in der Schlaufe an der Verstrebung des Wintergartens.

Nur der raschen Reaktion der Einsatzkräfte war es zu verdanken, dass die Schlaufe rechtzeitig gelöst werden konnte. Barrowski lag auf der Seite und erbrach sich. Der Notarzt attestierte sogleich, dass bis auf Schürfungen und Verrenkungen voraussichtlich keine akuten Schäden vorlagen. Vorsorglich ordnete er den Transport in das Städtische Klinikum an.

Krassek und Mertens fuhren mit. Mit Blaulicht ging es über den Europaring zur Notaufnahme. Immer wieder jammerte Barrowski: »Dabei habe ich ihn so geliebt.«

Der behandelnde Notarzt setzte ihm eine Spritze und korrigierte die Halskrause.

»Doch er wollte Schluss machen an diesem Abend. Für immer. Fühlte sich zu was Höherem berufen. Seine Scheiß-Karriere. Eine Top-Position in Düsseldorf. Im Finanzministerium. Ich habe ihn angefleht. Dann haben wir uns gestritten, ich wollte es nicht ... aber er hat mich gedemütigt, mich geschlagen, da ... da ist es passiert ...«

Weiter kam er nicht, wieder wurde er vom Weinkrampf geschüttelt. Der Arzt lenkte beruhigend ein: »Meine Herren, bitte ...«

Kurz vor dem Klinikum schien das Medikament zu wirken. Fast apathisch fragte Barrowski leise: »Wie sind Sie so schnell auf mich gekommen?«

Ohne die Wohngemeinschaft und die Lebensumstände anzusprechen, antwortete Krassek ebenso ruhig: »Wie sagt doch der alte Spruch? Im Wein liegt die Wahrheit. Ausgerechnet im Wein, den Sie vorgestern gekauft haben.«

Verblüfft erwiderte Barrowski: »Und woher können Sie wissen, dass ich den Wein gekauft habe?«

Mertens hielt die Videokassette hoch: »Ich kann Ihnen sogar sagen, dass Sie einen dunkelblauen Anzug mit rot-weiß gestreifter Krawatte trugen, als Sie bei Real um 17 Uhr 39 mit einem 50-Euro-Schein bezahlt haben. So exakt hat es die Überwachungskamera dokumentiert.«

Als Krassek gegen 19 Uhr 30 vor seiner Haustür parkte und die Fahrräder seiner Töchter sah, griff er zufrieden die Flasche Château d'Arche und stieg aus.

Sand und Steine

Es war warm auf den Steinen, damals. Mit geschlossenen Augen lag sie auf der Decke, vernahm die Schreie der Möwen, das Brummen der Frachtkähne und die Geräusche des Wassers auf den Kieseln. Neben ihr ein Picknickkorb und auf der anderen Seite Arno mit zärtlichem Flüstern.

Nun aber mied sie den Rhein. Wenn sie Möwen hörte, griff sie nach Ohrenstöpseln. Den Namen jener Stadt radierte sie aus ihrem Gedächtnis. Aus ihren Autokarten hatte sie das kurze Wort und seine Umgebung längst herausgeschnitten. Den Schnipsel hatte sie mit Arnos Foto verbrannt - jedenfalls versicherte sie allen, dass sie es getan hätte. In Wirklichkeit lag das Stückchen Karte in der Schreibtischschublade und das Foto unter einem Buch auf ihrem Nachtisch. Denn sie hoffte, genauer: sie wusste, dass sie noch eine Chance hatte. Es konnte nicht alles vorbei sein! Nach fast fünf Jahren! Sie waren füreinander bestimmt, Arno und sie. Alles andere war ein dummer Irrtum, ein blödes Missverständnis.

Sie rief ihn an, wann immer sie konnte, schrieb ihm Briefe, sandte selbst verfasste Gedichte und ab und zu ein kleines Geschenk. Obwohl Arno niemals antwortete, zweifelte Isa keinen Augenblick daran, dass er sich freute. Leider tat er sich schwer damit, die Neue zum Teufel zu schicken, was vermutlich daran lag, dass diese Person die miesesten weiblichen Tricks einsetzte, denen er einfach nicht gewachsen war. Aber Isa konnte warten. Geduld war ihre Stärke. Wenn es nur endlich so weit wäre!

Das Versenden der Briefe und Päckchen klappte nicht mehr, als Arno in eine andere Wohnung umzog, ohne Bescheid zu sagen. Anrufen konnte sie ihn auch nicht mehr, weil er von einem Tag auf den anderen eine Geheimnummer besaß. In der Firma lehnte man es ab, ihr Auskunft zu geben.

Isa aber ließ sich nicht entmutigen. Sie engagierte einen Privatdetektiv, und zwei Tage später konnte sie den nächsten Brief an die richtige Adresse schicken. Natürlich steckte diese Lena hinter allem! Der arme Kerl wurde total untergebuttert. Aber er war, das spürte Isa deutlich, nicht weit davon entfernt, sich zu befreien. Deshalb war sie nicht überrascht, als sie einen Anruf erhielt.

»Er bittet dich an euren alten Platz, Isa«, flötete die Giftnudel zuckersüß. »Er möchte sich mit dir aussprechen!«

Isa kannte bis zu diesem Zeitpunkt weder Lenas Stimme noch hatte sie Lena je gesehen, aber dass sie eine Giftnudel war, verstand sich von selbst.

Warum rief Arno nicht einfach persönlich an? Isa fragte nicht danach. Sie war zu überwältigt von der Vorfreude, ihn endlich wiederzusehen. Die Antwort war ohnehin klar: Er hatte keine Zeit für Telefongespräche oder E-Mails, weil er so viel zu tun hatte. Die Firma fraß ihn auf, und im Frühjahr war es immer besonders schlimm. Womöglich musste der Gute anschließend noch kochen oder staubsaugen, während Lena, dieses Aas, auf dem Sofa lag und einen Cocktail süffelte.

Aufgeregt holte Isa die Autokarte aus dem Regal und den Schnipsel aus der Schublade. Endlich durfte der Name heraus: »Zons!«

Sie dachte an Vergangenes und hoffte auf Zukünftiges. Zons musste ihr Glück bringen! Sie klebte den Schnipsel sorgfältig über das Loch unterhalb von Düsseldorf.

Währenddessen hörte sie den Wetterbericht für das Wochenende: Schnee- und Graupelschauer, übergehend in Nieselregen. Sie hatte sich schöneres Wetter gewünscht.

Aber das Gute am schlechten Wetter war, dass nicht viel los sein würde rund um die alte Festungsstadt. Früher, mit Arno auf der Decke, hatte es sie manchmal gestört, dass man an Wochenenden weder innerhalb noch außerhalb der Mauern von Zons jemals allein war, nicht einmal an den Wegen zwischen Stadtmauer und Rhein, wo sich ein hübscher Blick auf die Türme der Stadt bot.

Der heftig herbeigesehnte Samstag begann tatsächlich kalt und feucht. Isa steuerte den ersten Parkplatz vor der Stadtmauer an. Welch wunderbares Vorzeichen, dachte sie, als sie mit ihrem Stockschirm aus dem Wagen stieg. Hieß es nicht irgendwo: Gott schützt die Liebenden? Jedenfalls hörte der Regen auf.

Isa nahm nicht den Weg durch die Stadt, denn für Tore, Türme und Historie hatte sie jetzt keinen Sinn. Sie eilte an allem vorbei, sah die alten Mauern und die schönen Bäume kaum, strebte an der Südseite der Feste hinunter zum Rhein, war bald am Deich und darüber hinweg und verharrte erst dort, wo nass und bunt Tausende von flachen Steinen glänzten. Angeschwemmte Wurzeln, zerbrochene Planken, friedlich schaukelnde Möwen im graubraunen Wasser, auf einem Baumstumpf dunkel schimmernd ein Kormoran, weiter nördlich die Fähre beim Überqueren des Stroms. Roch es nicht ein bisschen nach Holland und nach Meer?

Isa hatte zwei flache Isolierkissen mitgebracht und setzte sich auf das eine. Kein Mensch war zu sehen. Wer liebt, muss warten können. Oder hatte die Giftnudel sie angeschmiert? Isa blickte aufs Wasser, beobachtete, wie ein beladener Kahn langsam flussaufwärts fuhr, und sagte sich: Nein. Arno hatte sich früher oft verspätet.

Schließlich zog sie ihr Handy aus der Hosentasche. Als sie seine Nummer drückte, knirschte es auf den Steinen.

Arno! Schief grinsend und verlegen kam er näher – typisch! Als er sie begrüßte, sah er sie kaum an. Er gab ihr schlaff die Hand, ohne seinen Lederhandschuh auszuziehen und drehte den Kopf zur Seite. Jede andere Frau hätte sich darüber gewundert, aber Isa nicht. Sie kannte ihn gut, so war Arno eben! Und so liebte sie ihn. Fürs Küssen konnte sie ja selbst sorgen. Allerdings wich er aus und erklärte hustend und schniefend, er sei wahnsinnig erkältet, sie wolle sich doch nicht anstecken?

»Das ist mir egal!« rief sie leidenschaftlich.

»So dünn, wie du bist, holst du dir nur den Tod!« erwiderte er.

Seine Fürsorge rührte Isa. »Ja, ich bin dünn geworden. Es schmeckt mir nicht mehr.«

Sie sah an sich hinunter. Momentan ähnelte sie vielleicht einer Vogelscheuche. Aber mit dem neuen Glück würde der Appetit von selbst kommen. Schon heute beim Frühstück hatte sie es gemerkt.

»Schön, dass du dich mit mir aussprechen willst«, begann sie.

Eine junge Frau schlenderte dicht am Wasser vorüber. Isa bemerkte Arnos Zögern. Natürlich, er wollte keine Zuhörer. Außerdem brauchte er Zeit. Sie hätte nicht so mit der Tür ins Haus fallen dürfen.

»Setz dich erst mal hin«, sagte Isa und deutete auf das zweite Isolierkissen.

Arno zog die Oberlippe hoch, als missfalle ihm etwas. Kein Wunder: Es begann leicht zu nieseln. Isa spannte den Schirm auf.

»Er ist groß genug für uns beide«, erklärte sie.

Der Wind kam von Westen, also vom Land, von Zons und vom Weg her. Sie stellte den Schirm so auf den steinigen Strand, dass er sie beide schützte und ihnen zugleich, sollte jemand den Weg entlang gehen, etwas Deckung bot. Weit und breit kam jedoch niemand. Die andere Frau war zwar noch in der Nähe, schien sich aber nur fürs Wasser zu interessieren.

Arno saß steif auf dem Kissen. Isa lächelte ihn ermutigend an. Die Fremde entfernte sich weiter, und endlich rührte sich Arno. Er warf sich über Isa, beinahe so, wie sie es sich gewünscht hatte. Diese aufgestaute Leidenschaft, dachte sie beglückt. Arno packte sie ungeschickt, drehte sie auf den Bauch, presste sich auf ihren Rücken und drückte ihr Gesicht tief in Sand und Steine.

»Das ist keine Leidenschaft«, schoss es Isa durch den Kopf, »das ist . .. mörderisch!«

Plötzlich hatte er ein Gewicht wie zwei Leute, schien vier Arme und vier Knie zu haben. Sie rieb verzweifelt ihre Nase hin und her, um ein Loch zum Atmen freizuhalten, aber immer rutschten Sand und Steine nach.

Über ihr versuchte man, etwas um ihrem Hals zu schlingen, doch ohne Erfolg, weil unterm Hals ihre Hand lag. Für Hoffnung aber war keine Zeit in diesem Kampf. Sie fühlte, wie ihre Bewegungen verebbten, wie sie müde wurde. Wie sie aufgab . . .

Kurz darauf verließen Arno und Lena das Ufer Hand in Hand. Die Handschuhe hatten sie ausgezogen und ins Wasser geworfen. Ihr Auto stand weiter weg, an der Straße, die auf Zons zuführte und auf der sie schnell verschwinden würden. Noch einmal drehten sie sich nach dem graublau gemusterten Schirm um. Trotz der weiten Sicht konnte kein Mensch etwas bemerkt haben. Es kam immer noch niemand, und es regnete stärker. Die Leiche hatten sie notdürftig mit Sand und Steinen bedeckt.

Ganz entfernt trat nun jemand aus der Stadt heraus, ein Hund lief vorneweg. Hund? Daran hatten sie nicht gedacht. Diese Tiere bemerkten am Boden alles. Aber wenn schon! Niemand würde sie verdächtigen können.

Beppo, Isas Bruder, saß daheim in Grefrath, bewirtete sie sozusagen mit Kaffee und Kuchen in seinem Wohnzimmer und ließ Aufnahmen ihrer Stimmen laufen – wegen der Nachbarn. Beppo gab ihnen ein sicheres Alibi.

Etwas anderes blieb ihm gar nicht übrig. Denn sie erledigten seine Arbeit mit. Er wollte alleine erben. Für die Entsorgung seiner Schwester versprach er ihnen einen Anteil am Erbe seines Vaters, der im Sterben lag. Für jeden fünfzigtausend, so war es ausgemacht.

Zons war bare Münze, und der Alte, so viel war sicher, in Kürze dahin.

Lena war die Erste von den dreien, die am Montag die Tageszeitung aufschlug. »In Zons am Rheinufer wurde eine Frau überfallen« las sie Arno, der sich im Bad rasierte, lachend vor. »Das überrascht uns aber!« Plötzlich stockte sie.

»Ist was? – Lena?«

Es war nicht nur überraschend, sondern schockierend.

Lena hörte Gefängnistore krachen, eiserne Riegel, die quietschend vorgeschoben worden, das Tuscheln der Leute, die Stimme des Richters: ‚Und da haben Sie kaltblütig ...'

»Sag endlich!« Arno stürzte aus dem Bad und riss ihr die Zeitung aus der zitternden Hand. »Die Frau ist – das kann doch nicht sein!«

»Vielleicht sind wir zu schnell weg?«

»Hätten wir warten sollen, bis uns einer sieht? Die war mausetot!«

»Irgendwer hat sie reanimiert!«

»Verdammte Scheiße! Jetzt steht gleich die Polizei auf der Matte!«

»Lass uns wegfahren, Arno!«

»Bist du bekloppt? Das wäre ein Geständnis!«

»Sollen wir abwarten, bis sie dich holen?«

»Du hängst auch mit drin.«

»Ich warte jedenfalls nicht!«

»Denk an das Alibi! Wir sagen, sie spinnt, sie hat sich was eingebildet, wir waren es nicht!«

»Dann finden sie einen Fussel von deiner Socke und

schon bist du im Knast!« rief Lena, ergriff blitzschnell ihre paar Sachen und stürzte aus seiner Wohnung.

Die Lage war nicht rosig, gestand Arno sich ein. Er fuhr in die Firma, warf den Computer an, verbuchte mechanisch die Ein- und Ausgänge. Ebenso mechanisch nahm er in der Kantine Bratwurst und Blumenkohl zu sich, mit den Gedanken immer bei dem Moment, in dem zwei Kriminalbeamte in Zivil eintreten, ihre Ausweise zeigen und ihn bitten würden, sofort mitzukommen.

Es wurde Abend, und niemand war erschienen. Es wurde Nacht. Er konnte keine Minute schlafen, trotz Schnaps und Baldrian. Stunde um Stunde verging. Niemand klingelte an der Tür. Es wurde Morgen, und das Spiel ging von vorne los. Niemand kam. Nach drei zermürbenden Tagen fragte er sich, ob Isa vielleicht im Koma lag oder eine Gedächtnislücke wegen Sauerstoffmangels hatte, sodass sie ihn gar nicht anzeigen konnte. Wenn dem so war, brauchte er jetzt nicht länger auf Lena zu verzichten! Erleichtert rief er sie an. Lena legte sofort auf, noch ehe er ein Wort sagen konnte. Aha. Sie zog es vor, ihn nicht zu kennen.

Minuten später bekam er selbst einen Anruf. Er atmete tief durch, um sein Herzklopfen in den Griff zu bekommen. Als er abnahm, war seine Stimme belegt.

Aber es war nicht die Polizei.

»Arno?«, flüsterte sanft eine Frauenstimme.

Wie konnte das sein? Was hatte das zu bedeuten? Isa rief ihren Mörder an! Es verschlug ihm die Sprache. Wie verhält sich ein Mörder, wenn ihn sein Opfer mit sanfter Stimme anspricht?

»Arno, Liebster, warum sagst du nichts?«

Er räusperte sich.

»Geht es dir nicht gut?« fragte sie besorgt.

Das war unglaublich. Aber wenn er es recht bedachte, sprach eigentlich nichts dagegen, auf diese Tonart einzugehen.

»Doch«, sagte er heiser. »Mir geht es phantastisch.« Er

konnte doch schlecht fragen: »Und wie geht es dir?« Was sagte man in so einer Situation?

»Weißt du, mir geht es richtig gut«, erklärte Isa. »Ich hab's überlebt. Ein Hund hat mich gefunden. Der Notarzt hat mich wieder hingekriegt. Es war wohl nicht viel mehr als eine Ohnmacht. Oder so. Ich hab das Fremdwort vergessen. Die reden ja immer in Fremdwörtern.«

Ihm fiel nur ein Fremdwort ein, das überhaupt nicht passte: Exitus.

»Bist du Lena . . . endlich los?«

»Ja . . .«

»Wann sehen wir uns?«

»Wann?« Er schluckte. Das konnte nicht wahr sein - sie wollte ihn sehen! Lockte sie ihn eine Falle? War das der Auftakt zu einem grandiosen Racheakt? Es musste eine Falle sein! Aber wenn er jetzt ‚nein' sagte, könnte sie sauer sein und würde nicht länger zögern, ihn anzuzeigen. Ihren Mörder. Die unvermeidliche Folge: ein paar Jahrzehnte Freiheitsstrafe. Er würde als Opa aus dem Knast herauskommen. Das war zum Weinen. Und was die Fünfzigtausend anging, die bekam er sowieso nicht. Wenn er nun allerdings . . .

Wie viel hatte sie eigentlich geerbt? Dreihunderttausend? Fünfhunderttausend? Oder mehr?

Sie trafen sich in Zons. Es war Isas Vorschlag. Sie gingen zum Strand und legten sich an dieselbe Stelle, allerdings bei Sonne, mit Picknickkorb und Decke. Isa schloss die Augen, vernahm die Schreie der Möwen, das Brummen der Schiffe und die Geräusche des Wassers. Sie erzählte Arno, wie ihre Nase es geschafft hatte, zwischen Sand und Steinen eine winzige Mulde mit Atemluft zu bohren. Arno konnte kaum zuhören. Er dachte die ganze Zeit: Was plant sie?

Isa war glücklich und stolz auf ihre Beständigkeit. Keinen Moment hatte sie nachgelassen bis zu dem grandiosen Höhepunkt, für den sie so dankbar war, weil er ihr Arno zurückbrachte! War das nicht ein einzigartiger Glücksfall? Viele blieben ihr Leben lang allein – sie nicht. Wie hätte sie das Geld, das sie gerade von ihrem Vater geerbt hatte, allein genießen können?

Als der Pfarrer einige Wochen später über ihre gebeugten Köpfe hinweg ‚bis das der Tod euch scheidet' sprach, musste Isa lächeln.

Wenn der Pfarrer eine Ahnung gehabt hätte, was sie im Stillen vor sich hinbetete! »Lieber Gott, lass Arno keine treffen, die ihn noch mal zum Mörder macht! Sonst – könnte ich mich selbst vergessen.«

Auch Arno betete insgeheim, während er den Pfarrer und die Braut schief anlächelte. »He, Gott, sieh zu, dass sie nie auf die Idee kommt, mich anzuzeigen! Sonst – du weißt ja. Diesmal kämen mehr als fünfzigtausend raus.«

Die Aussicht auf einen glücklichen Verlauf ihrer Ehe war durchaus ungewiss. Aber ist das bei anderen Paaren nicht genauso? Heiraten ist immer ein Wagnis. Doch nicht immer sind die ehelichen Sorgen so schön im Gleichgewicht.

Jürgen Ehlers

Killer aus Hamminkeln

Also, um das gleich klarzustellen, wir sind natürlich keine Killer, mein Bruder und ich. Normalerweise. Aber vorhin haben wir wieder so einen Anruf gekriegt. Das muss an unserer Telefonnummer liegen. Dass da irgendjemand eine Sechs mit ner Acht verwechselt, oder so. Ich melde mich ganz normal mit: »Meyer, guten Abend. Was kann ich für Sie tun?« Aber an der Nummer auf dem Display sehe ich schon, den kenne ich nicht, der ruft von einer Telefonzelle an. Und dann fragt er, ob wir uns etwas Geld verdienen wollen. Das fragen sie immer. Wie viel? Zehntausend, sagt er.

Den bisher größten Auftrag hatten wir letztes Jahr. Einen Amerikaner. Zwölftausend hab ich verlangt und ohne Diskussion bekommen. Die sind natürlich inzwischen längst ausgegeben. Wahrscheinlich hätte ich zwanzigtausend fordern sollen. Hinterher ist man immer schlauer. Jedenfalls – das war ein komplizierter Auftrag.

Hans-Dieter hat auch gleich ganz bedenklich geguckt. »Die Mafia«, hat er gesagt. »Das ist bestimmt die Mafia. Damit will ich nichts zu tun haben.«

Ich habe ihm erklärt, dass die Mafia ihre eigenen Leute hat für so etwas, und dass dies ein reines Privatvergnügen sein muss.

»Der will das nicht drüben in Amerika machen«, sage ich. »Lieber hier bei uns. Da gibt es nicht so viele Scherereien.«

Hans-Dieter sagt: »Beim letzten Mal, bei der Sache im Zoo, da hatten wir genug Scherereien.«

Das war der Versicherungsvertreter. Wir hatten den Kerl erst erschossen und dann in den Löwenzwinger geworfen, damit keiner die Schussverletzung sieht. Hat aber nicht geklappt, die Löwen waren wohl satt, oder sie mochten den Kerl auch nicht – jedenfalls haben die Bullen am Ende doch gemerkt, dass er erschossen worden war, und wir hatten die teure Beretta wegwerfen müssen, wegen der Spuren.

»Wir machen es ohne Schusswaffen«, sage ich. »Ganz ohne Gewalt.«

»Wie – ohne Gewalt? – Versteh ich nicht.«

»Das ist doch ganz einfach. Der Mann kommt rüber, um an dieser ... dieser Wanderung teilzunehmen.«

»Vierdaagse in Nijmegen, ja, das hast du gesagt.«

»Ich hab das im Internet nachgeguckt. Das sind viermal fünfzig Kilometer, Hans-Dieter! Eine gewaltige Belastung für den Kreislauf. Wenn man da ein bisschen nachhilft ...«

»Wie nachhilft?«

»Mit Digitalis zum Beispiel. Du weißt doch, Oma hat das Zeug immer verschrieben gekriegt, aber nie genommen. Sind mindestens noch fünfzig Packungen von da.«

»Und wie willst du den Ami dazu bringen, dass er fünfhundert von diesen Pillen schluckt?«

Manchmal ist Hans-Dieter wirklich zu dämlich. Ich erkläre ihm, dass wir die Dinger in Tee auflösen.

Bevor wir uns für diesen Gewaltmarsch anmelden, müssen wir natürlich trainieren.

»Das geht nicht«, sagt Hans-Dieter. »Vier Tage freinehmen, jetzt, vor Ostern, du glaubst ja gar nicht, was da alles los ist bei uns ...«

Ich bleibe hart: »Unsere Zielperson kommt extra aus Amerika, um an diesem Marsch teilzunehmen. Du kannst davon ausgehen, dass der Kerl gut trainiert ist.«

»Wir sind aber im Vorteil«, sagt Hans-Dieter. »Er muss sich seine Kräfte gut einteilen. Glaubt er jedenfalls. Er weiß ja nicht, dass er schon nach den ersten zwanzig Kilometern hopsgeht.«

»Aber wir müssen hinterher weitermarschieren, damit wir nicht auffallen.«

Hans-Dieter schüttelt den Kopf. »Ich kenn' das. Bei so einem Gewaltmarsch, da fallen so viele Leute aus, mit Blasen an den Füßen oder Schmerzen im Knie, da kannst du jederzeit aufhören, ohne dass das auffällt.«

Das lasse ich nicht gelten. »Wenigstens eine Tagesetappe müssen wir vorher ausprobiert haben!«

»Von Hamminkeln nach Wesel und zurück«, schlägt Hans-Dieter vor. Das sind zwar keine 50 Kilometer, aber ziemlich weit ist es auch. Besser als nichts.

»Sonnabend früh um acht«, sage ich. »Vor dem Rathaus.«

»Abgemacht.«

Sonnabend früh um acht stehe ich allein vor dem Rathaus. Kalt ist es; ich habe vorsichtshalber die Wolljacke übergezogen. Ich warte noch eine Viertelstunde, aber als sich dann nichts tut, mache ich mich auf den Weg. Die fünftausend Euro sind eingetroffen, das schafft die nötige Motivation. Man macht das immer so bei solchen Aufträgen, dass man die Hälfte vorher kassiert, und den Rest, wenn die Arbeit erledigt ist.

Als ich auf die B 473 komme, bin ich der einzige Fußgänger weit und breit. Es ist ein herrlicher Frühlingstag, die Sonne scheint gnadenlos, und ich gerate schon bald ins Schwitzen. Ich deponiere schließlich die Wolljacke im Gebüsch. Muss ich später abholen. So, nun geht es besser.

Eine Weile jedenfalls. Aber je weiter ich komme, desto müder werde ich. Dauernd flitzen irgendwelche Radfahrer vorbei, und ich muss ausweichen.

»Schneller, schneller!«, ruft jemand. Muss wohl ziemlich verbissen aussehen, wie ich mich da abmühe.

In Wesel habe ich die Schnauze voll. Von der ersten Telefonzelle aus lasse ich mir ein Taxi kommen und fahre nach Hamminkeln zurück.

Da steht Hans-Dieter vor dem Rathaus.

»Wo warst du denn?«, frage ich.

»Ich? – Du bist nicht da gewesen. Sechs Uhr war abgemacht. Als du nicht gekommen bist, bin ich einfach losmarschiert.«

Dafür sieht er viel zu frisch aus. Aber wird schon sehen, was er davon hat, wenn er untrainiert in diesen Marsch geht.

Und dann ist es so weit. Die Vierdaagse in Nijmegen – ich hatte mal die Bilder in der Zeitung gesehen, das ist alles.

Hans-Dieter sagt, er sei früher schon mal mitgelaufen. »Damals, als der Prinz Claus mit dabei war.«

»Das ist ziemlich lange her«, sage ich.

»Das verlernt man nicht. Genau wie Schwimmen«, behauptet er. Aber als es dann losgehen soll, kommt er angehumpelt: »Du musst das allein machen. Ich hab mir den Fuß verstaucht.«

»Ach«, sage ich.

»Wieso ‚ach'? – Du könntest mich gern mal ein bisschen bedauern.«

Da bedauere ich lieber mich selbst. Eigentlich wollten wir auslosen, wer läuft und wer die Verpflegung übernimmt. Ich habe extra so eine Münze mit zwei Vorderseiten besorgt. Aber nun muss ich wohl oder übel in den sauren Apfel beißen.

»Zehntausend Euro«, sagt Hans-Dieter. »Das spornt an!«

»Mach bloß keinen Scheiß mit dem Tee«, sage ich. Wir haben es tatsächlich geschafft, all die Pillen aufzulösen. Es waren zwar nur noch 73, aber das muss eigentlich auch reichen. Ordentlich Zucker dazu gegeben und einen Schuss Rum, damit man von dem blöden Geschmack nichts merkt.

»Der Tee ist hier in der Thermoskanne. Da kann nichts passieren.«

Wahrscheinlich hätten wir uns irgendein Hotelzimmer nehmen sollen, aber Hans-Dieter wollte ja unbedingt das Geld sparen. So sitzen wir jetzt auf dem überfüllten Campingplatz in Groesbeek, und ich tue vor Hitze kein Auge zu. Als ich schließlich doch einmal kurz einnicke, fängt Hans-Dieter an, im Zelt herumzurumoren.

»Was soll das?«, frage ich mürrisch.

»Zeit zum Aufstehen, ich muss doch rechtzeitig in Position, bevor alles abgesperrt wird.«

Natürlich haben wir nur das eine Auto. So stehe ich über eine Stunde vor Startbeginn mitten in Nijmegen, unausgeschlafen und frierend.

Langsam füllt sich der Startplatz. Über 40.000 Teilnehmer haben sich angemeldet, hat es gestern auf der Eröffnungsfeier geheißen. Zum Glück laufen nicht alle gleichzeitig los. Es gibt verschiedene Altersklassen, und die Gruppen starten sowieso woanders. Als sich der Platz mit Menschen füllt, wird mir langsam klar, ich habe überhaupt gar keine Chance, unsere Zielperson in der Menge zu finden. Vierzigtausend Leute! Und ich habe nur dieses kleine Foto.

»Alles kein Problem«, hat Hans-Dieter behauptet. »Die Hälfte ist sowieso Militär und Polizei, die kannst du schon mal vergessen. Und vom Rest ist die Hälfte Frauen, die Hälfte Kinder und die Hälfte Rentner, die scheiden alle aus.«

Bei so vielen Hälften dürfte eigentlich am Ende nur dieser Kerl übrigbleiben. Ist aber nicht so. Es gibt teuflisch viele Leute, die alle ungefähr gleich aussehen. Lauter so asketische Langläufer-Typen. Im Gegensatz zu mir. Mich zu finden wäre viel einfacher.

»Du machst das so«, hat Hans-Dieter gesagt. »Du gehst als Holländer. Das verwischt schon mal alle Spuren . . .«

»Wie soll ich das denn machen?«

»Orangefarbenes Hemd, blauweißrote Ringelsocken ...«

»Ich kann aber nicht Holländisch!«

»Das macht nichts, das kann dieser Ami ja auch nicht. Du musst dir nur einen Satz merken: Goeden middag! Wenn er darauf irgendetwas auf Holländisch antwortet, ist es der Falsche. Nur wenn er Englisch spricht, dann ist es unser Mann.«

Jetzt geht es endlich los. Vom Startplatz aus drängen wir uns über Prins-Bernhardstraat-Oranjesingel in Richtung Fluss. Auf der Waal-Brücke entdecke ich zum ersten Mal jemand, der so aussieht, wie der Kerl auf dem Foto. Vorsichtig pirsche ich mich an ihn heran.

»Khuden middakh!«, sage ich. Die Holländer sprechen das so, hat Hans-Dieter gesagt.

Der Mann sagt gar nichts, starrt mich nur an, als ob ich bekloppt sei. Vielleicht ist fünf Uhr morgens die falsche Tageszeit für Goeden middag.

Der erste offizielle Rastplatz ist kurz vor dem Ortseingang von Bemmel. Wir haben uns die Lokalität auf der Karte angesehen, die Entfernungen ausgemessen, sind schließlich alles abgefahren, damit nichts schief gehen kann, aber als ich beim Rastplatz ankomme, ist Hans-Dieter nirgends zu entdecken. Ich suche den ganzen Rastplatz ab. Nichts. Was ist denn jetzt wieder passiert? - Egal, ich muss weiter.

Ich treffe Hans-Dieter dann mitten in Bemmel. Er strahlt über das ganze Gesicht.

»Hör mal«, sage ich, »wir hatten abgemacht ...«

Aber er hört gar nicht zu. »Es funktioniert!«, ruft er. »Es funktioniert tatsächlich!«

»Was funktioniert?«

»Na, das mit dem Tee!«

»Wieso?« Ich begreife noch immer nicht.

»Na, ich hab's ausprobiert! Sicher ist sicher, hab ich mir

gedacht. Und da kam so'n Kerl, der sah schon ziemlich fertig aus, schon nach diesen paar Kilometern. Ich hab gesagt: Hier, willst du'n Schluck? - Ja, hat er gesagt, gib her. Gluck, gluck - und schon war er hin. Ich konnte ihm grad noch die Thermosflasche aus der Hand nehmen . . .«

»Du spinnst!«

»Nein, ehrlich! Hast du denn den Rettungshubschrauber nicht gehört?«

Den Hubschrauber hatte ich schon gehört, aber keinen Zusammenhang mit unserer Arbeit gesehen.

»Du siehst verärgert aus!«, stellt Hans-Dieter fest.

Verärgert ist gar kein Ausdruck. »Das fällt doch auf«, sage ich.

»Quatsch. Und ich bin ja auch vorsichtshalber ein Stück weiter gegangen.«

»Na schön. Aber jetzt keinen Unsinn mehr.«

Hans-Dieter schüttelt den Kopf. »Dieser Ami, ich hab ihn übrigens gesehen. Der ist hier so vor fünf Minuten durch.«

»Was?« Das sagt er erst jetzt! Ich sehe zu, dass ich weiter komme.

Jetzt beginnt eine gnadenlose Aufholjagd. Das heißt, gnadenlos ist sie zunächst einmal für mich. Schon vor dem nächsten Rastplatz merke ich, dass ich eine Blase bekommen habe. Zähne zusammenbeißen und weiter. Schneller. Bei der nächsten Rast habe ich schon zwei Blasen.

»Er ist noch immer drei Minuten vor dir«, sagt Hans-Dieter.

Der erste Tag der Vierdaagse ist der Tag von Elst. Früher, sagt Hans-Dieter, sind sie bis an den Rand von Arnhem marschiert, unter der berühmten Brücke durch. Aber das war wohl wirklich ‚A bridge too far' für die Wanderer, genau wie für die Engländer 1945, sodass die Route inzwischen geändert worden ist. Als ich in Elst ankomme, ist die Blase am rechten Fuß aufgeplatzt, und am linken Hacken hat sich eine hässliche Scheuerstelle gebildet, die auch durch mehrfaches Zerren an der Socke nicht verschwinden will.

Ich komme ganz gut voran, bin wohl noch im ersten Drittel, glaube ich, aber andere sind schneller.

»The Dutch are coming, get out of the way! The Dutch are coming, get out of the way!«, tönt es hinter mir. Ich muss aus dem Weg, und eine Kompanie niederländisches Militär in Tarnanzügen marschiert an mir vorbei. Sie singen aus vollem Hals:

»Adieu Sophie, we gaan je weer verlaten
Adieu Sophie, we gaan 'r weer vandoor
Adieu Sophie, je mag 't heus wel weten
Dat elk van ons zijn hart aan jou verloor.«

»Srebrenica!«, brumme ich, aber keiner beachtet mich. Zum Glück. Hans-Dieter hat Recht, ich habe ein Vorurteil gegen alles Militär. »Völlig unberechtigt«, sagt er. »Guck sie dir doch an, die Jungs – das sind alles nur Mörder wie du und ich!«

Dann sind die Soldaten vorbei, und ich kann wieder in Ruhe weitergehen. So komme ich nach Elst. Die ganze Bevölkerung ist auf den Beinen. Musik, Blumen, Flaggen, ein buntes Bild. Schade nur, dass meine Füße so wehtun, ich kann es gar nicht richtig genießen. Zum Glück kommt gleich hinter Elst der nächste Rastplatz. Da muss ich die Füße behandeln lassen, denke ich. Wahrscheinlich werden sie die Blasen aufstechen und Jod drauf pinseln. Ich stelle mir vor, wie das brennt.

Aber die Rast fällt aus. Denn in dem Augenblick, als wir das Zentrum von Elst passiert haben, sehe ich ihn. Das heißt, ich sehe jemanden, der so aussieht, wie der Mann auf dem Foto. Doch, wirklich, das muss er sein.

»Goeden middag!«, sage ich.

»Pardon?«

Das ist er. »Oh, excuse me – you – English?«

Nein, sagt er, er ist Amerikaner, aus Chicago.

»Jan Peter Balkenende aus Amsterdam«, stelle ich mich vor.

»Bill Stump«, sagt er.

»Angenehm.« Ja, er ist der Richtige.

Als wir am Rastplatz vorbeikommen, steht da Hans-Dieter und winkt und schüttelt mit dem Kopf. Was soll das nun bedeuten? Es ist ohne Frage der richtige Mann.

Hans-Dieter zeigt auf eine Gruppe schweißüberströmter junger Männer, die gerade dabei ist, uns zu überholen. KLPD – was immer das heißen mag. Ich frage den Ami, der kennt sich hier aus. Er erklärt es mir. KLPD ist die niederländische Polizei. Keine gute Gelegenheit, jemand abzumurksen, wenn man gerade von KLPD umringt ist.

Also habe ich viel Zeit, mich mit Mr. Stump zu unterhalten. Ich erzähle ihm von meinen Blasen. Er lacht nur, sagt, dass ich eben nicht genug trainiert habe. Wir diskutieren über alle möglichen Themen, und Bill Stump schafft es in wenigen Kilometern, sich meine sämtlichen Sympathien zu verscherzen. Ich kann gut verstehen, dass ihn jemand nicht mehr haben will. Aber ich lasse es mir natürlich nicht anmerken. Der Kerl redet in einer Tour.

». . . habe ich ihn natürlich entlassen«, sagt er gerade, »ob er nun Neger ist oder Krüppel oder sonst was, da kann ich keine Rücksicht drauf nehmen.«

»Bewundernswert«, behaupte ich. »Wie Sie das alles durchsetzen . . .«

»Ihr Holländer seid einfach zu weich.«

»Ja«, sage ich, »da ist was dran.« Wenn der nächste Rastplatz nicht bald kommt, erwürge ich ihn, anstatt ihn zu vergiften.

Aber der nächste Rastplatz kommt schneller, als ich gedacht habe. Selbst die dämlichste Unterhaltung mit dem größten Arschloch trägt dazu bei, dass die Zeit schneller vergeht, und auch meine schmerzenden Füße sind kaum noch zu spüren.

»Da vorn steht mein Kollege mit Verpflegung«, sage ich.

»So was brauche ich nicht, ich bin autark.«

Aber als wir dann da sind und Hans-Dieter uns jedem einen Becher Tee in die Hand drückt, ist Bill Stump doch gar nicht mehr abgeneigt.

Hans-Dieter macht hinter dem Rücken des Amerikaners irgendwelche Grimassen, aber ich habe jetzt keine Zeit, mich darum zu kümmern.

»Trinkst du gar nichts?«, fragt der Ami.

Ich habe meinen Tee nicht angerührt. »Ich brauche eigentlich nur etwas zu essen«, behaupte ich. Mit äußerster Überwindung beiße ich in ein Wurstbrot und würge ein paar Bissen herunter, während Bill sich noch einmal nachschenken lässt und Zug um Zug unseren köstlichen Tee austrinkt. »Das tut gut«, sagt er.

Berühmte letzte Worte, denke ich.

Aber nichts passiert. Wir marschieren weiter am Deich entlang, zurück in Richtung Nijmegen. Die Luft steht, es ist irrsinnig heiß, ich bin dem Verdursten nahe, und Bill schwatzt fröhlich vor sich hin.

»Das war ja ein hervorragendes Zeug«, sagt er. »Was ist denn da alles drin in dem Tee?«

»Traubenzucker und Honig«, behaupte ich.

»Das merkt man. Ich glaube, ich muss jetzt mal ein bisschen Tempo zulegen, damit ich rechtzeitig zum Kaffee wieder im Quartier bin.«

»Ja, das werde ich auch tun«, sage ich. Aber als er das Tempo anzieht, muss ich schon nach hundert Metern aufgeben. Ich verfolge ihn mit den Augen. Irgendwann muss der Kerl doch umfallen, denke ich. Mehr als 50 Tabletten Digitalis, das hält keiner aus. Aber er marschiert weiter und weiter. Ich verliere ihn aus dem Blick.

Einmal glaube ich, ihn noch kurz auf der Waal-Brücke gesehen zu haben, aber auf die Entfernung bin ich mir nicht sicher.

»Ich habe es dir ja nicht sagen können«, behauptet Hans-Dieter.

Wir stehen mitten in Nijmegen, wo er auf mich gewartet hat. Ich bin völlig erschöpft. »Was hast du mir nicht sagen können?«

»Er stand doch die ganze Zeit neben dir. Ich habe versucht, dir Zeichen zu geben, aber du hast natürlich ...«

Ich packe ihn am Kragen: »Was hast du mir nicht sagen können?«

»Der Tee. Da war gar nichts drin.«

»Hör mal, ich habe diesen Tee eigenhändig ...«

»Nein, nein. Du verstehst mich nicht. Ich musste den Tee doch neu kochen.«

»Wieso neu kochen?«

»Na ja, ich hab doch gedacht, ich mache noch einen zweiten Test. Dieser Mann da in Bemmel, der war doch schon so alt. Da habe ich gedacht, ich versuche es mal mit einem Jüngeren. Nur zur Sicherheit ...«

»Hans-Dieter ...«

»Aber dieser Soldat, als ich dem die Flasche hingehalten habe, da hat er die einfach weitergereicht. Die haben alle jeder einen Schluck genommen und sie dann immer weitergegeben, bis die Flasche leer war.

Was dann passiert ist, weiß ich nicht. Ich hab mich aus dem Staub gemacht. Hab nur noch gesehen, dass da all diese Krankenwagen vorbeigefahren sind ...«

»Hans-Dieter, das ist wirklich ärgerlich. Wir sollen diesen Stump umlegen. Keine alten Wanderer und keine Soldaten, einfach nur diesen Stump!«

»Ich weiß, ich weiß. Aber morgen ist ja auch noch ein Tag. Und übermorgen und Freitag auch. Das ist ja das Schöne bei so einem Viertagemarsch.«

»Und wo willst du neues Digitalis herkriegen? Mehr als fünfzig Packungen?«

Hans-Dieter kratzt sich am Kopf. »Dann müssen wir ihn eben erschießen«, sagt er schließlich ganz kleinlaut. »Das ist sowieso billiger.«

Aber dazu kommt es nicht. Am Abend entschließt sich das Organisationskomitee, die Vierdaagse für dieses Jahr nach dem ersten Tag abzubrechen. Die große Hitze hat zu unerwartet hohen Ausfällen geführt, heißt es. Und um gesundheitliche Schäden für die Teilnehmer zu vermeiden, soll nicht weitergelaufen werden. Bill Stump reist natürlich ab.

»An den kommen wir nicht mehr heran«, sage ich. »Schade um das schöne Geld.«

»Das kassieren wir trotzdem«, schlägt Hans-Dieter vor. »Das ahnt doch keiner, dass der Kerl noch lebt. Das mit den Toten, das steht eh morgen alles in der Zeitung. Und keiner weiß, wer das ist. Da brauchen wir nur zu sagen: Auftrag ausgeführt!«

Ich habe Bedenken, aber Hans-Dieter sagt: »Was kann schon passieren? Die wissen doch gar nicht, wer wir sind. Die haben ja nur unseren toten Briefkasten und die falsche Telefonnummer.« Er lässt sich nicht beirren, und tatsächlich halten wir am nächsten Abend den Brief mit den fehlenden 5000 Euro in der Hand. Hans-Dieter strahlt. Alles in Ordnung.

Bis dann heute dieser Anruf gekommen ist. Von einer Telefonzelle aus. Die Stimme – wahrscheinlich verstellt, aber, wenn ich es mir recht überlege, doch mit einem ganz leichten amerikanischen Akzent. Verfolgungswahn, meint Hans-Dieter. Aber ich glaube, wir sollten wohl besser umziehen. Demnächst. Oder vielleicht sogar jetzt sofort?

***Erika Bleckmann** wurde 1956 in Krefeld geboren. Jetzt wohnt sie auf dem Meyhof in der Bauernschaft Harzbeck bei Wankum. Dort hat sie mit ihrem Mann und ihrem Sohn ein Heim für verlassene Tiere eingerichtet. So lebt die Familie meistens zusammen mit 20 Hunden, etlichen Katzen, Hühnern und Gänsen.*

***Jochen Brockmann**, Jahrgang 1954, Angestellter im öffentlichen Dienst, hat bisher einige Kurzgeschichten in Anthologien und Zeitschriften veröffentlicht. Auf ein bestimmtes Genre ist er nicht festgelegt. Seine Geschichten sind humorvoll, aber auch ernst - erotisch, aber auch kriminell.*

***Gitta Edelmann** wurde 1961 am Oberrhein geboren. Mit Umwegen über Brasilien und Schottland landete sie 1992 in Bonn am Mittelrhein, wo sie seitdem mit ihrem Mann und ihren vier Kindern lebt und vergnügliche Geschichten für Kinder und kriminelle Storys für Erwachsene schreibt. Gerne macht sie dabei auch den einen oder anderen Ausflug an den Niederrhein.*

www.gitta-edelmann.de

***Dr. Jürgen Ehlers**, geboren 1948, arbeitet im Geologischen Landesamt Hamburg. Seit 1992 schreibt er Kurzkrimis, die in verschiedenen Anthologien im In- und Ausland veröffentlicht worden sind. Für seine Kriminalgeschichte »Weltspartag in Hamminkeln« (in »Mordsfeste«, Leporello-Verlag) erhielt Ehlers 2006 den Friedrich-Glauser-Preis in der Sparte Kurzkrimi. Kriminalromane: »Mitgegangen« und »Neben dem Gleis« (KBV).*

***Ingrid Glomp** wurde 1957 in Essen geboren, hat Biologie studiert und arbeitet als Journalistin, Autorin und Dozentin. Sie lebt in Heidelberg und ist Mitglied der Mörderischen Schwestern, des Netzwerks deutschsprachiger Krimiautorinnen. Weitere Krimikurzgeschichten von ihr erschienen 2007, z. B. in den Anthologien »Liebe und andere Gründe zu morden« (edition hochfeld) und »Die Spur führt an die Mosel« (Addita Verlag).*

Alexandra Guggenheim *wurde am Niederrhein geboren. Die gelernte Kunsthistorikerin schreibt seit 2001 Kurzgeschichten. 2006 erschien ihr erster Historienroman »Der Gehilfe des Malers«. Die Autorin lebt mit ihrer Familie im Hamburger Umland.*

Anne Hassel *lebt in Miltenberg. Bisher hat sie zwei Kriminalromane und zwei Märchenbücher veröffentlicht. Auch zwei Kindertheaterstücke, die einige Male aufgeführt wurden, stammen aus ihrer Feder. Ausserdem schreibt sie Beiträge in Anthologien, Geschichten für Kinderzeitschriften und Artikel für Tageszeitungen.*

Robert Herbig*, geboren 1956, verheiratet, ein Sohn. Webdesigner, Webcoach und Onlinejournalist, Preisträger des alternativen Medienpreises 2002 der Journalistenakademie Nürnberg. Schreibt seit einigen Jahren Kurzgeschichten. Veröffentlichungen in mehreren Anthologien und Zeitschriften von etwa einem Dutzend Verlagen. Herausgeber der Anthologiereihe »Anthologie der Autoren«.*

Claus Hermbusche *wurde 1968 in Duisburg geboren und wuchs in der Thomasstadt Kempen auf. Er blieb dem Niederrhein treu, wohnt und schreibt heute in Krefeld. Der Kurzkrimi in diesem Buch ist seine erste Veröffentlichung.*

Rudolf Jagusch*, geb. 1967, Autor des Krimis »Leichen-Sabbat« (Leporello}, lebt mit seiner Familie in der Vorgebirgsstadt Bornheim. Zahlreiche Veröffentlichungen in Anthologien und Zeitschriften, 2006 Gewinner des Germanwings-Story-Award. Unter www.leichen-sabbat.de erfährt man mehr über den Autor.*

Petra Kaps *wurde im Juni 1963 in Hamburg geboren. Sie hat in Berlin Sinologie und Philosophie studiert, eine Ausbildung zur Diätassistentin gemacht, Theater gespielt und Regie geführt. Jetzt lebt sie mit ihrem Mann und ihren drei Jungs im Herzen von Krefeld in einem kleinen alten Haus mit sonnigem Innenhof.*

Wolfgang Kuhn*, geboren 1958, ist gebürtiger und überzeugter Niederrheiner, Familienvater mit vier Kindern, wohnhaft in*

Krefeld, Doktor der Wirtschaftswissenschaft, kaufmännischer Angestellter, bekennender Deep-Purple-Fan und Teilnehmer an zahlreichen Schreibwerkstätten.

Iris Lieser: *Geboren wurde ich am 21. 3. 1965 in St. Tönis bei Krefeld. Nach dem Abitur 1984 machte ich eine Ausbildung zur med. techn. Radiologieassistentin. 1992 heiratete ich und bekam von 1993 bis 1999 drei Kinder, 2004 starb mein Mann. Seitdem bin ich alleinerziehend und arbeite in Teilzeit als MTRA in einem Krefelder Krankenhaus.*

Peter Lengwenings, *Jahrgang 1960, Krefelder und Vater von zwei Töchtern ist im ‚wahren Leben' als diplomierter Betriebswirt und Vertriebsleiter verantwortlich für die wirtschaftlichen Geschicke von Welle Niederrhein. Neben Keyboard spielen, Fotografieren, Lesen und Malen zählt auch zunehmend das Schreiben zu seinen freizeitlichen Aktivitäten.*

Ingo Loy, *Jahrgang 1965, lebt mit seiner Frau und vier Kindern im Herzen von Hüls. Seit über 25 Jahren arbeitet er als Angestellter in einem Krefelder Unternehmen. Neben seiner Familie sind ihm seine Hobbies Lesen, Puppenspielen und afrikanisches Trommeln wichtig.*

Ulrike Renk *wurde 1967 in Dortmund geboren, ist Mutter von vier Kindern und lebt mit ihrer Familie in Krefeld. Sie arbeitet als Autorin und freie Lektorin und hat verschiedene Anthologien herausgegeben. 2005 erschien ihr Kriminalroman »Seidenstadt-Leichen«, dem »Seidenstadt-Morde« und »Seidenstadt-Sumpf« folgten. Gemeinsam mit Ina Coelen hat sie die kulinarischen Niederrheinkrimis »Killer, Küche, Knast« und »Tödliches Dinner« geschrieben (alle Leporello Verlag).*

Marlen Schachinger, *geb. 1970 in Oberösterreich, Studium der Komparatistik, Germanistik, Französisch & Ästhetik; Preise/Stipendien: Karlsruher Hörspielpreis (1999), Preisträgerin des Schikaneder Poetry Slams, Aufnahme in die Grazer AutorInnen-Versammlung (2000), Talentförderungsprämie des Landes OÖ (2002), Arbeitsstipendien des Bundes, Reisestipendien des Bundes, Stipendium des Klagenfurter Literaturkurses (2003), Mira-*

Lobe-Stipendium für das Jugendbuch »Wo sind deine großen Töchter?« (2004), Drehbuchförderung bmuk für »Wir leben noch« (2004). Stipendium zur Wissenschafts- und Forschungsförderung für »Wien.Stadt der Frauen« (2005), Aufenthaltsstipendium Paliano b. Rom (2006)

***Niklaus Schmid** wurde 1942 in Duisburg geboren. Mit achtzehn tourte er mit Zirkus Althoff durch Frankreich und Schweden, mit dreißig reiste er vier Jahre durch Indien, Afrika und Südamerika. Seit 1978 lebt Niklaus Schmid als freier Schriftsteller in Duisburg und auf Formentera. Er schreibt Reisebücher, Hörspiele und Krimis. Seine Romane mit dem Duisburger Privatdetektiv Elmar Mogge – »Der Hundeknochen«, »Bienenfresser« sowie »Stelzvogel und Salzleiche« (Grafit) – spielen auf Formentera und Ibiza, aber auch an Rhein und Ruhr.*

***Michael Seiz**, geboren am 20. 9. 1953 in Tübingen, aufgewachsen in Bonn, dort nach dem Abitur von 1972 bis 1978 Studium der Anglistik und Germanistik, anschließend Umzug nach Mönchengladbach zwecks Absolvierung des Referendariats für das Lehramt am Gymnasium. In Mönchengladbach hängen geblieben, seit 1980 als Deutsch- und Englischlehrer an den Schulformen Gymnasium und Gesamtschule tätig, inzwischen nurmehr mit halber Stelle, damit Zeit zum Schreiben bleibt; darüber hinaus passionierter Fahrradfahrer, Hobby-Bluesmusiker und freier Mitarbeiter der Zeitschrift ,Bluesnews' sowie Leseratte seit Kindesbeinen (Lieblingskrimiautor: Reginald Hill)*

***Amaryllis Sommerer**, geboren in Wien. Nach dem Studium Mitglied einer Theatergruppe. Danach Regieassistenz beim Film. Ab 1990 Drehbuchautorin und Filmdramaturgin für Kinofilme, TV-Filme und TV-Serien. Ab 1996 Autorin mehrerer Kinderbücher, ab 2004 Kurzkrimis (Milena Verlag, Wieser Verlag, Vertigo Verlag, Fischer Verlag).*

***Klaus Stickelbroeck**, geboren 1963, aufgewachsen und immer noch wohnhaft in Kerken am Niederrhein. Verheiratet, drei Kinder, arbeitet als Polizeibeamter in Düsseldorf. Der erste Kurzkrimi »Verbrechen mit Rechen« erschien im Jahr 2000. Ein ers-*

ter Kriminalroman »Fieses Foul« mit Privatdetektiv Hartmann erschien im April diesen Jahres.

Alexa Thiesmeyer, *geboren 1949 am Bodensee, gelernte Juristin und fünffache Mutter, lebt in Bonn. Seit 1986 schreibt sie Theaterstücke (Komödien, Satiren, Sketche) und arbeitet auch praktisch in diesem Bereich. In den letzten Jahren hat sie mehrere Kurzkrimis in Anthologien veröffentlicht.*

Camilla Wieck: *»Ich kann zwar nicht laufen, aber ich kann schon lesen«, war als 5-Jähriges Kind mein Lieblingssatz. Heute – 31 Jahre später – kann ich mit dieser Aussage keine bewundernden Blicke meiner Mitmenschen mehr ernten, also habe ich mich entschieden, es neben meiner Tätigkeit als Vorstands- und Geschäftsführungssekretärin mal mit dem Schreiben zu versuchen. Wie schön, dass ich auf dem Papier meiner Fantasie so richtig freien Lauf lassen kann, ohne dass jemand ernsthaft zu Schaden kommt.*

Jens Peter Wörz, *21. 09. 1977 geboren in Nordkirchen, Nähe Münster. Studium in Paderborn, abgebrochen zugunsten einer Trainee-Stelle als Werbetexter in Bielefeld. Seit April 2006 im Rheinland: Werbetexter bei der wysiwyg software design GmbH in Düsseldorf.*

Herausgegeben von Tatjana Kruse

Tatort Niederrhein II

ISBN 978-3-936783-24-7 · 304 Seiten · € 9,-

Niederrhein-Krimis von Mischa Bach, Ina Coelen, Tatjana Kruse, Ulrike Renk und Gesine Schulz.

Tatjana Kruse, Übersetzerin und Kriminalschriftstellerin, hat auf zahlreichen Lesereisen durch die Region ihr Faible für die Landschaft und die eigenwilligen Menschen am Niederrhein endeckt. Bekannt wurde die Herausgeberin durch ihre unverwechselbaren Wuchtbrummen-Krimis und viele humorvolle Kurzgeschichten.
Im vorliegenden Band hat Kruse mörderische »Dönekes« und Kriminalgeschichten über moralische Racheengel, gescheiterte Bankräuber, mitleidige Profikiller, eine niederrheinische Alibi-Agentur und zwei mordlüsterne ältere Damen zusammengestellt, die so bestrickend unverfälscht und originell sind wie die Landschaft am Niederrhein und ihre Bewohner selbst.
Ein besonderes Lesevergnügen - nicht nur für Niederrheiner, die alle diese Tatorte kennen.

LEPORELLO
KRIMI

Rudolf Jagusch

Leichen-Sabbat

ISBN 978-3-936783-21-6 · 240 Seiten · € 9,-

Hauptkommissar Stephan Tries vom KK 11 Köln steht mit mit einundvierzig Jahren am Scheideweg seines Lebens. Die Ehe ist gescheitert, seine fast erwachsene Tochter hat große Probleme – und Tries weiß nicht, ob er noch hundertprozentig hinter seinem Job steht. Der Tod seiner Eltern gibt ihm Anlass, ein Sabbatjahr zu nehmen und das Elternhaus im Vorgebirge umzubauen. Doch dort holt ihn sein Job wieder ein . . .

Charlotte von Berg bemerkt, dass viele ältere und kranke Menschen des Dorfes plötzlich sterben. Ist es Zufall oder etwa Mord? Stephan Tries lässt sich von ihr anstecken und gemeinsam beginnen die beiden zu ermitteln. Doch dann weisen alle Spuren auf Charlotte . . .

Rudolf Jagusch behandelt hier ein brisantes Thema auf höchst spannende Weise – wobei auch der Humor nicht zu kurz kommt. Der erste Roman des Autors – und gleich ein Volltreffer.

Ina Coelen & Ulrike Renk

Tödliches Dinner

ISBN 978-3-936783-23-0 · 256 Seiten · € 9,-

Die passionierte Köchin Katharina Lintfort hat sich nach dem Tod ihres Mannes mit einem Party-Service eine neue Existenz aufgebaut. Auch ihr Bistro am Krefelder Großmarkt scheint ganz gut anzulaufen, bis sie und ihre Tochter in mysteriöse Vorfälle verwickelt werden.
Einige ihrer Gäste sterben oder geraten in Lebensgefahr – und Freundin Claudia ermittelt mal wieder mit detektivischem Spürsinn und immer am Rande der Legalität. Gemeinsam mit dem befreundeten Rechtsanwalt Dr. Horst Pricken und dessen Freund, dem Bestsellerautor Jan Aerbeck, decken Katharina und Claudia schließlich dunkle Machenschaften und Mordfälle auf.
Ein niederrheinischer Kriminalroman zwischen Kleinstadt-Intrigen und Großstadt-Idylle.

Der Krimi mit den todsicheren Küchen-Tipps und Rezepten prominenter Köche vom Niederrhein.

Ulrike Renk

Seidenstadt-Sumpf

ISBN 978-3-936783-20-9 · 304 Seiten · € 9,-

Der allseits bekannte Krefelder Anwalt und Politiker Markus Klewer wird erschossen an der Burg Linn gefunden.
Wurde er ermordet, weil er sich dafür einsetzte, dass im Naturschutzgebiet Hotel und Freizeitpark gebaut werden sollten? Oder liegt das Motiv für diese Tat weiter zurück?
Polizeichef Guido Ermter ist davon überzeugt, dass Klewer einem Bandenmord zum Opfer fiel; Hauptkommissar Jürgen Fischer zweifelt. Dann geschieht ein weiterer Mord und die Ereignisse überschlagen sich. Sollte der Hintergrund für die Tat tatsächlich politisch motiviert sein?
Fischer taucht einmal mehr im Alleingang in den Sumpf der Verstrickungen ein . . .